北千住駅

徳 間 文 庫

山田正紀・超絶ミステリコレクション#6

S A K U R A

六方面喪失課

山 田 正 紀

徳 間 書 店

イラスト　ＫＥＮＴＯＯ
デザイン　鈴木大輔（ソウルデザイン）

[1990年ころ]
八潮南ランプ
営団綾瀬工場
稲荷神社
綾瀬警察署
北綾瀬駅
環七通り
加平ランプ
しょうぶ沼公園
高速6号三郷線
営団千代田線
綾瀬川
五反野駅
東武伊勢崎線
五兵衛新橋
綾瀬駅
高速中央環状線
東京拘置所
小菅駅
荒川
常磐線
小菅IC
下水道局小菅処理場
小菅ランプ
日光街道(国道4号)
北千住駅
千住警察署

この物語は虚構《きょこう》である。
平たく言えばデタラメである。
だが、この物語に登場する男たちが、
しっかり、その手に
握りしめている〝虎《とら》の子〟だけは
虚構ではない。
その〝虎の子〟を〝正義〟という。

プロローグ

……東京拘置所は正式な名称である。人によっては昔ながらに小菅《こすげ》拘置所の名で呼ぶのを好む者もいる。

小菅駅のホームから見ると、扇面型の放射状の建物の中央に、高い監視塔がそびえているのがわかる。見ようによっては、いまにも鳥が飛び立とうとしている姿のようでもある。が、もちろん、東京拘置所は鳥が飛び立つのを扶《たす》けるための施設ではない。その逆だ。あくまでも鳥のアナロジーにこだわるのであれば、むしろ鳥籠《とりかご》と呼んだほうがふさわしいだろう。ここからは誰も飛び立つことができない。

それは東京拘置所の正面扉を見るだけでも明らかだろう。

門扉のまえには看守が立っている。四六時中、立っていて、けっして持ち場を離れることがない。概して看守は鋭い目つきをしているようだ。その目は誰も信じない。ここを出る人間も入る人間もみな一様に疑っているのである。

門のまえでは車どめが道路を塞《ふさ》いでいて、そこにはプラスチック板の表示が掲示されている。そのプラスチック板には、

白線内は当所の敷地内につき立ち入りを禁止する
と記されている。

もっとも、この表示がなかったとしても、好んで拘置所内に立ち入ろうとする人間などいないだろう。東京拘置所には主に未決の被疑者や被告人などが勾留《こうりゅう》されている。そのほかに罰金刑の労役者や、法廷秩序維持法違反の「監置」になった者、死刑確定者などが収容されることもある……要するに人が好んで立ち入るような場所ではない。

が、どんなことにも例外はある。すべて例外のないものはない。

例えば――〝彼〟のことを見てみよう。ここで、〝彼〟とのみ呼んで、名前を明らかにしないのには理由があるのだが、その理由はいずれ後述されることになるだろう。〝彼〟は東京拘置所においてはまれな例外といってもいいかもしれない。〝彼〟は自ら望んで東京拘置所に入ってきたのである。もちろん、〝彼〟が自分の意志で東京拘置所に入ってきたなどということは誰一人として気がついていないのだが。

名目上は「法廷秩序維持法違反」で監置されたことになっている。監置されるまでの経過には何ら不審なところはない。

要するに、こういうことだ――〝彼〟は交通事故を起こした。たんなる対物事故にすぎなかったが、たまたま免許不携帯だったために、取調官の心証を害することになった。取り調べを受けるときの〝彼〟の態度もけっして模範的なものとはいえなかった。模範的どころか反抗的でさえあった。結果、送検されることになった。そして法廷で裁判官に暴言を吐いて……つまるところは「法廷秩序維持法違反」に問われることになった。

　どうだろう？　以上の経過に何ら不審な点がないことはお分かりだろうか。
たんなる対物事故なのに、東京拘置所に監置されることになったのは、たしかに不運としかいいようがない。しかし、その不運もわずか一月《ひとつき》たらずのことにすぎないのだ。いまは七月だが、八月の初めには、もう釈放されることになっている。

　その意味では若気の至りといっていい。ほんの微罪なのである。

　事実、いったん釈放されてしまえば、〝彼〟が東京拘置所に監置されていたのを覚えている人間など誰もいないだろう。独身で、フリーター、しかもすでに両親は亡くなっている……したがって、〝彼〟が一月ほど東京拘置所に監置されていたという事実は、ほとんど誰の記憶にも残らないはずなのだ。そうではないか。

　そうではないのだ。じつは彼は〝彼〟ではない。そうと信じられ、免許不携帯で送検された〝彼〟ではない。法廷で暴言を吐き、「法廷秩序維持法違反」を宣告されて、東京拘置所に監置された〝彼〟ではない。

それではすべて彼はそうしたことをやらなかったというのか。そんなことはない。すべては彼がやったことだ。ただし、〝彼〟として、それをやったというのは要するに嘘《うそ》でしかない。つまり彼は〝彼〟ではないのだ。

免許不携帯で逮捕され、「法廷秩序維持法違反」に問われた〝彼〟は――というか、〝彼〟の名を持つ本物のほうは――、じつは、いまフィリピンに出張しているのだ。

この春、破格の厚待遇で、ある会社に雇われ、マニラに出張所を開くことを命ぜられ、ただ一人、東奔西走しているのだ。

秋には帰国することになっているが、帰国したときには、自分が雇われた会社が実体のないペーパーカンパニーであること、さらには自分が思いがけなく前科者になっていることを知らされ、さぞかし呆然《ぼうぜん》とさせられることだろう。誰かが自分の名をかたって、交通事故を起こし、東京拘置所に監置されたことを知って（〝彼〟が帰国したときにはすでに彼は釈放されているはずである）、誰がどうしてそんなことをしなければならなかったのか、その真意を理解するのに苦しむことになるはずだった。

要するに彼は〝彼〟ではない。名前も経歴も年齢さえもすべて詐称にすぎない。

東京拘置所に監置されたとき、その書類には二十七歳と記入された。が、彼は二十七歳ではないだろう。二十代ですらないかもしれない。では、何歳なのか、ということになると、誰にもそれはわからない。彼に年齢はない。

彼は必要に応じて、二十代、三十代はもちろん、たやすく四十代にもなれる。べつだん彼が変装の名人というわけではない。どちらかというと、彼は変装などという子供っぽいものは軽蔑《けいべつ》している。彼にはそんなものは必要ない。

彼は、ほんのちょっとした振る舞い、身のこなしなどで、人に与える自分の印象をガラリと変えることができる。年齢を変えるのはおろか、わずかに腰をかがめたり、爪先立ちになったりすることで、その体型の印象さえ自在に変えることができるのだ。

その鮮やかなテクニックはほとんど人間カメレオンといっていいだろう。

実際には、そんなことがあるはずはないが、彼には、指紋さえも自在に変えることができる、という伝説すらあるのだ。

彼の本名を知る人間はいない。彼の経歴を知る人間もいない。彼がどうして、他人になりすましてまで東京拘置所に入らなければならなかったのか、その理由を知っている人間もいない……

彼は犯罪に関してはじつにナポレオンといってもいいほどの力を持っている。知力、体力ともに超人的で、よほどのことがないかぎり人を傷つけることはしないが、必要なときには何人でも何十人でも人を殺すのをためらおうとはしない。その冷徹、冷酷なことでも一種の超人といっていいだろう。

彼の本名を知る人間はいない。が、日本を含め、アジアの黒社会では、〝ＳＡＫＵ

RA〟という呼び名で知られているようだ。〝SAKURA〟——どうして彼がその名で呼ばれるようになったのか、それを知っている人間も誰もいない……

東京拘置所・北二舎二階独居房——

通称を旧舎という。

その耐震性、頑丈さには定評があるが、その一点を除き、東京拘置所は、通気、採光、保温性、どの点においても欠陥を指摘されていて、居住性はまずは最低といっていい。

にも拘《かかわ》らず——関連省庁において、東京拘置所の建て直しが論議されることはほとんどないようだ。

それというのも、東京拘置所の建物は、中央部分が吹き抜けになっているなど、様々な構造上の工夫がほどこされていて、それぞれの居房の管理がきわめて至便であるからにちがいない。看守たち職員たちにとって、職務を遂行するのにきわめて都合がいい。それこそがなにより優先されることであり、居住性などという瑣末《さまつ》なことが二の次にされるのは当然のことなのだろう。

この北二舎二階独居房の二十三房に彼はいるのだ……

前述したように彼は〝彼〟ではない。拘置所の記録にあるのは、ここにはいない

〝彼〟の名であって、彼自身の本名は誰にも知られていないのである。

闇社会においては、〝SAKURA〟の呼び名で知られてはいるが、それはたんなる符牒《ふちょう》のようなものであって、その呼称で彼の何が言い表されているわけでもないのだ。

それでは彼をどう呼べばいいのか。

それぞれの独居房の扉には幾つもの札がかかっている。──その独居房にいる人間がすでに裁判が確定しているかどうか。いま独居房のなかに居るかどうか。居ないとしたらそれは裁判所に行っているからなのか。それとも運動でもしているのか風呂にでも入っているのか。囚人は独居房のなかで横臥《おうが》するのを許されているのかどうか。取っている新聞は朝日なのか読売なのか、湯たんぽの使用は許されているのかどうか……その人間の名前以外の情報はすべてこの札でわかるようになっている。名前だけがわからないのだ。

プライバシーの保護が考慮されてのことでもあるのだろうが、たんに看守たちの作業の煩雑さを取り除くという配慮が働いているからでもあるのにちがいない。独居房に収容されている人間には名前が表示されていない。名前は表示されずに、たんに番号だけが示されているのだ。たとえば彼は〝一〇〇五番〟なのであって、ここでの彼の行動はすべてその番号で表されることになる。

彼は〝彼〟でない。何者でもない。その素性も本名もわからないのだとしたら、彼をその番号で呼ぶしかないのではないか。すなわち〝一〇〇五番〟の番号で呼ぶしかない。

いま――〝一〇〇五番〟は独居房の二十三房にいる。

独居房は三畳弱ほどの広さしかない。便器の蓋《ふた》を腰掛けにし、洗面台の蓋を机にするなどの工夫がほどこされているが、その狭さだけは如何《いかん》ともしがたい。

食器口が土足通路すれすれ、扉下部の低い位置にあるのも不潔きわまりないし、いつ視察口からこっそり監視されるかわからない、ということもプライバシーの保護という観点からは大いに問題があるだろう。

が、この季節、七月……なにより収容者たちを悩ませるのは、その暑さなのだった。

独居房には、一方の壁に鉄格子の塡《は》まった窓があるだけで、もう一方、扉側の壁には窓がない。そのために、きわめて換気が悪く、その暑さはほとんどサウナに匹敵するといっていいほどだ。

この二十三房にもムッとするような熱気がこもっている。暑い。まだ午前中だというのにすでに三十五度を超えているだろう。視線を凝らすと房に陽炎《かげろう》が立ちのぼっているのが見えるほどだった。

〝一〇〇五番〟はジッと床のうえに座っている。壁際には、畳んだ寝具が積みあげられているが、そこに凭《もた》れかかるのは許されていない。横臥するためには医務部から横臥許可を取らなければならない——便器の蓋に腰掛けないかぎり、そうして床に座っているほかはないのだ。

経験のない者にはわからないが、そうして、いつも同じ姿勢でいなければならないというのは、かなり辛《つら》いことであるらしい。独居房に入れられて、もっとも辛いことの一つに、このことを挙げる収容者も少なくないほどなのである。

が——

〝一〇〇五番〟の端正といっていい顔には不思議なほど苦痛の表情が見られない。いや、その顔は苦痛にかぎらず、どんな感情の痕跡《こんせき》もとどめていない。まるで肉の仮面を被《かぶ》ってでもいるかのようだ。

〝一〇〇五番〟の不思議なところは、拘置所の職員、あるいは裁判所の人間と接するときには、完璧《かんぺき》に二十七歳の若者になりきってしまい、およそ誰からもそのことを疑われないということだ。そう、それは演じるなどという底の浅いものではない。完璧にその人物になりきってしまう。〝一〇〇五番〟に接する者は誰もその擬態を疑おうとはしない。

長身だが、スリムなために、大男という印象はない。人によってはむしろ華奢《きゃしゃ》という印象さえ受けるのではないか。が、じつは、〝一〇〇五番〟が華奢だなどとんでもないことなのだ。

ボディビルのこけ威しの筋肉こそついていないが、その体はしなやかで強靭《きょうじん》な筋肉に鎧《よろ》われ、持久力、瞬発力ともに申し分がない。

実際に、〝一〇〇五番〟は素手で何人もの人間を殺しているという噂《うわさ》があるほどなのだ。その鍛えられた体を見るかぎり、あながち、その噂を誇張とばかりもいえないだろう。これだけ強靭な筋肉に恵まれていれば素手で人間の頸骨《けいこつ》をへし折るぐらいのことは何でもないにちがいない。

が、〝一〇〇五番〟はそれすら薄い被服の下に巧みに隠してしまっている。〝一〇〇五番〟を見て、衣服のうえから、その発達した筋肉を見て取る人間は少ないだろう。それどころか、ほとんどの人は、〝一〇〇五番〟のことをやせて貧弱な体つきをしているものと誤解するのにちがいない。

つまり〝一〇〇五番〟という男は、自分を完璧な擬態のもとに覆い隠すことに、天才的なまでに長《た》けているのだ。その擬態を見破ることのできる人間は、きわめてまれであるだろう。いや、あるいは皆無といってもいいかもしれない。

独居房では扉に向かって縦に畳が二枚敷かれている。残り一畳、板敷きに、便器があり、洗い場があるから、事実上、日常における生活の場は、この二畳部分がすべてといっていいだろう。

いま――〝一〇〇五番〟はその畳のうえにひっそりと端座している。扉に顔を向けて正座しているのだ。

日が高くなるにつれ、独居房のなかはますます温度が上がりつつあるというのに、その端正な顔には汗一つかいていない。その仮面のような顔は、ますます感情を殺して、どんな表情の変化も見られない。

扉の外側に人の声がして視察口がカタンと音をたてて開いた。視察口から看守の目が覗《のぞ》き込んだ。

そして、すぐに扉が開き、そこに立っている看守が大きな声で、「二十三房、番号を言え」といった。彼が「一〇〇五番――」と答えると、よし、とこれも大声で応じ、もう一人の看守がガラガラと台車を押しつつ「巡回官本だ」という。

「巡回官本」というのは、主に未決被告人の読み終えた書籍を集めたもので、小規模な巡回図書館とでも考えればいいだろう。月刊の小説誌、文庫、マンガなどが多い。

――看守が、毎週二回、それを台車に載せ、各房を巡回することになっていて、一度に二冊まで借りられる。

〝一〇〇五番〟は中腰の姿勢のまま、扉口まで出て、台車の函《はこ》から一冊の雑誌を取り出した。どうやら相撲の専門誌らしい。あまり書店で見かけることのない雑誌だ。

「これをお借りします。どうも有り難うございます」

〝一〇〇五番〟が頭をさげるのと同時に音をたてて扉が閉まった。

そして扉越しに、看守が台車を押しながら立ち去る、ガラガラ、という車輪の響きが聞こえてきた。しだいにその響きは遠ざかっていって、やがて何も聞こえなくなってしまう。

「………」〝一〇〇五番〟はもう看守たちには何の関心も持っていないようだ。その顔はやはり木彫りの仮面のように硬く無表情なままで、そこにはどんな感情の動きも表れていない。

その指が機械的に雑誌のページをめくりつづけていた。どうやら雑誌をめくって何かを捜しているらしい。あるページまで来てその視線がわずかに動いた。指がとまる。動揺したというわけではない。あくまでもわずかに動いたという程度にとどまる。その木彫りの仮面のように表情のない顔に針で刺したほどの感情の動きが見られたにすぎない。それにしたところで、この〝一〇〇五番〟にしてはきわめて珍しいことといえるだろうが。

細心の注意を込めてそのページを破り取った。そして、あいかわらず硬い表情のまま、ジッとそれを見つめている。いったい彼は何を見ているのだろう？　そこにはすでに終わったはずの大相撲夏場所の星取り表が印刷されているだけなのに。

ふつうの人間が見るかぎり、それ以外は何も見て取ることはできないだろう。そう、ふつうの人間が見るかぎりは――

が、〝一〇〇五番〟はふつうの人間ではないし、その星取り表は見るべき人間が見れば、ある種の暗号になっているのだった。

「綾瀬《あやせ》署『喪失課』の」やがて〝一〇〇五番〟がボソリとつぶやいた。「伊勢原《いせはら》を――」

あまりにそれまで独居房が静かにすぎたのだろう。その声は思いがけず大きく〝一〇〇五番〟の耳に轟《とどろ》いたようだ。〝一〇〇五番〟は自分で自分の声に驚いたかのようにギクリと顔をあげた。そして扉の一点をジッと見つめる。

やがて、つづけて、これは独り言のように「殺す」と呟《つぶや》いた。

そのとき扉の向こうから「配食」という号令の声が聞こえてきた。どうやら昼食の時間になったようだった。

〝一〇〇五番〟の唇を微《かす》かに薄い笑いが掃《は》いた。鉛筆を取り出してそれで星取り表に何かを書き込んだ。そして、そのページをクシャクシャに小さく丸めると自分の掌《てのひら》のなかに押し込んだ。

そのとき扉の下端にある食器口が開き、「おい、〝一〇〇五番〟、配食だ」という声が聞こえてきた。そして食事を載せたトレイが差し入れられる。

アルミの弁当箱に米と麦が入っている。それにキャベツの千切りを添えたメンチカツ、味噌汁《みそしる》。――そのお碗《わん》のなかには配食係の親指が無造作に入っていた……

……東京拘置所には養豚舎がある。養豚舎といっても粗末なバラック造りにすぎないのだが。そこで百頭あまりの豚が入所者たちの出す残飯で飼育されている。食後、入所者たちの出す残飯はポリバケツに捨てられる。そして炊事場で大きなドラム缶にまとめられる。それを豚舎係のやはり入所者たちが台車で養豚舎まで運んでいくことになっているのだ。

毎日、入所者たちが、豚舎を掃除してはいる。が、何といっても彼らは養豚には素人であって、その清掃にも行き届かないところがあるのはやむをえない。そのうえ、このところの連日の暑さだ。餌箱《えさばこ》にこびりついている残飯のカスが腐って異臭を漂わせているのは否定しようがない。

いま、そのムンムンと熱気がこもる豚舎のバラックのなかで、何人もの入所者たちが働いている。むき出しになっている地面に長い餌箱が置かれてある。その餌箱に豚舎係たちが残飯を流し込むと豚たちが一斉に集まってきた。

豚たちは押し合いへし合いしながら餌箱に頭を突っ込んでいる。餌にありつこうと必死になっている。鳴いているというより、互いに悲鳴をあげているのだ。

キー　キー　キー　バヴ　バヴゥル！

その煩《うるさ》さと臭さは並たいていのものではない。熱気のなかにもうもうと埃《ほこり》が舞いあがっていることもあって、手拭《てぬぐ》いで鼻と口を押さえた入所者たちは、顔を顰《しか》めて一斉に後ずさる。

そんななかにあって、その男だけが、ひとり残飯のドラム缶に近づいていったのだ。小柄で、なめし革のように黒く日に焼けた、それだけに、いかにも敏捷《びんしょう》そうな印象の中年男だった。すばやく残飯のなかから一枚の紙を拾いあげる。

ほかの入所者たちは豚たちの異臭を避けるのに精一杯で、誰もそのことに気がつかなかったようだ。男はその紙片を鋭い視線で舐《な》めると、驚いたようにつぶやいた。

「冗談じゃねえ。マジかよ。いくら『喪失課』でも刑事は刑事じゃねえか。殺すのはヤバイだろうぜ……」

平成二年（一九九〇）七月二十日金曜日未明――

昨日からの猛暑は夜になってもいっこうに衰える気配を見せない。やりきれない熱帯夜で、まるで神経の底を炙《あぶ》られているかのようだ。サウナのような夜が、じりじりと寝苦しい時を刻んだが、それも明け方の四時をまわって、ようやく和らぎつつあるようだった。

が、ここ、東京足立区《あだち》「北綾瀬」駅の周辺では、深夜から明け方に向かい、緊張感と焦燥感がつのって、なおさら蒸し暑さが増しているかに感じられた。

それというのも前夜十九日夜、「綾瀬署」の近隣において不発弾が発見されたという情報が入ったからである。「綾瀬署」は環七通りに面して建っていて、正確には、その建物に隣接している「自転車置き場」から数発の不発弾が発見されたということだったが。

ただちに警察署から、陸上自衛隊××混成団に所属する特別不発弾処理隊に連絡が行って、不発弾の処理・撤去が行われることになった。万が一の場合が考慮され、特別不発弾処理隊から、関係者全員に「綾瀬署」からの避難が求められたことはいうまでもないだろう。通常、こうした場合には、処理現場を中心にし、半径五、六〇〇メートルにわたって、地域住民をすべて避難させるのが望ましいとされているのだという。

もっとも、そのことに関して、明確に法的な規制があるわけではない。ましてや深夜ということでもあり、自衛隊はもちろん、警察にも、強制的に一般人を立ち退《の》かせることなどできない。

せいぜい警察の広報カーが巡回し、搭載スピーカーで注意をうながしたぐらいで、大半の住民は家に閉じこもって外出をひかえるという程度にとどまったようだ。

深夜一時になって、特別不発弾処理隊が現場に到着した。

隊員数十三名——二等陸佐を隊長とし、幹部、陸曹などで構成されている。全員が不発弾処理の特別訓練を受けている実戦部隊である。

処理隊が到着したことで、「綾瀬署」の緊張は一気に高まった。その時点では、まだ十名ほどの署員が残っていたのだが、処理隊に一応の引き継ぎをし、その全員が退去することになった。このときに現場責任者であった署長も退去している。この時点で、署内のほかの人間がすべて、それこそ代用監獄に収監されていた被疑者にいたるまで、避難を終えていたことはいうまでもない。

深夜のこととはいえ、一つの警察署の人間がそっくり移動するとなると、その移動先を定めるのさえ容易なことではない。それまでに（といってもわずか一時間足らずのうちにのことであったが）様々な案が検討されたが、結局、全員が「千住《せんじゅ》署」に避難することになった。

「千住署」は、ＪＲ「北千住」を最寄り駅にし、日光街道（国道四号線）のごく近くにある。荒川を挟んで、「綾瀬署」の南南西にあって、この両署の中間ぐらいに東京拘置所が位置しているのである。

「綾瀬署」から「千住署」まではさほどの距離ではない。せいぜい車で十五分足らずというところだろう。「綾瀬署」の署員が一時的に避難するのには絶好の場所にあるといっていい。

先にも述べたように、深夜ということもあって、住民たちは誰一人として避難していない。

が、なにしろ広報カーが巡回し、繰り返し不発弾への注意をうながしているのだ。住民としても、まったく無関心でいられないのは当然だろう。

現に、「綾瀬署」界隈《かいわい》にあるバー、飲み屋などは、早々に店じまいをし、住民たちも総じて夜間の外出をひかえている。この付近に出入りする道路も封鎖され、すべて通りかかった車は迂回《うかい》を強いられているのだ。

つまり、この夜、「綾瀬署」を中心にした北綾瀬の街は、人の姿は見えず、車の流れも絶えて、恐ろしいほどにしんと静まりかえっていたのだった。

午前四時頃……

一台の覆面パトカーが首都高六号三郷《みさと》線を八潮《やしお》方面に向けてパトロールしていた。

警視庁第一機捜×分駐所配属――いわゆる機動捜査隊の覆面パトカーである。

機捜隊の覆面パトカーがパトロール勤務に当たるのは異例のことといっていい。通常、地域のパトロールは、地域部に所属する自動車警ら隊の任務なのである。

不発弾処理の必要から、「綾瀬署」の全署員が「千住署」に移動したために、この地域を担当する自動車警ら隊は職務放棄を余儀なくされた。「綾瀬署」を中心とする半径五、六〇〇メートルの地域がいわば空っぽになってしまったわけである。

当局は、そのことを危惧《きぐ》し、この夜だけの特例として、第一機捜にパトロールを命じたのであったが――まさか、こんなとんでもない事件が報告されることになるとは、第一機捜本部も、警視庁も思ってもいなかったはずなのだ。

午前四時十二分……この覆面パトカー（機捜132）から第一機捜本部に無線連絡が入り、この、警視庁始まって以来の怪事件が幕を切って落とされたのだった。

「機捜132から一機捜――」

最初からその声はうわずっていて、異常を感じさせたという。

「一機捜です。どうぞ」

「132は、現在、し、首都高六号三郷線から加平《かへい》ランプを降り、環七通りを、あ、あ、あ、『綾瀬署』に向かっていますが」

「132、どうしました。落ち着いて話してください。どうぞ」

「ま、町がないのです。どこにも町がありません！　どうぞ」

「132、132、どうしたのですか。落ち着いて話してください。何があったのですか。どうぞ」

「だ、だ、だから町が消えてるんだよ。畜生！」ついにその声が耳障りに悲鳴のように高まった。「北綾瀬の町がどこにもないんだよ。どうもこうもない。街がそっくり消えちまってるんだよ。町がどっかに行っちまった。どうぞ——」

第一話 自転車泥棒

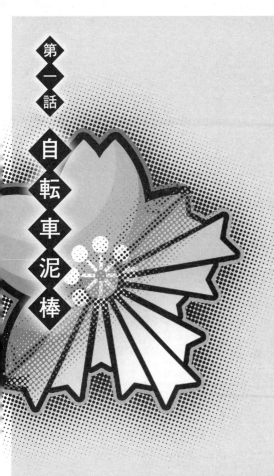

1

平成二年（一九九〇）六月、東京都足立区加平《かへい》×丁目で強盗殺人事件が発生した。

被害者は、柚子木光子《ゆずきみつこ》（三十九歳）、独身。……新橋、日暮里《にっぽり》で、バー、クラブ、カラオケ・ボックスなど数軒を経営する、いわゆる女性実業家で、「ヴィラ加平」（マンション）の一〇二号室・自室で、胸を刺され、死んでいるのが発見された。

第一発見者は、柚子木光子の経営するクラブのマネージャーである。時間になっても光子が店に現れないのを不審に思い、マンションを訪ねて、管理人の立会いのもとに、合鍵《あいかぎ》でドアを開けさせた。なかを覗《のぞ》いたところ、被害者が血まみれになって廊下に倒れていて、その死亡を確認したのち、一一〇番通報した。

その通報内容から、殺人事件であることが明らかであったため、警視庁、および所轄・綾瀬《あやせ》署に連絡が入って、それぞれの捜査関係者が現場に急行した。

綾瀬署の刑事課長の指揮のもと現場保存がおこなわれ、つづいて鑑識課、科学捜査研究所員により、現場検証が開始された。こうした場合の常道として、検証はまず現場の外周から始まり、つづいて内部に進む。

その結果、明らかになったことは、外部から侵入した形跡がない、玄関に飛沫血痕《ひまつけっこん》が残されていた、同じく玄関に男物の靴痕が残されていた、被害者の衣服はほとんど乱れていない、物色のあとが濃い、などである。

これは、被害者自身が犯人を玄関から招き入れて、相手が顔見知りであるかどうかして安心しきっているところを刺され、リビングに逃げようとして力尽き、廊下で絶命したことを示している。

仕事の必要上から、被害者はいつも自宅にまとまった現金を置いていたという。犯人は、その現金、および貴金属類を奪い、被害者から鍵を取って、施錠し、逃亡したものと思われる。

捜査員たちが被害者の異性関係を疑ったのは当然のことだろう。

が、マネージャー、および、そのほかの知人の話によると、柚子木光子は異性関係にはきわめて潔癖な女性で、これといって深い交際のある男性はいなかったという。その後の捜査員の聞き込みによっても、このことは証明され、たしかに仕事関係を除いて、被害者の周囲に異性の存在はなかったらしい。

だとすると、顔見知りの犯行ではない、ということになり、これは現場の状況といささか矛盾するようである。

それというのも、女性のひとり暮らしであり、しかもまとまった現金を自宅に置いているのだから、当然といえば当然なのだが、柚子木光子はじつに用心深く、めったなことでは人を自室に招き入れようとしなかった、という事実があるからだ。

顔見知りの犯行でないとしたら、それほど用心深い柚子木光子がどうしてうかつにドアの鍵を開けたりしたのだろう？

が、そのことが捜査員たちを悩ませるようになったのは、数日後のことで、まだ現場検証の時点ではこうしたことは明らかになっていない。

鑑識課員による写真撮影、指紋・足痕跡・遺留物の採取などが進められる一方で、代行検視がおこなわれる。……すべては、きわめて事務的に、厳粛といっていい雰囲気のなかで進められたが、刑事課長が「おい、渡辺《わたなべ》」と声をあげたときだけは、所轄署の刑事たちのあいだで笑いが起こった。

当の刑事課長も、すぐに笑いの意味に気がついたらしく、「そうか、渡辺はもういないんだったな」と苦笑まじりに言う。

「そうですよ。あいつは昨日から喪失課に転属になりました」と刑事のひとりが言い、その喪失課という言葉には、なにか独特の笑いを誘う要因があるらしく、刑事たちはまたドッと笑い声をあげた。

2

日々、この路線を使っているが、何度乗っても、この路線になじむことはできない。何というか、遊園地の「お猿の電車」に乗っているような非現実感にみまわれる。現実にこんな路線があっていいものか、と思う。

千代田線「綾瀬」駅から、たった一駅「北綾瀬」駅までの路線……いずれ人口が急増したから、増設された路線なのだろうが、それにしても、たった一駅のための路線というのは、冗談キツイよ、という気分にさせられる。

「北綾瀬」に向かう、ほとんど乗客のいないがらんとした列車に、ただ週刊誌の中吊《なかづ》り広告だけが揺れている。

『愛される理由』（二谷友里恵）は〝現代の奇書〟と大書されていて、その横に「作文を作品といいくるめ」て70万部、とある。

べつの週刊誌の中吊り広告を見ると、フォーブス誌に選ばれた「日本の金持ち」四十人の納税額、とあり、その横に、節税で稼いだ六人の男、どっこい生きていたサラ金御三家、火事、落選、そしてゴッホの富豪たち、などと印刷されている。

そんな中吊り広告を見るとはなしに見ながら、渡辺一真《かずま》がぼんやり考えているのは、しかし『愛される理由』のことでもなければ、バブル成り金たちのことでもなく、東京国立近代美術館で開催される「手塚治虫展」を見にいく時間があるかどうか、ということだった。

――おそらく、ないだろうな。仕事が忙しい。

胸のなかでため息をついた。

マンガ家の手塚治虫が亡くなったのは去年のことであり、すでに一年五カ月が過ぎている。手塚治虫の葬儀には、わざわざ喪服を着て、青山斎場まで出かけていって、その遺影のまえで涙ぐんだりもしたのだが、いまだにその打撃から立ち直ったとはいえない。もちろん面識などあったわけではないが、渡辺にとって、手塚治虫はいわば神様のような存在であって、いまもその死は虚《うつ》ろな空洞を胸の底に残している。

今年の夏はひどい。あらためてそう思う。

おととしは『となりのトトロ』があり、去年は『魔女の宅急便』があった。が、今年はめぼしい作品がなにもない。『アンパンマン』があり、『鳥山明ザ・ワールド』があるが、どちらも映画館に足を運ぶほどの興味がわいてこない。テレビ・アニメは『ちびまる子ちゃん』が席巻し、街を歩いて『おどるポンポコリン』が聞こえてこないことはないほどだが、これも渡辺の趣味とは微妙にずれている。かろうじてＮＨＫの『ふしぎの海のナディア』が渡辺の好き心を誘ったが、これも大作アニメが映画館で上映されない空白を埋めるほどではなかった。

それでせめて「手塚治虫展」でも見に行こうかと考えたのだが、綾瀬署の「失踪《しっそう》課」に転属になってからは、自分の時間というものがまるでない。解決されようがされまいが、ほとんど誰も気にかけない、つまらない事件が山積みになっていて、些事《さじ》といっていい雑用に追われる日々がつづいている。

『天空戦記シュラト』のレンゲの声をやっている林原めぐみにファン・レターを書いたり、アニメ同人誌に「トトロはなぜ少女を助けないのか」という文章を寄稿したり、それでもあれこれやってはいるのだが、そんなことで渡辺の渇きはいやされない。

もっとも、「トトロはなぜ少女を助けないのか」という論文は、かなり着眼点がユニークだと自負していて、それなりに気にいってはいるのだが。……トトロは行方不明になった妹を捜す少女を助けようとはしない。結局、実際に、彼女を助けてくれるのはネコバスのほうなのだ。それはどうしてか？　つまるところ、トトロは隣人として、それこそ隣りにいることに意味があるからではないか。人間とかかわりあうことがない、隣人としてのトトロ。……一にかかって、そこにこそ宮崎駿の思想がある。

悪くはない。いい線いってる……そう思う頭の片隅を、ちらり、と、妹を捜すんだったら「失踪課」に依頼すればいいのに、というバカげた考えがよぎって、その自負心がたちまち萎《しお》れるのを覚えた。

――このまま「失踪課」の仕事に追いまくられてアニメから遠ざかっていくことになるのだろうか。

そう思うと、なにか自分の足がふわっと浮いてしまうような心細さ、頼りなさを覚えずにはいられない。警察の仕事と、アニメの趣味と、どちらによりアイデンティティを覚えるか、といえば、それは文句なしにアニメのほうなのだ。アニメから遠ざかって、日々の警察の仕事に追われている自分の姿など、想像するだけでうんざりしてしまう。

が……

そのアニメ好きが災いして、渡辺は綾瀬署刑事課から、おなじ綾瀬署の「失踪課」に放り込まれることになってしまったのだった。

もともと警察に「失踪課」などという部署はない。

これまで警察としては、特に事件性が認められないかぎり、失踪人の捜査などはおこなってこなかった。失踪人、といっても、なかには自発的に姿をくらますケースだってあるだろう。個人の意思を尊重する民主警察としては、一方的に失踪人を捜すのをいさぎよしとはしない。第一、警察の人員にもかぎりがあり、失踪した人間をいちいち捜すのは物理的にも不可能なことなのだ……

これが、これまでの警察の基本方針だったのだが、今回、警視庁は、実験的に、綾瀬署に「失踪課」を創設し、重点的に失踪人の行方を捜すことになった。これは、民主警察がより市民に愛され、親しまれるための、画期的なこころみといえるだろう……。

嘘《うそ》、なのだ。

嘘といって悪ければ、たんなるたてまえといっていい。

警視庁としては、どうしようもないカス、使い物にならないクズを各署から集め、それを綾瀬署に新設した「失踪課」に放り込んだにすぎない。

いずれ「失踪課」は実績をあげることなどできないだろう。使い物にならない人間ばかり集めたのだから実績をあげることなどできようはずがない（現に、「失踪課」の人間は、失踪者の行方を捜すどころか、つまらない遺失物を捜すような仕事ばかりさせられている。とても刑事の仕事とはいえない。ホームルームの風紀係、の仕事だ）。ころあいを見はからって、警視庁は「失踪課」を閉鎖し、なんらかのかたちで課員たちを処分する。これで〝腐ったリンゴ〟を警察から一掃することができるというわけだ。

使い物にならないクズ、などといえば、警察ドラマのアウトロー、一匹狼《おおかみ》のような刑事が連想されるが、「失踪課」の面々はとてもそんな上等な代物ではない。渡辺の目から見ても、無能、無気力、不平屋、よくこれだけ出来の悪い人間ばかり集めたものだ、と感心させられるほどなのだ。

そのことは、綾瀬署のみならず、ほかの所轄署にも知れわたっていて、誰ひとりとして「失踪課」などという、しゃれた名前で呼ぼうとはしない。失踪、という言葉を逆にして、その名も……

六方面喪失課

何ということだろう。渡辺一真は二十六歳にしてすでにその「喪失課」の課員なのだ。

渡辺一真、二十六歳、階級は巡査……

交番勤務をへて、綾瀬署の刑事課に転属になり、制服を私服に着替えて二年。それなりに経験を積んできたはずなのに、思いもかけないことから「喪失課」に放り込まれることになってしまった。

思いもかけないことというのは、つまりは例の「連続幼女誘拐殺人事件」で、被疑者のMがいわゆる〝オタク〟だったことから、世の中にオタク・バッシングの風潮が生まれることになったそのことだ。この時期、オタクと変質者がほとんど同義に見なされていたといっていい。そして警察というところはほかのどんな組織にも増して、そうした世論を気にするところなのだ。……渡辺がアニメのマニアであることは先輩たちにも知れわたっていて、不条理とも愚劣とも何ともいいようのないことに、あっという間に危険人物あつかいされることになってしまったのだった。

そのあげく、「喪失課」に放り込まれることになってしまったのだから、これはもう災難の域を超えて、ほとんどカフカの『審判』の世界だと言っていい。

電車が「北綾瀬駅」にとまる。綾瀬署はこの「北綾瀬駅」から歩いて十分ほどのところにある。

ホームにおりたとたん、コンクリートの輻射熱《ふくしゃ》がムッと押し寄せてくるのを感じた。朝の九時まえだというのに、すでにホームにはギラギラとした陽光が撥《は》ねていて、白っぽい熱気が揺らめいているのだ。

平成二年七月十九日木曜日……

気象庁は、昨日、梅雨明け宣言をして、あっというまに日本は夏型の気圧配置に移行し、今日は朝から信じられないほどの暑さになっている。

「たまんねえな……」

とつぶやいた渡辺の顔には何ともいえない悲哀の色がにじんでいた。

3

ここにもう一人、

「たまんねえな」

とつぶやいた「喪失課」の刑事がいる。

遠藤《えんどう》貢《みつぐ》、三十二歳——

長身で、痩《や》せている。その顔は頬《ほお》が削《そ》げ、鋭い目をしている。いかにも刑事という仕事にふさわしい顔つきだ。——事実、遠藤は、無能な人間がそろっている「喪失課」にあっては、めずらしく、まずは腕ききといっていい刑事なのだった。

もともとは第四方面・新宿署の刑事課に勤務していた。

階級は巡査部長……なにしろ、あの新宿署・刑事課で主任を務めたほどなのだから、それなりに有能な刑事だったと認めてやるべきだろう。

それが、こともあろうに「綾瀬署」の「喪失課」などに配属させられたのには、しかるべき理由があるのだが、遠藤はそのことを決して他人に話そうとはしない。もともと人好きのする人間ではなく、親しい同僚など皆無といっていいのだ。ましてや「喪失課」の同僚たちのことなど頭から馬鹿にしていて、まず腹を割って話すことなどない。

かろうじて課長の磯貝《いそがい》には一目置いているようだが、だからといって、べつだん好意を持っているわけでもなければ、信頼しているわけでもないらしい。「喪失課」の同僚たちなど刑事としても人間としてもまるで認めていない、というところが本音だろう。じつはその狭量さが、遠藤という人間の最大の欠点でもあるのだが、本人はそのことに気がついてもいないようだ。

いま――

遠藤は北千住《きたせんじゅ》のとある商店街にいる。

足立税務署にほど近いところ、古くからの商店街として、この界隈《かいわい》の人たちに親しまれている街だ。いや、親しまれていた、と過去形でいうべきかもしれない。バブルが始まって以来、ご多分に洩《も》れず、この街も消滅の危機にさらされている。

要するに、銀行と不動産業者と地上げ屋が結託して、札びらで商店主たちの頰を引っぱたくようにし、商店街の切り崩しにかかっているわけなのだ。

なにしろ日本中が金権にまみれ、電話一本で億のカネが飛びかっている。クソさえも金粉にまみれているご時世だ。――切り崩しをかけるほうも、かけられるほうも、いいかげん欲ボケして、まともな神経を失ってしまっている。

もう何百万上積みします、いや桁《けた》が違う何千万だろう……と不毛なやりとりがつづけられるうちに、商談はこじれにこじれ、ついにはダンプカーが店に突っ込んでしまうことになる。日本中、いたるところ、そんな話ばかりだ。

　このクリーニング屋もそうだ。このクリーニング屋のオーナーは、三軒長屋になった木造二階建て住宅の一軒を借り、営業をつづけてきたが、去年、家主がその土地建物を都内の建設業者に売却してしまった。建設業者は、クリーニング屋に立ち退《の》きを求めたが（二千万という立ち退き料を提示している）、クリーニング屋はそれに応じようとはせず、そのことに業を煮やした地上げ屋はついにダンプカーを店に突っ込ませた。

　実際に、ダンプカーを運転していたのは、某右翼団体の団体役員で、たちどころに建造物損壊の容疑で逮捕されたが、その背後で、建設業者と銀行が糸を引いているのは、まず間違いないところだろう。

　もっともダンプカーが突っ込んだといっても、ほんの店先が壊れたぐらいのことで、地上げ屋もそのへんは心得ていて、怪我《けが》人を出すようなヘマはしない。立ち退きを迫るほうも、迫られるほうも、欲をかいていることでは似たりよったりで、要するに、これは商談がこじれただけのことにすぎない。その意味では、これは事件性にきわめて乏しい事件といえるだろう。

　実際、何千万、何億というカネが無造作に飛びかう、こんな事件に駆り出される警察官はたまったものではない。どうせイタチごっこなのだ。検挙した相手は、結局、略式起訴に終わって、すぐにシャバに出てきてしまう。しかも、どうということのないチンピラが、アルマーニの背広を着、ロレックスの時計を塡《は》め、エルメスの靴を履いて、上から下までザッと一千万といういでたちで固めているのだ。安月給の警察官たる者、悲哀の念にかられるのも当然で、そのやるせない思いに、つい「たまんねえな」とグチの一つもこぼしたくなろうというものではないか。

「………」

遠藤もその例外ではない。アロハシャツに、コットンパンツ、スニーカー、それにこれはどういうわけか、この暑い盛りに長いコートをひっかけている。上から下までバーゲンの見切り品ばかりで合わせて一万円というところか。――この男に、悲哀の念、などという文学的な情緒は無縁のものだが、それでもさすがに憮然《ぶぜん》とした面持ちは隠しきれずにいるようだ。

すでにダンプカーは取り除かれ、警察の現場検証もあらかた終わっている。破壊された柱や壁の破片が、いたるところ路上に飛び散っているが、それも暗くなるまでには片づけられることだろう。野次馬たちもほとんど散ってしまい、ロープを張って、現場の整理に当たっている警察官も、何か手持ち無沙汰《ぶさた》な表情だった。ましてや「喪失課」の遠藤などにここでやるべきことは何もない。

いや、それをいうなら、そもそも「綾瀬署」の遠藤が、この北千住の商店街に足を運んでくること自体、異例なことなのだ。いうまでもないことだが、このあたり、北千住は、千住署の管轄にある。

野次馬たちに混じって、ダンプカーが突っ込んだクリーニング屋を見ながら、

「たまんねえな……」

と呟《つぶや》いたのだが、どうして「綾瀬署」の遠藤が、ここでそんなふうに呟かなければならないか、そのこと自体、奇妙なことといっていいだろう。

4

綾瀬は管区では六方面に入る。

六方面——筆頭署は上野警察署、方面本部は蔵前警察署にある。

以前は「花の六方面」と呼ばれたこともあるが、これは上野駅が名実ともに東京の玄関口だったころの話で、いまはもう誰もそんな呼び方はしないようだ。

ちなみに「ゴミの五方面」などという呼び方もあり、これはその管区内にある池袋で、猟奇犯罪が多い、というところから来ているようである。

その地域によって、それぞれ特色があり、何といっても華やかなのは丸の内署を筆

頭署とする一方面だろう。それに比して、五反田警察署を筆頭署とする二方面などは、もっともヒマな管区とされたものだが、それも蒲田《かまた》、大崎などで少年犯罪が増えてきて、やや事情が変わってきたようだ。

事情が変わってきたといえば、六方面綾瀬署などはその最たるものだろう。綾瀬は、八十年代に入って急激に人口が増え、それにつれて犯罪件数もうなぎ登りに増えた。警察回りの新聞記者たちに言わせるとパトカーのサイレンの音が途切れることがないのだという。……事実、一年半まえ、世間を震撼《しんかん》させた「女子高生コンクリート詰め殺人事件」が、綾瀬で起こった事件であることは記憶に新しい。

あまりの犯罪件数の増加に、現在、北綾瀬にある「綾瀬署」を「北綾瀬署」とし、新たに綾瀬に「綾瀬署」を新設するという計画もあるらしい。いまだに計画があるというだけのことで、具体的に実現する動きはないが、警察署が二つになれば、当然、それにつれてポストも倍加するわけで、出世を望む署員たちはおおむねこれを歓迎し、そのことに希望をつないでいた。

が、「喪失課」に関してはそのかぎりではない。新たに「綾瀬署」ができたところで、そのときにはもう「喪失課」は解散してしまっているにちがいないからだ。課員たちは散りぢりになって、そのなかの何人かは警察官であることを辞めているだろう。

刑事課はもちろん、生活安全課、防犯係、保安係、地域課からさえも相手にされな

い、手柄にもならなければ、筋も悪いゴミのような事件ばかり押しつけられている

「喪失課」が、どんなポストが増えたところで、出世にありつけるはずなどないのだ。

新宿署にいたときには、やり手とうたわれた遠藤も、「喪失課」に在籍しているかぎりは、せっかくの手腕も宝の持ち腐れということになりそうだった……

「すみませんが」背後から声が聞こえてきた。「タバコを頂戴《ちょうだい》できませんか」

「…………」

遠藤は振り返る。

そこに一人の男が立っていた。ワイシャツ姿の中年男だった。グレイの背広を腕にかけていた。やや襟《えり》が垢《あか》じみてはいるが、きちんと髭《ひげ》を剃《そ》り、ネクタイも締めて、まずは尋常なサラリーマンといった印象だ。鼈甲縁《べっこうぶち》の眼鏡の下でその目を気弱げに瞬《しばたた》かせている。

「申し訳ありませんが、タバコを頂戴できないでしょうか」と男は繰り返す。丁寧すぎる口調だった。

「あ、ああ――」遠藤はうなずいて、ポケットからセブンスターの函《はこ》を取り出す。

「申し訳ありません」男は目を伏せると、ため息をついた。「わたし、若いときからマルボロしか吸わないものですから」

「そうか、そうだったな……」

遠藤としては苦笑せざるを得ない。

この男は、つまり、マルボロしか吸わない情報屋というわけなのだ。そう、どこから見てもカタギのサラリーマンにしか見えないこの男は、名を椎名《しいな》といって、じつは、新宿署にいたころからつきあいのある情報屋なのである。

いや、当人のつもりでは、自分は情報屋ではない、いまだにサラリーマンなのだ、というかもしれない。あまりにまっとうにすぎて、とうとう会社にいられなくなってしまったサラリーマン……つまりは、それが自分なのだ、と。

椎名は（これも本名ではないようだが）技術系のサラリーマンで、自分はもの作りのプロであると自負していたらしい。ところが会社が財テクに手を出し、おりからのバブル景気にあおられ、短期間のうちに、なまじものを作るよりもズッと収益をあげられるようになってしまった。そして、生真面目《きまじめ》な技術者肌の椎名には、それは耐えられないことであったらしい。

――仕事というのはものを作ることではないか、こんなものは仕事ではない、これは堕落以外の何物でもない……

そんなことを思いつめているうちに、とうとう、ある日、会社を無断欠勤してしまったのだという。あとは坂道を石が転げ落ちるようなものだった。そのことがまた苦痛になり、懊悩《おうのう》がつのって、気がついてみると、新宿でホームレスになっていたらしい。

もともと生真面目で、研究熱心な性格だったために、ただ無為にホームレスをつづけていることに耐えられなかった。新宿署にいた遠藤と知り合いになったことがきっかけになって、いつのまにか有能な情報屋として生きるようになっていた。——生粋の技術者である椎名は、いかにして効率的に情報を収集するか、そのノウハウを積み重ねていって、そのテクニックをほとんど「技術」の域にまで高めたのだった。

遠藤としては、椎名にずいぶん助けられたものだが、それも「綾瀬署」に転属になってからは縁が切れた。いや、縁が切れたとばかり思っていたのだが、今朝、突然、椎名のほうからアパートに電話がかかってきたのである。

ぜひ耳に入れておきたいことがある、この北千住商店街の「事件現場」まで来て欲しい、という。

——どんな話か知らねえがよ。話を聞いてもどうにもならないかもしれねえぞ。おれはもう新宿署の刑事課の刑事じゃない。糞ッタレの「喪失課」の刑事だからよ……

電話に叩き起こされたこともあって、遠藤は不機嫌にそういったが、じつは、そのときにはもう心の底で、北千住まで足を運ぶのを決めていた。

こんなふうに椎名のほうから会いたいと連絡してくることは、いまだかつて一度としてなかったことだ。そのことだけを取ってみても北千住まで足を運ぶ価値はあろうというものだろう。

それに——どうせ営団千代田線で「北千住」は「北綾瀬（綾瀬署の最寄り駅）」の手前にあるし、まっすぐ「綾瀬署」の「喪失課」に行ってみたところで、ろくに仕事らしい仕事があるわけではない。いずれ今日もまた、死んだようにして一日を過ごさなければならないのであれば、昔なじみの情報屋と話をしたほうがましというものではないか。

「マルボロか。マルボロと……」

遠藤はあたりを見回し、タバコの自動販売機があるのを見つけ、そちらに向かって歩いていった。

「綾瀬署」に転属になってからまだ三カ月とはたっていない。それなのにもう椎名がマルボロしか吸わない情報屋だということを忘れてしまっている……そのことに我ながら苦笑させられる思いだった。

もともと椎名が情報屋になったのはマルボロを吸いたい一念からだった、といってもいいぐらいだ。シケモクはいくらでも拾うことができるが、マルボロが落ちていることは滅多にない。そもそもホームレスがタバコのブランドにえり好みをしようということ自体、無理な相談だろう。

が、椎名は、それでも、それまでズッと愛煙していたマルボロを諦《あきら》め切ることができずに、それで、やむをえず情報屋になったのだった。

幸い、タバコの自動販売機にマルボロの函も並んでいた。――硬貨を入れ、マルボロのボタンを押してから、念のために自動販売機の下部を蹴《け》ってやった。自動販売機がガタンと音をたてる。

どういうわけか子供のころから何かというとものを蹴らずにいられない。ただもうわけもなしに、ありとあらゆるものに蹴りを入れる。それこそ、どんなものでもおかまいなしだ。自分でもつくづく妙な癖だと思うのだが、それがわかっていて、やらずにいられないのが、つまりは癖というものなのだろう。

「…………」

ふと横手に人の気配を感じる。そちらのほうに視線を転じた。

タバコの自動販売機と並んで清涼飲料水の自動販売機がある。そのまえに一人の男が立っていた。

三十代の、がっしりした体つきの、それでいて奇妙に茫洋《ぼうよう》として、目立たない印象の男だった。頭髪を短く刈りあげ、その首筋があらわになっているが、それが何か犀《さい》のように頑丈そうに見える。その男が清涼飲料水の自動販売機のまえに立って、何事かブツブツと独りでつぶやいているのだ。

――こいつはマズイかな。

遠藤は我知らず緊張するのを覚えた。

これまでにも何の気なしに自動販売機を蹴飛ばして、思いがけず人を怒らせてしまったことがある。遠藤にとっては不本意なことというほかはないが、人によっては自動販売機が蹴飛ばされたのを、なにか自分に対する敵意の表れのように受けとめる者もいるようなのだ。なかには激昂《げっこう》して殴りかかってくる者もいる。

が――どうやら、それは遠藤の思い過ごしであったようだ。その男は遠藤に対して怒っているのではないらしい。

口のなかで、ブツブツと呟いているその内容は、

「頭くるよなあ。どうして自動販売機に牛乳入れとかないのかなあ。せめてコーヒーミルクでも入れとけばいいのになあ。どうしてこんな砂糖だらけの清涼飲料水ばっかし入れとくんだあ。体に悪いのになあ。何たって体には牛乳が一番なのになあ――」

そんなたわいもないことで、これには遠藤も啞然《あぜん》とさせられた。

――何なんだ、こいつは。

こんなことは、いい歳《とし》をした大人が人前で呟くべきことではない。世の中に、変わり者は少なくないだろうが、これはまた、とびきりの変人というべきではないか――が、刑事たる者、変人だからといって、その人間をいちいち逮捕するわけにはいかな

い。それが他人に害を及ぼすのでないかぎり、多少の癖は大目に見るべきなのだ。

「…………」

遠藤は自動販売機からマルボロを取って、苦笑しつつ、椎名のもとに戻った。

椎名はマルボロを受け取ると、さっそく一本を抜いて、口にくわえた。遠藤が紙マッチを取り出し、火をつけてやると、その唇にかすかに笑いが波うった。どういうものか遠藤はライターが嫌いで、いつもポケットに紙マッチを幾つか入れて持ち歩いている。椎名はそのことを思い出したのだろう。

「遠藤さんも変わりませんね」と椎名がそういう。

それに、ああ、とだけ頷《うなず》いて、どこかゆっくり話のできるところに行こう、遠藤はそう言い、先にたって歩きだした。

たしか、この商店街が尽きたあたりに小さな児童公園があったはずである。そこでだったら誰にも邪魔されることなしに、ゆっくり話ができるはずだ……

5

……その事件の話を聞いて、渡辺はうんざりせざるを得なかった。

大した事件ではない。というより端的にセコい事件なのだ。そのくせ、あまりにも煩雑な事件で、その面倒なことは他にたとえようもない。渡辺でなくてもうんざりさせられて当然だったろう。

こともあろうに十二台もの自転車がそっくり消えてしまったというのだ。軽トラックで運ばれる途中、その軽トラックごと、行方不明になってしまったらしい。

綾瀬の駅まえに「綾瀬自転車駐車場」という施設がある。綾瀬にかぎらず、どこの駅でも事情は変わらないが、駅の付近はいたるところに自転車が放置されている。それをすこしでも解消するために、この「駐車場」が設けられているのだが、そんなことではとうてい放置自転車の横行をくいとめることはできそうにない。

駅から三〇〇メートルの範囲内は、自転車放置禁止区域になっている。「その範囲内に放置された自転車は撤去される、歩道柵《さく》などに施錠した鎖などは切断します」と明記されているにも拘《かかわ》らず、放置される自転車は後を絶たず、当然のことながら、撤去される自転車も後を絶たない。

撤去された自転車は北綾瀬の警察署に近い敷地に移送される。もちろん撤去に要する費用（二千円）は違反者が負担させられることになる。一日に二度、放置自転車が多いときには三度、「綾瀬自転車駐車場」の職員が軽トラックで撤去された自転車を移送することになっている。

ところが、昨晩、臼井《うすい》信一《しんいち》という職員が、放置自転車を積んだ軽トラックを運転し、

「綾瀬自転車駐車場」を出たまま、消えてしまったというのである。北綾瀬の敷地に現れなかった。今朝になっても、軽トラックの行方は杳として知れず、いまだに臼井からの連絡もないのだという。

たしかに奇妙な事件ではあるが、十二台と数がまとまっているとはいえ、なくなってしまったのが自転車だということが、調査する人間の意気をはなはだしく削いでしまう。いまどき盗んだ自転車を売る人間も買う人間もいないだろう。自転車を盗むという行為が、いわば、ありふれた日常茶飯事と化していて、何とはなしに軽犯罪のように考えられている。……こんな調査をやらされる人間はたまったものではない。成果をあげたところで手柄にならないし、成果をあげなかったところで誰も気にしない。

——

こんなゴミみたいな仕事を押しつけられるのも「喪失課」ならではのことだ。

このところ綾瀬署の管轄では火事が多い。今月に入ってすでに四件。それもすべて放火であるらしい。せめて、その放火の捜査なりとしたいところだが、どうやら「喪失課」の人間にはその程度の能力もないと見なされているようなのだ。

「喪失課」に顔を出したとたん、この仕事が渡辺に押しつけられることになった。渡辺でなくても腐るのが当然だろう。

例によって、「喪失課」には、ほとんど人がいない。渡辺のほかに六人の専従捜査員がいるはずなのに、(これも例によって)岩動昭二《いするぎしょうじ》という、きわめつけの怠け者が、ひとり残っているだけなのだ。

　ある意味では、渡辺にとって、「喪失課」の同僚たちは〝トトロ〟のような存在だといっていい。「喪失課」が創設されて一カ月以上もたつというのに、たんに、となりにいるというだけのことで、誰もたがいに関わりあいを持とうとしない。誰もが適当にひとりで動いているだけなのだ。最近になって、ようやく名前と顔が一致したほどなのだから、およそ、その没交渉ぶりも想像できようというものだろう。もちろん誰ひとりとして同僚意識などかけらも持ちあわせていないのは間違いない。

　ほかの刑事たちがほとんど部屋にいないのに比して、この岩動だけは部屋にいなかったためしがないが、何の関わりあいもないという点では、ほかの刑事たちと同じ、あるいはそれ以上だろう。

「喪失課」の司令塔と自称しているが、実際には外回りが面倒なだけで、この司令塔はよほどのことがないかぎり電話すら取ろうとしない。岩が動く、という立派な名前を持っているにも拘らず、渡辺はいまだかつて、この人物が動いているところを見たことがないのだ。

　いつも、両足を机のうえに投げだして、背中をそらし、頭のうしろに腕を組んで、横着げにタバコをくゆらせている。椅子を傾けて、後ろの脚二点だけで微妙にバランスを取っているのは名人芸といえないこともないが、もちろん刑事がこんなものの名人でも何の意味もない。

「ぼくがどうしてそんな自転車の行方を捜さなければいけないんですか。そうでなくてもぼくはやまほど仕事を抱えているんです。だいたい自転車がなくなったのがどうして『失踪』ということになるんですか」

「忘れちゃいけない。臼井という『自転車駐車場』の職員も消えているんだぜ。どうしてわが『喪失課』がそんな仕事をしなければならないか、というとだ。おはちが回ってきたんだからしょうがないだろ」岩動はニヤニヤ笑いながら、「それにほかの連中も仕事をかかえているんだ。忙しいのは皆おんなじさ。そうだろ」

「課長はどう言ってるんですか。磯貝さんは何て言ってるんですか」

渡辺はそう尋ねたが、言ったさきから、もうそのことを後悔している。馬鹿なことを言ってしまった。――所轄署にしても、刑事課だったら大したものだが、喪失課の課長ではその役職も有名無実だといっていい。現に、磯貝は名目だけの課長にすぎず、その階級もたんなる警部補にすぎない。磯貝にしても署に居たためしがないのだ。

「課長は何も言ってないさ。例によってパチンコ屋にでも寄ってるんだろうさ。『喪失課』でまともに働いてるのはおれぐらいなもんだ。とにかく所轄のゴミみたいな仕事はみんな『喪失課』に回ってくるんだから忙しくもなるわな。どうしようもない」

「………」

「おい、伊勢原《いせはら》な。あいつなんか、どこにしけこんでるんだか、昨日から、当人が姿を消しちまってるんだぜ」

「岩動さんはどうなんですか」

「おれか。おれは司令塔だ。ここを動くわけにはいかないわな──」岩動はぬけぬけとそう言い、フワア、とアクビをして見せてから、急に真顔になると、「それにな、今日、おれは刑事課の連中に用があると、そう言われているんだよ」

「刑事課に？　刑事課が岩動さんにどんな用があるというんですか」

「何でもな、殺人事件の被疑者の面通しがあるんだそうだ。そのことがあるからな。なおさら、署を動くわけにはいかんのよな」

「被疑者の面通し……」

渡辺はあらためて岩動の顔を見た。

この怠け者がどうしてそんなことをしなければならないのか……渡辺としては半信半疑にならざるを得ないが、どうも嘘をついているわけでもないようだった。

6

千代田線「北綾瀬」駅から「綾瀬」駅に向かう。

その電車の振動にあわせて、

——とっとろォ、とーとろォ。とっとろォ、とーとろォ。

渡辺は頭のなかで『となりのトトロ』の主題歌を歌っている。

べつだん機嫌がいいわけではない。それどころか、この猛暑のなか(午前中だというのにすでに三十度を超えている)、自転車を捜すなどというやくたいもない仕事を押しつけられて、なかば自棄《ヤケ》を起こしていた。

が、自棄で歌うにせよ、『となりのトトロ』の主題歌を歌っていれば、思いは自然に「喪失課」の同僚たちのほうに向かわざるをえない。

「喪失課」の同僚たちがどんな人間であるかわからない。「喪失課」が創設されて一月あまり、酒を飲んだことがないのはもちろん、食事はおろか、いっしょにお茶を飲んだことさえない。まともに話をしたことがないのだ。たがいに関わりあいにならず、ただとなりにいるだけという意味において、彼らはトトロにほかならない。

同僚の伊勢原刑事が昨日から行方が知れないのだという。伊勢原は、中肉中背、めだたない風貌の三十男で、たしかにふだんからいるのかいないのかわからない存在だ。それにしても、岩動をはじめ、誰ひとりとして伊勢原が「喪失課」に姿を見せないのを心配している様子がないのは、やはり異常なことではないだろうか。

渡辺も、どうせどこかで酒でも飲んで沈没しているにちがいない、とは思うが、それにしても誰かひとりぐらい親身になって心配してやっても罰は当たらないのではないか。責任者の磯貝課長（実際には、課長待遇の係長というべきなのだろうが）にしたところで、課員の伊勢原が姿を現さないのを、いささかの心配もせずに、いつものようにパチンコ屋に行っているらしい。一事が万事、この調子で、「喪失課」の刑事たちは、たがいに冷淡なのを通りこして、とにかく無関心の一語につきるのだ。

以前、在籍していた刑事課の先輩たちはこうではなかった。たがいに競争心もあり、個人的な反目もあって、必ずしも仲がいいとばかりは言えなかったが、それだけに人間的なにおいをプンプンさせていた。それに比して、「喪失課」の同僚たちは仲がいいも悪いもなく、ただ、たがいに関心がない。つまりは『となりのトトロ』なのだ。

幼い姉妹が父親とともに引っ越し、森のなかで妖怪《ようかい》のトトロに出会う。が、出会ったからといって、トトロが姉妹に何をしてくれるわけでもない。妹が迷子になったときにも、姉を助けてくれるのは、トトロではなく、ネコの妖怪ともバスの妖怪ともつかない〝ネコバス〟のほうなのである。

「喪失課」の同僚たちはただとなりにいるだけのトトロにすぎない。それでは、渡辺に、いざというときに助けてくれるネコバスはいるだろうか。……一瞬、渡辺は複雑な表情になった。いそうもない。どこにも渡辺を助けてくれるネコバスはいない。

区が経営する「綾瀬自転車駐車場」は綾瀬駅まえにある。

細長い、さして広いといえない敷地に、びっしり自転車がとまっている。そもそも
綾瀬駅の周辺が狭苦しいところなのだが、この「自転車駐車場」はその狭苦しさを一点に集約させたかのようで、見ているだけで息が詰まりそうになる。

その狭い「自転車駐車場」の入り口に、監視ボックスのようなプレハブの小さな小屋があり、そこに職員たちが詰めていた。

職員といっても、定年を過ぎ、「自転車駐車場」に再就職した高齢者ばかりで、いわばこれは隠居仕事のようなものであるらしい。

そのなかのひとりに話を聞いた。

「あの自転車のことをわざわざ。ほう、そうかね」職員の老人は、自転車が消えたということより、そのことでわざわざ警察の人間が訪ねてきたということに驚いたようだ。

その老人にかぎらず、どうも「自転車駐車場」の職員たちは誰も、十二台もの自転

車が消えてしまったことを不審にも思っていなければ、べつだん気にもしていないようだ。

それも当然で、撤去された自転車を取りにこない人間さえ多いのだという。人によっては自転車はほとんど粗大ゴミの扱いらしい。こんなバブルのご時世にわざわざ自転車をまとめて盗む人間がいるなどとは思えない。軽トラックにしたところで、中古のガタガタで、誰かが盗んでくれれば、いっそ廃車の手間がはぶけてありがたいようなものである。

もちろん自転車を撤去され、あげくのはてにその自転車がなくなってしまった持主たちは文句をつけてきたが、それもいよいよ見つからないときには区役所のほうで弁償するということで話がまとまったらしい。おかげで自転車が新品になるのだから、ほとんどの所有者たちは喜んでいるのではないか……

「何もそんなに騒ぎたてるほどのことはないやね」老人は開襟シャツの襟をはだけて、しきりに団扇《うちわ》で風を送りながら、そうノンキに言う。「どこかで事故でも起こしたんだろうさ。それも大した事故じゃない。大きな事故だったら警察に連絡が入るはずだもんな。そうでしょ」

「ええ、そうですね」

「だから、ちょっとした接触事故か、そんなところでしょ。それでバツが悪くて帰るに帰れないというところなんじゃないかね」

「軽トラックを運転していた臼井信一さんですが、やはり、皆さんと同年輩の方なんでしょうか」

「年寄りということかね。いや、だいぶ若い。まだ四十そこそこなんじゃないかな」

「この仕事はかなり古くからやっていらっしゃるんですか」

「わたしがかね」

「いえ、臼井さんです」

「いや、古くないよ。古いどころか、まだ、ほんの一月というところじゃないか。正式に採用されたわけでもない。仮採用というところだね」

「ええと、四十代というと、まだ、そんなお歳でもないのに、そのう、どうしてこんな、あのう」

「いい、いい、はっきり言えばいい。どうして、こんな隠居仕事についたのかというんだろ」

「ええ、まあ」

「あんた警察の人にしては歯切れが悪いね。若いから仕方ないといえば仕方ないが、そんなふうじゃ仕事をするのに困るだろう」

「すいません」

「なにもわたしにあやまることはない。意地悪でこんなこと言うんじゃないんだよ。わたしも若いときにそんなふうでさ。おかげで同期で入ったやつが、役員になって会社に残ったというのに、わたしはあっさり定年退職させられちまった。あんたも自分の性格を直せるものなら直したほうがいい。歳をとってから後悔したって遅いんだから」

「努力します。それで臼井さんのことなんですが」

「ああ、撤去した自転車を北綾瀬のほうに移送する人間が必要になってね。それまでやってくれてた区役所の人がべつの部署に行っちまったもんだから。それで、区の広報に、運転できる人求む、という求人広告出したわけさ。なにしろ、このバブルだろ。そこらじゅうにいい仕事が転がってる。条件悪かったからね。応募する人がいるかどうか、心配したんだけど、まあ、さいわい臼井さんが来てくれたわけだ」

「臼井さんはどんな方でしょう」

「どんな方ってふつうの人ですよ。無口で、仕事はまじめにやってたな。仕事を離れてのつきあいは一切ない。まあ、まわりがこんな年寄りばかりで話し相手にもならないと思ったんでしょうけどね」と老人はそう言い、そうそう、履歴書が残ってたな、と呟いて、見ますか、と聞いた。

渡辺がうなずくと、老人は自分は席を立とうともせずに「おい、だれか臼井さんの履歴書を持ってきてくれ」と大声を出し、酷く蒸すねえ、とうんざりしたように言って、バタバタとせわしなげに団扇を使った。

7

臼井信一の履歴書を預かって、近くのコンビニエンス・ストアでコピーを取り、いったん「自転車駐車場」に戻って、それを返してから、履歴書にある臼井の住所に向かう。

といっても臼井のアパートは遠くない。綾瀬駅を挟んで反対側、区名が足立区から葛飾《かつしか》区に変わるあたりにある。昔ながらの木造アパートで、管理人もいないらしい。臼井の部屋は一階の一〇三号室で、ドアをノックしたが、返事がない。

あらかじめ留守だということはわかっていたから、べつだん落胆もしなかったが、この猛暑のなか、まだ自転車を捜しつづけなければならないのか、と思うと、そのことにはうんざりさせられた。

ドアのわきにブリキの郵便受けがある。そこに封筒が入っていた。何ということもないダイレクトメールだが、郵便局の転送届けの付箋《ふせん》が貼《は》られているのが気になった。もとの住所もやはり綾瀬になっていて、どうやら臼井は、最近、このアパートに引っ越してきたらしい。念のために、封筒に記されてあった古い住所を手帳に書きとめて、アパートをあとにした。

撤去した自転車を保管しておく北綾瀬の敷地まで行ってみることにした。綾瀬署のすぐ近くにあり、毎日、通勤の途中に見ているが、これまで敷地のなかに足を踏み入れたことはない。

綾瀬から北綾瀬まで自転車を移送するルートは決まっているのだという。環七通り方面に向かう。

歩いてもたいした距離ではないが、この炎天下を歩くのは、想像するだけでもげっそりしてしまう。軽トラックの行方をたどるには自分も車を使ったほうがいい。……そう判断して、タクシーに乗ることにした。

冷房のきいたタクシーに乗り込んだときには心底生き返った気持ちになった。「兄さん、何の商売だか知らないけど、この暑いのに歩くのは大変だね」運転手にそう同情されて、誰もその行方など気にしていない自転車を捜して歩いているわが身の不運に、つくづく嫌気がさした。

撤去された自転車の保管地は、環七通りをはさんで、綾瀬署の斜め向かいにある。

二〇〇坪ほどの敷地だが、ここも綾瀬の「自転車駐車場」に劣らず、ぎっしり自転車が詰めこまれている。その大半は、撤去され、移送されて、誰も引き取り手が現れないまま、放置されている自転車なのだという。

その敷地の横に、見覚えのある、大きなメルセデスベンツがとまっていた。見覚えがあるというのは、そのベンツの持ち主が、地域の「綾瀬・父母の会」の会員というか、その代表のような人物だからである。

名前を志村雄三《しむらゆうぞう》という。祖父の代から、足立区のそこかしこに土地を持っていて、彼自身も土地の管理を手がけて不動産業をいとなんでいる。まずは地域の名士といっていい人物だろう。

そもそも「綾瀬・父母の会」は、例の「女子高生コンクリート詰め殺人事件」に恐れをなして、急遽《きゅうきょ》、地域の人々が結成した会で、〝青少年の健全な育成〟を目的にしている。土曜の夜、有志たちで盛り場をパトロールしたり、綾瀬署の少年係を訪ねて話を聞いたりするなどの活動をつづけているのだ。

会の趣旨それ自体は文句のつけようのないものだが、志村が世話役になってからは、なにか「綾瀬・父母の会」が隠れ蓑《みの》にされているきらいがないでもない。綾瀬署に頻繁に出入りすることで、地域の不動産を取得するのに耳寄りな情報をあさっているようなところが見うけられる。もとから胡散臭《うさんくさ》いところのある人物だったが、バブルになって、その胡散臭さに拍車がかかった。

もっとも、志村は何といっても地域の事情通であり、どこかで暴力団関係者と通じているることもあって、警察、とりわけ防犯係では逆に志村から情報を得ることなどもあるらしい。要するに、警察と志村とは持ちつ持たれつの微妙な関係にあり、たがいに腹のさぐりあいをしているというところだろう。

バブル経済が膨らみきったいま、なにを本業にしているのかわからないのに、やたらに金回りのいい、得体の知れない人間がうようよしている。

いわば志村もそのひとりだろうが、警察としては得体が知れないからといって、彼を出入り禁止にするわけにはいかない。「綾瀬・父母の会」のことばかりではなく、何かと世話になっているし、現に、撤去した自転車を保管するその土地にしてからが志村のものなのだ。

渡辺は刑事課に所属しているときに志村と顔見知りになっている。渡辺がぺいぺいの下っぱであり、自分が警察に顔がきくのをかさにきて、ずいぶん横柄にふるまわれたものだ。……なに、小悪党だが憎めないところのある野郎さ、と先輩たちはそう言ったが、渡辺は志村のことが嫌いだった。いつかしょっぴいてやると思いながら、ついにその機会がないまま、「喪失課」に転属することになってしまった……

いまも渡辺が自転車の保管地に向かって歩いていくと、志村はベンツのフォーンを鳴らして、運転席からその横柄な顔を覗《のぞ》かせた。

「よう、『喪失課』の渡辺さんじゃねえか」と、まず事情通のところを披露して、クスクスと笑いながら、「聞いたよ。自転車を捜してるんだって。この暑いのにご苦労さんなこったな」

「『喪失課』ではありません。『失踪課』です」渡辺は表情を殺して言う。

「どっちでもいいさ。ところで自転車は見つかったかい」

「いえ、いまのところはまだ」

「そうかい。大変だよなあ。まあ、せいぜい頑張ってくれや」志村はゴルフ焼けした顔に白い歯を見せた。ハンドルに載せた手には、数百万は下るまいと思われる腕時計、ダイヤの指輪、まだ三十代なかばのはずなのに大変な羽振りのよさだ。

「なにか放置自転車のことで知ってることがあったら教えてくれませんか」

「おれが？　この土地の持ち主だからか。よせやい。自転車のことなんか何も知らねえよ。いや、この土地だってよ。いまどき、あんなただみたいな地代で、区に貸しているのはおれだからこそのことだぜ。ずいぶん人がいいよ、おれも。あちこちからひきがあってな。ほんとは返してもらいたいんだけどよ。地域への貢献と言われると強いことも言えないしな」志村はケケケと笑い、その笑い顔が何かに似てると思ったら、ネコに似ているのだ。それも成り金の性悪ネコだ。

「…………」

渡辺はうなずいて、黙って頭を下げると、ベンツから離れようとした。ベンツから吹いてくる風は、ひんやりと心地いいが、その風に当たるのさえ腹立たしい。

背後にフォーンが鳴った。できれば無視したいところだが、執拗《しつよう》に鳴りつづけている。しょうことなしに振り返る渡辺に、「そういえばよ。あの運ちゃん、いつも自転車を運んでくるとき、酔っぱらってたっけ。あれはどこか途中で一杯ひっかけてたんだぜ。仕事にうんざりしてたんだ。無理もねえや。シケた仕事だもんな。あいつの運んでくる自転車なんて、みんなまとめたところで、この車のタイヤ代にも追いつかない」志村はそう言いたいことを言って、またネコのように笑うと、勢いよくベンツを発進させた。

渡辺はベンツを見送りながら、臼井がいつも酔っぱらっていたというのはどういうことだろう、と首をひねっていた。夕方ならともかく、臼井は午後にも自転車を移送していたはずである。そんな時刻にどこで酒をひっかけていたのだろう。

自分のアパートに帰り、そこで飲んでいたのかとも思ったが、いくら何でも、仕事中、履歴書に記されている自室で酒を飲んだりはしない、と思いなおした。

ふと、臼井の部屋の郵便受けに残されていた封筒のことを思いだした。郵便の転送届けが出されているあの以前の住所だったらどうか。

8

また「綾瀬」に戻ることにした。

そんなにタクシーばかり使ってはいられない。「北綾瀬」駅に向かう。

もう正午を過ぎている。

いよいよ日射しは強く激しく、なにか天空から熱く焼けた針を無数に吹きつけられているかのようだ。

全身に汗をかいていた。

なにか食べなければ体がもたないな、とは思うのだが、食欲がまるでない。

暑さに頭のなかがぼんやりとし、なにかどこかで、赤いとも、白いともつかない熱のかたまりのようなものがゆらゆらと揺らめいているのを感じていた。

ふいにその熱のかたまりが膨らんで音をたてて破裂した。いや、音をたてて炸裂《さくれつ》したのはバイクの轟音《ごうおん》で、何十台ものバイクの排気音が熱気をつんざいて鳴りわたったのだ。

おどろいて足をとめた渡辺の目に、道路を挟んで反対側、その脇道からひとりの男が血相変えて飛びだしてくるのが見えた。

――鹿頭《ししとう》さんじゃないか。

「喪失課」の鹿頭勲《いさお》。……そう渡辺が認めたとたん、当の鹿頭の体がコロコロと地面に転がった。というより、鹿頭を追って道路に飛びだしてきたバイクの集団にあおられたといったほうがいいかもしれない。

十数台のバイクがエンジン音も獰猛《どうもう》に次から次に飛びだしてきた。鉢巻きをしているやつはいても、まともにヘルメットを被っているやつなどひとりもいない。タンクトップ、バミューダパンツ、なかには上半身裸のやつもいる。口々に奇声を発して、「関東親不孝魁連《おやふこうさきがけれん》」と書かれた旗を振りまわしている。もうもうと排気ガスを残して夏の熱気のなかを走り去っていった。

鹿頭はのろのろと立ちあがり、体の埃をはたきながら、ぼんやりと暴走族を見送っていた。

――何をやってるんだか。

暴走族を取り締まろうとして、逆襲されて追いまわされたというところか。わが同僚ながら、さすがに気の毒で、声をかけるのがはばかられた。

渡辺は顔をそむけて足早にその場を立ち去った。


六階建てのマンションだ。

このマンションの二〇三号室が郵便物の転送届けのもとの住所になっていた。

五兵衛新橋《ごへえしんばし》を渡って、綾瀬川に面して建っている。さすがにこの炎天下で川原に人影はない。綾瀬川にそった道路も、ただアスファルトの路面をぎらつかせているだけで、ほとんど車も走っていない。……近隣には、閉鎖された町工場だの、駐車場だのがあるだけで、なにか、ここだけエア・ポケットに落ち込んだかのように淋《さび》しい。

二階にあがり、二〇三号室のブザーを鳴らしたが、反応はない。表札も出ていない。

玄関ロビーに戻り、管理人に声をかけた。

身分をあかし、履歴書のコピーの顔写真を見せ、この人を見かけたことはありませんでしたか、と尋ねた。

「ああ、この人だったら、二〇三号室の臼井さんですよ」と管理人は答えた。

「臼井さん……」

「ええ、臼井さんです。それが何か」

「臼井さんは何のお仕事をなさっているか御存知でしょうか」

「さあ、くわしくは。なにかセールスの仕事をやってらっしゃると聞いたことがありますが」

「…………」

あらかじめ予想していたことではあったが、それでも渡辺は管理人の言葉におどろきを覚えずにはいられなかった。

　つまり、臼井は葛飾区のあのアパートと、このマンションとふたつ住まいを持っていることになる。……というか葛飾区のあのアパートは、「綾瀬自転車駐車場」の仕事を得るための、いわば仮住まいなのではないか。臼井には自分の住まいを知られたくない、何らかの理由があって、かといって履歴書に住所を記さないわけにもいかず、それで一時的にあのアパートを借りたのではないか。

　郵便局に転送届けを出したのは、律儀というべきか、几帳面《きちょうめん》というべきか。転送された郵便物がたまたま渡辺の目にとまったのは、臼井にとって不運としかいいようがない。

　常識的に考えれば、これだけのマンションの部屋を借りて生活を維持できる人間が、なにもべつにアパートを借りてまでして、そこで働いている当の人間さえも条件が悪いと言っている「自転車駐車場」の仕事につくことはないだろう。

　臼井にはどうしても「綾瀬自転車駐車場」で仕事を得なければならない理由があったのだ。が、それは何か。

　渡辺の頭を真っ先によぎったのは、臼井は特定の自転車を捜しているのではないか、ということだった。そんな事情でもないかぎり、人はどうしても「自転車駐車場」で働かなければならない、などとは思わないのではないか。

が、自動車ではない。自転車なのだ。

人が非常手段を使ってまで、ある特定の自転車を捜さなければならない事情とはどんなことなのだろう。

刑事といえども裁判所の令状がないかぎり人の部屋にむだんで入ることはできない。だが、身内なり、管理人なり、しかるべき人間の立会いのもとでなら、部屋を覗いてみるぐらいのことは認められている。

渡辺は勢い込んで管理人に言った。「すいません、ちょっとお願いしたいことがあるんですが……」

9

臼井が現れ、マンションに入っていったのは午後六時二十分のことだった。

すでに臼井の顔写真は最寄りのコンビニエンスストアからファクシミリサービスで署に送ってある。また履歴書に書かれた本籍、学歴なども署のほうで照合してもらい、それに該当する臼井という人物が存在しないことも判明している。……いまは裁判所に差押捜索令状が申請されているはずで、それが発行され次第、刑事課、鑑識課の係官が飛んでくることになっていた。

渡辺はマンションの外でじりじりしながら係官たちが現れるのを待った。が、間にあわない。

臼井はすぐにマンションから出てきた。大きなボストンバッグを持っているところを見ると、どうやら逃亡を考えているらしい。やむをえない。渡辺は植え込みのかげから出ていって、臼井さん、と声をかけた。

臼井はギクリとして立ちどまった。わずかに背中をかがめるようにし、ジッと渡辺の様子をうかがっている。いかにも油断のならない印象だ。小柄な四十男だが、その歳に似つかわしくない敏捷《びんしょう》さを感じさせる。

「渡辺といいます。綾瀬署の者です」こういうときに警察手帳を見せるのはテレビドラマの刑事だけだ。いつもは名刺を渡すのだが、この相手にはその必要もないだろう。

「どうしたんです。何があったんですか。自転車を運んだままどこかに消えてしまったんで、みんな心配してますよ」

「ちょっと車をとめて買い物してるあいだにトラックごと誰かに持ってかれちまったんですよ」臼井はボソボソと低い声で言う。「ついうっかりしてキーをさしっぱなしにしといたもんで。それで面目なくて戻るに戻れなくて」

「そうですか」と渡辺はうなずいた。そのことに関しては何の感想もない。どうせ、そんなことだろうと思っていたし、いまは撤去自転車が盗まれたことなどどうでもいい。「でも、それはほんとうですか」

「ほんとうかとはどういう意味だ。ほんとうにトラックごと持ってかれて」

臼井がムッとしてそう言いかけるのを、渡辺は手を振ってさえぎり、そうじゃないんです、と言い、「ほんとうに面目なくて戻れなかったのか、とそのことを聞いているんですよ。ほんとうは警察と関わりあいになるのがいやだったんじゃないんですか」

「…………」

臼井は返事をしない。そのムッと黙り込んだ姿からはなにか凶暴に鬱屈《うっくつ》した怒りのようなものが感じられた。

「失礼かとは思いましたが、部屋を見せていただきました。どうやって暮らしをたてているのかはわかりませんが、いや、けっこうな暮らしじゃないですか。あれなら、なにも『自転車駐車場』の仕事などする必要はないんじゃないですか。とくに目についたのは『A新聞』の縫い取りが背中についた上着です。あれは『新聞販売店』の人がよく着ている上着ですよね。新聞配達をしたり、新聞の集金をしたりする人たちが着ている。でも、おかしいですね。臼井さんが『新聞販売店』で働いているという話は聞いていない」

「…………」

「先月、加平のほうで強盗殺人事件が起こりました。ひとり暮らしの女性が殺されて金品を奪われた。ただ、その女性はいつも用心深い人で、どうしてうかつにドアを開けたりしたのか、そのことがわからなかった。その後、捜査員の調べで、犯行のあった時刻、自転車に乗った新聞の勧誘員らしい男が、現場付近をうろついていたことがわかりました。ただ、その男に該当する『新聞販売店』の人間は存在しなかった。つまり犯人は『販売店』の人間を装い、集金かなにかと偽って、被害者にドアを開けさせたわけですね」

「…………」

「臼井さん。その人物はあなたですね。現場には誰のものかわからない指紋が残されていました。それをあなたの指紋と照合すればすぐにわかることとです」

臼井はしばらく黙っていたが、ふいに自嘲《じちょう》するように笑い、「あの女が暴れなければあんなことにはならなかった。女のマンションを出て、表通りまで走った。それで、喉《のど》が渇いたものだから、ちょっと自転車から目を離して、缶ジュースを買った。そのすきに自転車を盗まれちまった。現金も宝石もパアさ。いや、そんなものはどうでもいいが、おれをコケにした野郎がのうのうとしているのは許せねえ。何とかそいつを見つけだしてやろう、それには自転車を捜すのがいちばんだと思って、『自転車駐車場』に潜り込んだんだが、いまから考えれば、バカなことをしたものさ。なんであんなことをしたんだろう。おれはどうかしてた。一月もがまんしたあげく、今度は、べつの自転車泥棒に出くわそうとは夢にも思わなかった」

臼井はぐったりとうなだれた。渡辺は臼井に向かって足を踏みだした。信用すべきではない相手をつい信用してしまった。

そのときのことだ。ふいに高らかに車のフォーンが響きわたったのだ。マンションのまえ、目の隅を一台のベンツが走り抜けていった。

そのフォーンの音におどろいて、渡辺が飛びすさるのと、臼井がナイフで切りかかってくるのとが、ほとんど同時だった。渡辺の体は反射的に動いて、臼井の胸のなかに飛び込んでいき、背負い投げをかけた。臼井の体は大きく弧をえがいて地面にたたきつけられた。その手からナイフが吹っ飛んだ。

そのときになって綾瀬署の車がマンションのエントランスに入ってきた。刑事課のかつての先輩たちが車から飛びだしてきて、こちらに走ってきた。

「…………」

渡辺は呆然《ぼうぜん》と立ちすくんでいる。

あのときフォーンの音が聞こえてこなければ渡辺は臼井に怪我をさせられていたろう。とっさのことで避けるすべがなかった。偶然にフォーンが鳴りわたって、その音におどろいて身を引いたために、かろうじて臼井のナイフを避けることができたのだ。

すでにフォーンを鳴らした車はどこかに走り去ってしまっている。が、そのフォーンの音には聞き覚えがあった。志村のベンツのフォーンだった。おそらく志村は偶然に車を走らせてきて、暑い盛りに働いている渡辺の姿を見かけ、なかば嘲笑の意味をこめて、フォーンを鳴らしたのだろう。そして自分が渡辺を救ったなどとは夢にも思わずに去っていった……

――そういえばあいつの笑い顔は猫に似てやがった。

ふいに渡辺は笑いの衝動が胸にこみあげてくるのを覚えた。「喪失課」の同僚たちは「となりのトトロ」で役に立たないが、なんとあの志村が、ネコバスになって、渡辺の窮地を救ってくれたのだ。よりにもよってあの野郎が！　こんな皮肉な話はない。そう考えると、どうにも笑いの発作がおさまらず、いつまでも体を二つに折って、クッ、クッ、クッ、と笑いつづけた。

そのとき渡辺のポケットベルが鳴った。

第二話　ブルセラ刑事

1

平成元年（一九八九）八月、深夜……新宿歌舞伎町《かぶきちょう》の路上において、ひとりの男が射殺された。

射殺されたのは、碇賀《じょうが》辰三《たつぞう》、四十二歳、前科四犯。足立《あだち》区に本拠を持つ暴力団に属して、若頭を張っていた男だった。使用された凶器は三十八口径の短銃で、この短銃に前科はない。

当時、碇賀の愛人は歌舞伎町でクラブを経営していて、そのクラブから出てきたところを襲撃されたものである。胸に二発、頭部にとどめの一発を受けていて、その手口からも、これはいわゆるヒットマンの犯行であろうと見なされた。

深夜二時という時刻ではあったが、現場が歌舞伎町ということもあって、目撃者は大勢いた。が、なにぶんにも、あっという間の凶行であり、犯人はすばやく雑踏にまぎれ込んでしまい（こんなところにもプロの手際のよさが感じられる）、有力な決め手となるような証言は得られなかったらしい。事実、目撃者の多さにも拘《かかわ》らず、警察はとうとう犯人像を特定することができなかった。

もっとも警察にしたところでそれほど熱を入れて捜査をしたわけではない。警視庁はこの事件に関心を寄せず、帳場（捜査本部）が立つこともないまま、捜査は所轄署にゆだねられた。要するに、かわりばえのしない暴力団同士の抗争の一つであって、その捜査が幾分おざなりになったのは否めない。そうでなくても新宿は事件が頻発する管轄であり、刑事課の強行犯担当は全員が複数の事件をかかえて忙しいのだ。

事件は急速に忘れられ風化していって、ついに犯人は検挙されずじまいに終わった……

2

平成二年七月十九日木曜日——

昨日、気象庁は東海、関東、甲信地方などの梅雨明けを宣言した。東京では、三十二・五度、不快指数「八十」の真夏日を記録し、あまりの猛暑に死者まで出た。

今日も、昨日と同じように、いや、それにも増して暑くなりそうで、すでに午前中に三十度に達していた。

——こんな日に働かなければならない野郎はかわいそうだな……

綾瀬《あやせ》署「失踪課《しっそう》」の鹿頭勲《ししとういさお》は機嫌がいい。いつもニヤついていて、顔に締まりのない男だが、この日はなおさらでれっとしていた。

綾瀬署に「失踪課」が創設されて一月あまりになる。それまで鹿頭は警視庁に配属されていた。「失踪課」には専従捜査員が七名いるが、本庁から転属になったのは鹿頭ひとりである。といっても、べつだん自慢できるような部署にいたわけではない。警視庁交通部運転免許本部に勤務していた。

我ながら、その勤務ぶりは、はかばかしいとはいえなかった。かつての同僚たちからは、名前に一字足りないんじゃないか、といわれていた。馬、という一字が。——主任などは機嫌が悪いときには、馬鹿頭、とはっきり口に出して呼びつけたものだ。ことほどさように鹿頭は締まりのない顔をしている。

そして、その、ただでさえ締まりのない顔が、いま、なおさらでれっとしているのには理由がある。目のまえに、くりくりとしたビキニのヒップが動いているのだ。しかも、その女の子は、それ以外、なにも身につけていない。いい眺めだ。鹿頭ならずともニヤつかざるをえないだろう。

女の子は、壁のハンガーから鹿頭の背広を取って、「どうぞ」と声をかけてきた。豊かなバストが背広のかげで揺れている。

「やあ、すまないね」

鹿頭は女の子に背中を向けて背広を着せてもらった。

ここで多少の芸がいる。何気ないふうを装って、わざと背広の内ポケットから警察手帳を落としてやるのだ。警察手帳は紐《ひも》で結んでおくのが決まりだが、鹿頭はそんなことは気にしない。

案の定、警察手帳を見て、女の子の顔色が変わった。それはそうだろう。ソープで働いている女の子が、自分の客が刑事だと知って平気でいられるはずがない。ビビるのが当然だった。

女の子は何もいわずに個室から飛びだしていった。おそらくマネージャーにでも連絡しに行ったのだろう。

鹿頭は警察手帳を拾い、

——これでいい。

鼻唄《はなうた》まじりの上機嫌で個室を出た。

北千住《きたせんじゅ》にあるソープランドだ。いくら鹿頭がいいかげんな男でも、まさか朝っぱらから（早朝サービス。ご出勤まえの一時《ひととき》をお得な半額で！）、自分の所轄でソープ遊びはしない。ましてや、ただで遊ぼうというのだからなおさらのことだ。

質《たち》が悪いといえばこんな質の悪い男もいない。ソープで遊んだあとでわざと警察手帳を見せる。ソープで行われているのはまぎれもなしに売春行為だから、相手が警察の人間と知って、それでも料金を請求してくる店はまずない。結局、店のほうで泣き寝入りすることになる。

懐具合が淋《さび》しくなると、鹿頭はいつもこんなふうにして遊ぶことにしている。もっとも、一軒の店で一度きり、と決めていて、一度だけなら、大抵のソープランドは災難だったとあきらめるだろう、と勝手に思っている。調子に乗って、二度、三度と、ただで遊ぼうとすれば、職場に密告されるかもしれないし、地回りだって黙ってはいない。ただで遊ぶのは一度きり。その意味では、鹿頭は小心な男だったし、ほどというものを心得ている。いや、心得ているはずだったのだが……

ゆっくり身支度をととのえて、個室を出たとたん、ふいに前後を三人の男に取りかこまれた。

鹿頭だって刑事のはしくれだ。相手がカタギかそうでないかぐらいはわかる。三人とも若い。若くて、逞《たくま》しくて、全身から凶暴な臭《にお》いをプンプン発散させている。失うものを何も持っていないチンピラだ。こういう奴らがいちばん危《やば》い。

なかの一人が、下からすくいあげるように鹿頭を見て、妙に粘っこい声でいった。

「旦那《だんな》、ちょっと事務所までつきあっていただけませんか」

「いいのか、こんなことして」鹿頭はチンピラたちの顔を順に見まわした。肚《はら》のすわっているところを見せたつもりだが、じつのところ、内心では怯《おび》えていて、声に震えが走るのを抑えることができなかった。

「おれが誰だかわかってるのか」

「笑わせるぜ。ただ乗りしようとした野郎がよ」べつのチンピラがせせら笑って、ふいに鹿頭の背に突きを入れてきた。

空手でもやったことがあるのか。鋭い突きだった。

「う……」

痛みに鹿頭の膝《ひざ》がたわいなく崩れた。倒れそうになった。が、三人のチンピラたちがそうはさせなかった。鹿頭の体を両側から支えるようにし、むりやり通路を引きずっていった。

通路の突き当たりに「事務所」とプレートのかかったドアがある。ひとりがそのドアを開け、残るふたりが、部屋に向かって、鹿頭を突きとばした。

鹿頭は足がもつれて危うく転びそうになった。目のまえに、マホガニーの大きなデスクがあり、その端につかまって、かろうじて転倒をまぬがれた。

「やめてくれないかな。腐った刑事の汚い手でさわるのは。しみがつく」

冷静、というより、冷やかといったほうがいい声が聞こえてきた。

まだ、若い男だ。細身のしなやかな体に仕立てのいい背広を着こなしている。ヤクザというより有能な銀行マンといった印象だ。ただ銀行マンは、そんなふうに両足をデスクに投げださないだろうし、それほど鋭い目もしていないだろう。

ソープランドのマネージャーなどという生易《なまやさ》しい男ではない。おそらく、この界隈《かいわい》の風俗店からミカジメ料を徴収している暴力団の幹部だろう。

鹿頭は男を睨《にら》みつけた。ここで怯《ひる》んではならない。肚に力をこめていった。

「いいのか、おれは刑事だぜ。あとで後悔しても知らないからな。こんなチンケな店、いつだって営業停止にできるんだ」

「そうかい。そんなふうには聞いてないけどな」男は笑った。

「…………」

「綾瀬署の鹿頭さんだっけ。女の子が警察手帳であんたの名を読んだんだよ。綾瀬署には懇意にしてもらっている人がいる。電話をかけて問いあわせてみたんだ。あんた、喪失課の人間なんだってな。その人、あんたのことを安っぽい野郎だ、って笑ってたぜ。もし手に余るようだったら自分を呼んでくれ、とそうもいってた。それには及びません、こちらで何とか処理します、といって電話を切ったんだけどな」

「…………」

鹿頭は膝が萎《な》えるのを覚えた。

こういうこともあろうかと思って、自分の所轄では遊ばないようにしていたのだが、今回ばかりはその用心も役に立たなかったようだ。

この連中と昵懇《じっこん》にしている警察関係者といえば、おそらく刑事四課か、そうでなければ生活安全課か。ある程度、暴力団関係者に食い込まなければ、彼らの仕事は成り立たない。あとの仕事を考えれば、たかの知れた「失踪課」の刑事を（しかも、職権をかさにきて、こともあろうに、ただでソープで遊ぼうとした刑事を！）助けるよりは、暴力団の幹部に恩義を売るほうを選んで当然だった。

「なあ、どうする。何だったら、その知り合いを通じて、あんたを警察に引き渡したっていいんだぜ。なんでも綾瀬署のほうでは『喪失課』を持て余しているというじゃねえか。こんなことがバレたら、喜んで、あんたをくびにするんじゃねえか」

鹿頭は目を閉じて唇を震わせた。「見逃してください。ほんの出来心です」そう言い、頭を下げた。が、そんなふうに頭を下げつつ、その胸の底では、こいつは刑事がヤクザにいう台詞《せりふ》じゃねえな、これじゃああべこべだぜ、とさすがにゲッソリしていた。

3

午前十一時——

すでに街は暑熱のなかに透明な炎を噴きあげてあえいでいた。

鹿頭は営団千代田線の「北千住」駅に向かっている。この暑さだ。その足取りが重くなるのもやむをえないことだろう。

唯一の救いは千代田線の車両が冷房がきいていることだ。冷房がきいている電車に乗るとホッと救われた気分になる。

が、「綾瀬」は「北千住」から営団千代田線でたった一駅だ。五、六分も乗ったら、いやおうなしに暑い街に出ていかなければならない。――そのことを想像すると自然に胸のなかでため息が洩《も》れてしまう。

鹿頭はハンカチでせわしなく汗を拭《ふ》きながら胸のなかで自分を罵倒《ばとう》していた。

――ちくしょう。また、あれでしくじっちまった……

また、あれで――女で。

鹿頭は異常といってもいいほど女好きだった。そのせいで妻にも逃げられることになった。いま、鹿頭は三十六歳。独身なのをいいことにして、せっせと女遊びに励んでいる。鹿頭がもてる男であれば、それでも問題はないのだろうが、その目尻の下がった、締まりのない容貌《ようぼう》は、どちらかというと敬遠されることのほうが多い。それで女をものにしようとするから、いろいろと無理が生じることになる。

そもそも鹿頭が本庁の運転免許本部から「失踪課」に飛ばされたのも女が原因だっ

た。ある女子大生が免停をくらいそうになっていたのを、自分とホテルにつきあえばもみ消してやってもいい、と持ちかけたのだ。ところが、その女子大生は鹿頭とつきあうよりも免停になるほうを選んだ。そのことを運転免許本部の上司に告げられて、鹿頭はあっさり「失踪課」に飛ばされてしまった。

飛ばされてしまった……というのは、つまり「失踪課」に配属されるのが左遷に他ならないからで、警視庁としては、ここに飛ばした人間はすべて自主退職に追いやりたい、というのが偽らざる本音であったろう。こんなことは、多少、警視庁の事情に通じている人間であれば、皆、知っていることなのだ。

バブル真っ只中《ただなか》、一九九〇年のこの時代には、まだ、この言葉は一般的に流布しているとはいえないが、要するに、これはていのいいリストラ対策にすぎず、人はそのことを知っているから、いつからか「失踪課」のことを——

六方面喪失課

という名で呼ぶようになった。

事実、自らその一員である鹿頭の目から見ても、「失踪課」の同僚たちは、どうしようもないほど無能であり、無能でなければ偏屈であって、なるほど、たしかにこれは「喪失課」と呼ばれるにふさわしい。

が、どんなに「喪失課」の同僚たちが無能であっても、ソープでただで遊ぼうとしたのを咎《とが》められ、ヤクザの使い走りをさせられるような情けない刑事は、鹿頭を措《お》いて他にはいないだろう。

そのことを思うと、よくいえば物事に拘泥することの少ない、悪くいえば職業意識にとぼしい鹿頭も、さすがに憮然《ぶぜん》とせざるをえない。

が、それでも鹿頭はまだしも運がよかったというべきかもしれないのだ。

ソープランドで、鹿頭を脅した若い男は、綾瀬、竹の塚、さらに川口市一帯を縄張りにする暴力団「田名綱《たなつな》興業」の若頭であって、名前を蓑島《みのしま》という。暴力団とは関わりのない「失踪課」という部署についていても、鹿頭がその名を聞いているほどだから、蓑島は若いが、それなりにやり手であり、いい顔でもあるのだろう。

最初のうち、蓑島は、たやすく鹿頭を解放しようとはしなかった。こともあろうに、「喪失課」の課長待遇・実質係長の磯貝《いそがい》と話《なし》をつける、と言い張って、何としても鹿頭の詫《わ》びを聞き入れようとはしなかったのだ。

鹿頭としては大いに青ざめざるをえなかった。いくら「喪失課」でも、現職の刑事が職権をかさに着て、ソープでただで遊ぼうとしたとあっては無事に済むはずがない。上司の磯貝にそんなことが知れようものなら、減俸はおろか、アッサリ馘首《クビ》になりかねないのだ。

「上に知らせるのだけは勘弁してくれ。何でもするからよ」鹿頭は平身低頭した。

蓑島はそんな鹿頭の姿を見つめていたが、何を思ったのか、やがて、プイと顔をそむけると、情けない野郎だな、と呟《つぶや》いた。そして、あらためて鹿頭に視線を戻すと、

「わかったよ。それじゃ、このことを課長の耳に入れるのだけは勘弁してやろう。そのかわり、あんたにはやって貰《もら》いたいことがあるんだ」

とそういった。

……平成二年（一九九〇）――この年、新しい風俗産業として盛んになり、一種、社会問題にまでなったものにブルセラショップの存在がある。

ブルセラショップとは、要するに若い女性が穿《は》いた下着を売買する商売で、女子高生などが遊ぶカネ欲しさに下着を売りに来る、というので、大いに世の良識者たちの顰蹙《ひんしゅく》を買ったものである。

「田名綱興業」は、去年の秋から、綾瀬駅に近いとある雑居ビルに、その名も「ファンタジーガーデン」なるブルセラショップを開業しているのだが、

「二日まえの夜、どこかの馬鹿が『ファンタジーガーデン』に忍び込んで、大量に女のパンツを盗んでいきやがった。入り口のドアには鍵《かぎ》がかかっていたが、そいつを壊して忍び込んだんだ。盗まれたものが女のパンツだ。どうてことはないと言えば、ど

うてことはないんだが、うちの息のかかった店が泥棒に入られたんじゃ、しめしがつかない。かといって、なんせ盗まれたのが女の使いふるしのパンツだからな。盗難届けを出すわけにもいかない。そこでだ。一つ、あんたにその捜査を頼みたい。それで今回のことはチャラということにしようじゃねえか。どうだい。頼まれてくれるか」

最後の一語は、いわば修辞語であって、蓑島はなにも鹿頭に頼み事をしているわけではない。いやもおうもない成りゆきで、鹿頭にはその依頼を断れない。断れば、ただでソープで遊ぼうとしたことが上司に知られ、今度こそ懲戒免職はまぬがれないにちがいない。

刑事がヤクザの使い走りにされて、しかも、こともあろうに、その捜査の内容がブルセラショップの盗難事件だというのだ。これで腐らない刑事がいたら、お目にかかりたいようなものだ。

「北千住」駅に向かう鹿頭の表情が、何ともいえぬ悲哀の色に満ちているのも、ゆえのないことではない。鹿頭はつくづく自分という人間が情けなくなっていた。

4

駅に近い商店街でパトカーが走っていくのとすれ違った。なにか事件らしいが、サイレンを鳴らしていないところを見ると、べつだん緊急を要することでもないようだ。

——何の事件だろう。

そのことを訝《いぶか》しんだが、ただでさえ仕事熱心とはいえない鹿頭のことだ。わざわざ現場に赴《おもむ》いて、そのことを確かめようとなどするはずがない。それどころか、面倒に巻き込まれないように、商店街を避けて、児童公園のほうに迂回《うかい》した。

このところ放火があいついで起こっている。どうせボヤか何かだろう。

児童公園のわきを通り過ぎたとき、人影がスッと公衆便所の横に入るのが見えた。

「…………」

鹿頭は自分でもそうと気づかずに眉をひそめていた。

その人影が鹿頭を避けて公衆便所のかげに隠れたように感じられたのだ。が、そんなはずはないだろう。ここ「北千住」は綾瀬署の管轄ではないし、よしんば管轄であったとしても、「喪失課」の鹿頭を避けなければならない人間がいるとは思えない。

鹿頭は誰かから恐れられるほど優秀な刑事ではないのだ。

たんなる思い過ごしだろう。そうに決まっている……鹿頭はそのやりきれない思いを、うんざりと顔にあらわして、首を横に振っていた。

「何であの野郎、こんなところにいやがるんだろう」

公衆便所のかげから出て、遠藤《えんどう》は首を傾《かし》げた。

「失踪課」の同僚ではあっても、あの鹿頭という男のことはほとんど何も知らない。だが、それでも知っていることはあり、それは鹿頭が他署の所轄でまで仕事をするほど職務熱心な刑事ではない、ということだ。それほどまでに職務熱心な刑事が「失踪課」に左遷されることなどありえないからだ。

――それなのに、こんな午前中から、あの野郎、どうして千住の所轄にいやがるんだろう。

「北千住」と「綾瀬」はJRで一駅しか離れていない。が、この場合、二つの地域が隣接していることには何の意味もない。それぞれの地域に所轄署があるかぎり、うかつに互いの縄張りに手出しをすることはできないのだ。要するに役所とはそうしたものであるだろう。ましてや「喪失課」の鹿頭が千住署の所轄にまで出ばって仕事をすることなど考えられない。――遠藤としては首をひねらざるを得ないのだ。

遠藤が鹿頭を見て、とっさに身を隠したのは、椎名《しいな》の姿を見られてはまずい、とそう思ったからだ。

たとえ同僚であっても、自分の使っている情報屋を隠しておきたいと考えるのは、刑事のいわば第二の本能のようなものだ。が、それ以外にも、遠藤には、「喪失課」の同僚たちに椎名のことを隠しておきたい理由があって、それは要するに、彼らの能力にまったく信を置いていないというその一事に尽きる。

——無能な人間と一緒に働くくらいなら自分一人で動いたほうがはるかにましというものだ……

それは遠藤のいわば信条のようなものであって、たしかに彼はその信条をつらぬける程度には有能であるだろう。が、ある意味では、その信条が、彼の刑事としての限界でもあり、それが「喪失課」に左遷される遠因にもなっていたのだが、彼自身、そのことに気がついていない。

「………」

鹿頭の後ろ姿を見つめている遠藤のひたいに汗が光っている。あまりの暑さに児童公園は白い炎が燃えあがっているかのようだ。もちろん子供は一人も遊んでいない。

遠藤の後ろから椎名が出てきた。そして、あの方はお仲間ですか、とそう尋ねる。

ああ、と遠藤はうなずいて、何か酸っぱいような顔になると、「同僚だが、仲間というほどじゃない。ろくに口をきいたこともない相手さ」

「そうですか」椎名はマルボロに火をつけると自分もうなずいて、「磯貝さんという方はどうですか。やっぱり同僚だけどお仲間じゃない方なんでしょうか」

「磯貝？　どうして磯貝さんのことを知っているんだ」遠藤は椎名の顔を見つめた。

「同僚の方ですか」

「同僚というか『失踪課』の課長だよ。警部補だから、課長といっても、実際には課長待遇扱いといったほうがいいんだけどな。磯貝さんがどうかしたのか」

「課長待遇扱い……」椎名は不審げな表情になって、「おかしいな。こいつはガセネタだったかな」

「どうかしたのか」

「磯貝さんという同姓の方が、綾瀬署の署長さんか誰か、どなたか偉い方にいらっしゃいませんか」

「磯貝という名前に間違いないか。ほかの名前なんじゃないか」

「磯貝さんです。間違いありません」

「だったら、いないな。磯貝という人間は綾瀬署には『失踪課』の課長一人だけだ」

「そうですか」

「どうしたんだ。何があったんだ。話してみればいいだろ」

「いや、どうも話が合わない。これはガセネタだったかもしれません。わざわざお話しするほどのことではないかもしれない」椎名は言葉を濁した。もともと仕事熱心で真面目《まじめ》な男なのだ。信憑性《しんぴょうせい》に欠ける情報を洩らすのは潔しとしないのだろう。

「いいから話してみろよ。ガセネタかどうかはおれが自分で判断する」

「どうも気が進まないな。こいつは磯貝さんという人がよほどの大物でないと話が合わないんですけどね。いや、大物にしたところで、どうにも突拍子もない話であることに変わりはないんだが」

「いいから話せったら」遠藤はとうとうしびれを切らし、やや強い口調で椎名をうながした。

ええ、と椎名はうなずいて、それでもやはりためらっているようだったが、遠藤の表情を見て、あきらめたように口を切った。

「じつは磯貝という人を殺すためにプロのヒットマンが何人か綾瀬に入り込んできたというんですよ」

「プロのヒットマンが――」遠藤は目を瞬《しばたた》かせた。たしかに椎名がいったとおり、これはあまりに突拍子もない話だった。

「ええ、そうなんですけどね」椎名は自分でも自分の話していることが信じられないという口調だった。何か浮かない表情になっていた。「それも何と十三人、プロのヒットマンが、綾瀬の街にやって来たというんですけどね」

5

……鹿頭はどうしようもないほど女好きだが、あくまでもその関心の対象にあるのは、下着に隠されているものであって、下着そのものではない。したがって、これまでブルセラショップなるところに足を踏み入れたことはない。

雑居ビルの四階、せいぜい六、七坪ぐらいの広さの店だ。店に入ると、右手にカウンターがあって、ビニ本、アダルトビデオ、大人のオモチャなどが並んでいる。入り口の突き当たりには、カウンターがあって、そのうえに色とりどりのパンティがビニール袋に包装されて積みあげられている。ビニール袋には、女の子のポラロイド写真が同封されている。要するに、その写真の女の子が穿いていたパンティということなのだろう。

まんざら、その写真は嘘《うそ》ではないらしく、鹿頭が入っていったときにも、店の主人が女の子の写真を撮っていた。フラッシュが焚《た》かれ、はい、いいよ、と主人がそういい、それまであいまいなポーズをとっていた女の子が、逃げだすように外に出ていった。

制服こそ着ていないが、まだ、あどけなさの残る少女で、

――高校生じゃないのか。

鹿頭は、興味津々《しんしん》、その後ろ姿を見送っている。

「刑事さんでしょ。蓑島さんから話は聞いていますよ」と六十がらみ、禿頭の主人が声をかけてきて、「そんな目で女の子を見るのはやめてもらいたいね。まさか補導す

るつもりじゃないでしょうね」

「そんなつもりはないさ。蓑島――」危うく、さんをつけそうになって、かろうじて

踏みとどまった。現職の刑事がヤクザをさん付けで呼んだのではいくら何でも沽券《こけん》に

関わろうというものだ。「から話を聞いているんだったら話は早い。パンツが盗まれ

たときの状況を聞かせてくれないか」

「状況、とおいでなさったね。状況はよかった。そんな上等なものじゃない。午後、

店に出てきたら、ドアの錠が壊されていて、商品がゴッソリなくなっていた。ただ、

それだけのことでね」店主は右手で禿頭を撫《な》でさすりながらいう。

「誰がそんなことをやったのか心当たりはありませんか」

「さあね。よほどスケベエな野郎がやったんじゃないかね。女のパンツのコレクター

とかさ。そういえば、刑事さん、さっきの女の子を見てた目つき、かなりの好き者と

見たね。案外、刑事さんがやったんだったりして」

「バカいえ。おれは女のパンツには興味ねえよ。興味があるのは中身だけだ」

「ご同様。いや、わたしもね、こんな商売やってるけどさ。正味の話、こんな使いふ

るしたパンツを買って何がおもしろいのかと思うね。買ってく奴も買ってく奴だけど、

売りにくる女の子の気持ちが知れないねえ。人間、若いうちから楽して儲《もう》けることを

覚えちゃ駄目ですよ。やっぱ、ひたいに汗して働かなけりゃね」

「オヤジさんも若いうちはひたいに汗して働いたほうかい」

「そりゃ、もう。だからこそ、ああた、ここまで出世したんじゃないか」店主はケケケと笑い、「なんせ、わたしは若いころはほとんどムショ暮らしだったからさ。懲役暮らしじゃ、ひたいに汗もかこうというものさね」

「………」

鹿頭も苦笑せざるをえない。

盗まれた物がものだから、店主も深刻な口調ではない。むしろ、そのことを面白がってさえいるようだ。その口調は洒脱《しゃだつ》といっていい。ふと、この男によく似た、禿頭の落語家がいたような気がしたが、名前を思いだせなかった。

「こんなことをしそうな奴の心当たりといえば」店主は真顔になり、禿頭を撫でさすりながらいった。「まあ、競争相手の店ぐらいなものだろうかね。まさかとは思うけどさ。ここから五分ほど離れたところに『ワンダーランド』というブルセラショップがある。うちの競争相手でね。何だったらそっちに行ってみたらどうです。何かわかるかもしれませんよ」

6

——ふざけやがって……

汗だくになりつつ、綾瀬の商店街を歩いていきながら、鹿頭はむしょうにむかっ腹をたてていた。

おなじ街に、一つは「ファンタジーガーデン」があり、もう一つは「ワンダーランド」がある。名前だけ聞くと、そこはかとなくメルヘンチックで、なにかケーキ屋か、女の子相手のグッズを売る店のようでもあるが、じつはその二軒とも穿きふるしのパンティを売るブルセラショップにすぎない。看板に偽りあり、というか、羊頭狗肉《ようとうくにく》というか、とにかく、とんでもない。

——まったく、どういうセンスしてやがるんだか……

鹿頭はしきりに胸のなかでそう罵《ののし》っているのだが、これは多分に八つ当たりのきらいがある。もちろん鹿頭が腹をたてているのは、ブルセラショップのメルヘンちっくな名前に対してではない。ヤクザに脅され、ブルセラ泥棒の捜査などをしている情けない自分自身に対して怒っているのだ。

「ワンダーランド」も雑居ビルのなかにある。一階がランジェリーパブになっていて、その立て看板の写真で、下着姿の女の子があられもない格好で笑いかけていた。

――ブルセラショップにランジェリーパブか。どいつもこいつも色ボケしやがって。どこにも愛がないじゃねえか。愛がよ……

などと鹿頭が柄にもないことを考えたのは、それだけ、いまの自分の立場に嫌気がさしていたからにちがいない。

意外なことに、「ワンダーランド」の店番をしていたのは中年の女性だった。ぶ厚い眼鏡をかけて、カウンターの奥に不機嫌そうな顔をしてすわっていた。ブルセラショップの店番より女子寮の舎監でもしていたほうが似あいそうな色気のない女だ。

鹿頭の話を聞いて、話すことなんか何もないわよ、とにべもなくいい放ち、急に怒りだした。

「冗談じゃないわよ。なにが商売相手の嫌がらせよ。あの禿爺《じじ》い、そんなことといってんの。やってらんないわよ。どこにそんな暇があるってのよ」

「まあまあ、あの爺さんだって何も本気でそんなことをいったわけじゃないんだから」

「だいたい何で警察が穿きふるしのパンティを盗んだ泥棒なんか捜すわけ。どっちかというと警察はブルセラショップを取り締まるほうなんでしょ。いつからブルセラショップの味方になったのよ。話があべこべじゃないよ」

「そうなんだけどさ。まあ、警察にもいろいろと事情があってね」鹿頭も苦しいところだ。まさかソープでただで遊ぼうとしたのを脅されてなどという事情を正直に打ちあけるわけにはいかない。

「わたし、何も話さないからね。警察に協力だなんてやなこった。捕まえるんだったらさっさと捕まえればいい。わたしは時間給で働いているわけじゃないんだからね。歩合で働いてるんだ。同業者の嫌がらせ、だなんてことまでいわれて、なんで一銭にもならないのに協力しなければならないのよ」

「そんなこといわずにさ。売上げに協力するからさ」心ならずも鹿頭はそういわなければならなかった。

　が、売上げに協力するといっても、いったいブルセラショップで何を買えばいいのだろう。まさか刑事を名乗った人間が、使いふるしのパンティを買うわけにもいかないではないか。

「そう、それなら話はべつだわ。大丈夫、うちには女の子のパンティだけじゃなくて、いろんなものが置いてあるから。買って損はさせないからさ」女はころりと態度を変えると、「じつはさ。うちのお客さんから聞いた話があってさ。昨日の朝、ビニール包装されたブルセラショップの下着がゴッソリ捨てられていたというのよ」

「下着が捨てられていた？」鹿頭は眉《まゆ》をひそめた。「どこに」

「『北綾瀬』に公園があるでしょ。駅のすぐ近く。『しょうぶ沼公園』っていったっけ。あそこに捨てられてたってよ」

「『しょうぶ沼公園』に――」

綾瀬警察署の最寄り駅は「綾瀬」ではなくて、千代田線の「綾瀬」から一駅の「北綾瀬」である。たしかに、その「北綾瀬」駅から警察署に向かう途中に、「しょうぶ沼公園」という公園があるが、これまで鹿頭は一度も足を踏み入れたことがない。

「ええ、そう聞いたわ」女はうなずいた。

「それでその下着はどうなったんだろう」

「あそこにたむろしてる暴走族が拾ったって聞いたわ。なんとかいう暴走族がいるのよ。うるさいのが」

「暴走族が女のパンツなんか拾ってどうすんだよ」

「知らないわよ。だけど、あの突っ張りおにいちゃんたち、うちあたりからも時々、パンティ買ってたわよ。なにか使い道でもあるんでしょ」と女は気のない調子でそういい、思いだしたように口調を変えると、「ねえ、これだけ協力してやったんだからさ。奮発してくれるわね。歩合制なんだからさ。おもしろいものがあるからさ」

7

……千代田線で「北綾瀬」に向かう。

あいかわらず暑い。というか、暑さはいよいよ烈《はげ》しさを増して、ほとんど凶暴といってもいいほどになっていた。これでまだ昼まえなのだから、午後の二時、三時になったら、どれほど気温があがることか、考えるだけでもそら恐ろしい。

好色な鹿頭の、夏の楽しみといえば、大胆に肌をあらわにした若い女たちの姿を盗み見ることにとどめを刺すが、「綾瀬」から「北綾瀬」まではわずか一駅の路線であり、極端に乗客が少ない。鹿頭の乗った車両には、若い女はおろか、そもそも女というものが乗っていなかった。ただ憮然として電車に揺られているほかはない。

鹿頭が憮然としているのは、一つには、「ワンダーランド」で無理やり買わされたものが、ことのほか高価だったせいもあるだろう。高価なことも高価だし、これほど無用で愚かしい買い物もない。『南極越冬隊の隊員が持参した極子さん、普及版』

――要するに、ダッチワイフを押しつけられたのだ。

ビニール袋から取り出し、つまみを抜いて、投げだせば、たちまち空気が吹き込まれて膨れあがるというから、つまりはたんなるフウセンにすぎないのだろう。とうてい実用に耐える代物とは思えないし、よしんば実用に耐えたところで、試してみる気になれない。

もちろん、いかに鹿頭が好色であっても、ダッチワイフなど欲しくない。が、いくら何でも現職の刑事が使い古しのパンティやバイブレーターを持ち歩くわけにはいかない。軽くて、かさがなくて、ビニール袋に入っているぶんには、それが何だかわからないもの、ということになると、この「極子さん」ぐらいしかなかったのだ。

——ちくしょう。こんな散財をさせられるんだったら、最初から、ちゃんとカネを払って遊べばよかったんだ……

鹿頭はしきりに悔やんだが、後悔さきにたたず、というか、因果応報といおうか、いまさらどうにもならないことだった。


……「北綾瀬」駅をおりて「しょうぶ沼公園」に向かう。

綾瀬一帯をねじろにしている暴走族といえばまずは「関東親不孝魁連《おやふこうさきがけれん》」か。その名のとおり、親不孝もいいところで、暴走行為は当然のこと、恐喝、はては大麻、覚《かく》醒剤《せいざい》の売買まで、悪いことでやらないことは何もない。末端まで入れれば組織員は二百とも三百ともいわれ、暴力団とのつながりも噂《うわさ》される、じつに凶暴な連中だった。

警視庁交通部にいたころ、運転免許本部のまえには交通執行を担当していて、暴走族の取り締りに当たった。そのときの経験から、暴走族はなまじの暴力団より凶暴であることを知っている。そんな暴走族に刑事がひとりで接触するのが危険でないはずがない。

さすがに締まりのない鹿頭の表情もこのときばかりは緊張で引き締まっていた。

「しょうぶ沼公園」にバイクの排気音がとどろいた。マフラーを切った排気ノズルから響きわたる凄《すさ》まじい音だ。

バイクは二十台も集まっているだろうか。円陣を組んでいる。上半身裸に、バミューダパンツ。あるいはステテコに、突っかけ……およそバイクに乗るとは思えない姿の若い男たちが、エンジンを空ぶかしして、しきりに奇声をあげているのだ。

その円陣のなかに、やはりバイクにまたがった若い女がいる。長い髪を赤く染め、米軍放出のタンクトップに、これもG特のズボン、ブーツを履いている。スレンダーな体つきをしたいい女だ。まだ、十八、九というところだろう。

女は右手にパンティを持ってそれを頭上に振りまわしていた。そして叫んでいる。

「さあ、こいつが欲しいやつはいないか。わたしんだよ。ホンマモンの男だったら取ってみろよ」その顔が上気して目がきらきらと光っている。牝豹《めひょう》のように野性的で美しい。

それを見て、ハハア、と鹿頭は胸のなかで納得した。どうやら、この連中は女のパンティをいわばお守りのようにしているらしい。戦争中、特攻隊員が出撃するとき、自分の妻、あるいは恋人の持ち物をやはりお守りのようにして持っていた、という話を聞いたことがある。それと同じ心理なのだろう。これで、どうして暴走族が落ちていたブルセラショップの下着を拾ったのか、ということもうなずける。それにしても、

——こいつらはどこに出撃しようとしているのか。

ふと、そんな疑問が頭をかすめたが、それは、この際、ブルセラショップの盗難事件とは関わりのないことだろう。

鹿頭が声をかけ、綾瀬署の刑事であることを名乗ると、暴走族の男たちはしんと静まりかえった。その沈黙はありありと敵意をみなぎらせていて、鹿頭はつとめて男たちを刺激しないように、慎重に言葉を選ばなければならなかった。

公園に落ちていたというブルセラの下着のことを訊《き》いた。男たちはあいかわらず沈黙したままだが、

「二十ぐらいあったかな。落ちていたから拾ったんだ。男たちがみんなで分けたよ。いけなかったかい」

女が答えた。なにか挑んでいるような、歯切れのいい口調だった。

「いや、拾ったのは、べつにかまわないんだけどな——」鹿頭のほうは歯切れが悪い。口ごもって、あんた、名前は何ていうんだ、と聞いてみる。

「ユキさ。ワイルドセブンのユキだよ」女はそういったが、鹿頭にはよくその意味が通じない。

「ええと、下着はどんなふうに落ちていたんだ。ビニール袋に入ったままだったのか」

「袋に入ったままだった。だけど封は切られてたよ。あれ、どういうことなのかな」

「みんなか」

「ああ、みんなさ」

「ビニール袋には下着以外に何か入っていなかったか」

「何も入っていなかったよ。入ってるわけないじゃないか」

「そうか……」

鹿頭がさらに質問を重ねようとしたとき、行こうぜ、マッポの相手なんかしてられねえや、と誰かが叫んで、それに呼応するようにバイクの排気音が噴きあがった。バイクが一斉に鹿頭に向かって突っ込んできた。鹿頭は仰天した。やめろ、やめねえか、この野郎、と口だけは勇ましく、しかし実際には必死になって逃げだした。背後に男たちの奇声が迫ってきた。風が熱くなった。

公園から道路まで逃げた。そこで追いつかれた。次から次に通過するバイクにあおられて転倒した。地面に這《は》いつくばる鹿頭のわきをバイクが風を捲《ま》いて通過していった。暴走族は笑い声をあげ、奇声をあげながら、走り去っていった。

鹿頭は立ちあがった。ズボンの埃《ほこり》をはたいて、ダッチワイフの袋を拾い、ゆっくり歩きだした。

もう暴走族のことはほとんど頭に残っていなかった。いま、鹿頭が考えているのはこういうことだった。

――パンティはビニール袋に入ったまま捨てられていた。だとすると、ブルセラショップに押し入った人間は使い古しのパンティが欲しかったわけじゃない。いったい何が欲しかったんだろう。

8

首都高速中央環状線を抜ける。するとそこに荒川がある。夏の強い日射しをあびてぎらついて、油を流したようにしんと凪《な》いでいる。その荒川をのぞむ土手の道に、電柱がたっていて、そこにひとりの男が上っていた。

「………」

鹿頭はあっけにとられて、しばらく、その男を見あげていたが、やがて、年代《ねんだい》さんじゃないか、と声をかけた。

電柱に登っていた男は、鹿頭の声を聞いて、ぴくり、と身を震わせたが、すぐにゆっくりと下りてきた。

やはり「失踪課」の年代金吾《きんご》だった。痩《や》せて、小柄で、干したすもものようにひからびた顔をしている。貧相といってこれほど貧相な男もいないだろう。

もう五十を過ぎているはずだ。この歳《とし》で「失踪課」にまわされるぐらいだから、よほど無能なのにちがいない……かねてから鹿頭はそう考えている。無能かどうかはともかく、とにかく偏屈な男で、いつも不機嫌に唇をへの字形に閉ざして、同僚ともろくに口をきいたことがない。

いまも電柱から下りてムッとした顔で鹿頭のことを睨《にら》みつけているのだ。

「何をやってるんだい、年代さん。どうして電柱なんかに登っているんだ」

鹿頭がそう尋ねると、年代はボソリと、セミ、と呟いた。

「なんだって」

「だから」と年代は不機嫌にいった。「蟬《せみ》を取ってるんだよ」

「蟬を？」

あきれて鹿頭がそう問いかえしたときにはもう年代はクルリと背中を向けて立ち去っていった。

鹿頭はしばらく、そのかたくなな後ろ姿を見つめていたが、やがて首を振って、自分も歩きだした。

どうせ「失踪課」の同僚は変わり者ぞろいだ。夏の午後の暑いさかりに電柱に登っている奴がいたとしてもふしぎはない。まともなのはおれぐらいなものだ、と鹿頭は本気でそう思った。

荒川の河川敷は、ゴルフ練習場、グラウンド、緑地などになっている。

その河川敷を背地にして、三階建ての低層ビルが建っている。窓がほとんどない。ぐるりを高い塀で取りかこんで、塀のうえには有刺鉄線がからませてある。門扉のうえには防犯カメラがセットされていて、何のことはない、ビルというより秘密基地だ。

——これが「田名網興業」の事務所ビルだった。

鹿頭が門扉のインタフォンを押すと、防犯カメラがモーター音をたてて、こちらにレンズを向けた。

「綾瀬署の鹿頭だ。蓑島に会いたい」と鹿頭はインタフォンにそういった。

蓑島とは応接室で会った。神棚があり、任侠《にんきょう》一筋、と墨痕《ぼっこん》ゆたかに記された額の書、どこかに日本刀の一振りぐらいは隠されていそうだ。

「どうしたい」と蓑島は物憂げにいった。「ブルセラの泥棒野郎は見つかったかい」

ああ、と鹿頭はうなずいて、「パンティはすべてビニール袋に入ったまま『しょうぶ沼公園』に捨てられていたらしい。それをみんな暴走族が拾った。つまり『ファンタジーガーデン』に押し入った人間はパンティを盗むのが目的ではなかったということだ」

「パンティを盗むのが目的ではなかった」蓑島は眉をひそめて、「わからねえな。じゃあ何が目的だったというんだ」

「捨てられていたビニール袋のジッパーはすべて開けられていたらしい。パンティが入ったビニール袋には、それを穿いていた女の子の写真が同封されている。その写真が残っていたという話は聞いていない。つまり写真を奪うのが目的だったんだ」

「…………」

「女の子の写真が欲しいのか。いや、そんなはずはない。目当ての女の子の写真があるんだったら、その下着を買えばいいだけのことだ。何もあんなふうにゴッソリ盗むことはない。つまり犯人は、写真が欲しかったが、それがどの写真であるのかわからなかった、ということだろう。夜中に店に忍び込んで、写真を捜している暇はない。それで、とりあえず、そこにあるパンティのビニール袋をすべてかっさらったということだろう」

「…………」

「それで思いだしたんだ。おれが『ファンタジーガーデン』に行ったとき、禿のオヤジが女の子の写真を撮っていた。ずいぶん無造作に撮っていたから、たまたま、そこにいた客の姿が写真に入ってしまう、ということもあるんじゃないか。その客は、あとになってそのことに気がついた。その客は自分がそこにいたということが人に知られてはまずい立場にあったんだ。それで、やむをえず、夜になるのを待って、『ファンタジーガーデン』に忍び込んで、そこにあったビニール袋をすべてかっさらった。その男が写真に写っていたのかどうか、とにかく写真はすべてチェックして、パンティのほうは必要ないから公園に捨てた」

「…………」

「おれは『ファンタジーガーデン』にとって返して、そういう客に心当たりがないかどうか、禿のオヤジに聞いてみたよ。するとタイガースの帽子を被《かぶ》った男が、店のなかにいるときに、女の子の写真を撮った、と思いだしてくれた。禿のオヤジは、なんでもその男が、蓑島さん、あんたと一緒に歩いているのを見かけたことがあるそうだ。東京でタイガースの帽子を被っている男はめずらしい。おそらく同一人物だろう。それで、おれは署の刑事四課に連絡して、タイガースの帽子をかぶっているヤクザに心当たりはないか、と問いあわせてみたんだ」

「御堂筋《みどうすじ》の虎……虎場劉《とらばりゅう》」蓑島が目を狭めてつぶやいた。その目にするどい光が宿っていた。「おれとは盃《さかずき》をわけあった兄弟さ」

「だってな。なんでも関西のほうじゃ名の知れたヒットマンだそうじゃないか。去年、歌舞伎町でヤクザを射殺した男がそいつらしい。若頭を殺された暴力団が血まなこになってそいつを追っている。いまどき虎が東京に戻っているはずはない、と四課の刑事もいってたよ。だが、虎は東京に戻っていて、こともあろうにブルセラショップで自分の写真を撮られてしまった。その写真を店に残しておくわけにはいかない。だから——」

そのとき応接室のドアが開いた。蓑島がサッと立ちあがり、それと同時に鹿頭も立ちあがっていた。

そこに一人の男が立っていた。鞭《むち》のようにしなやかに精悍《せいかん》な体つきをした三十男だ。タイガースのロゴの入ったトレーナーを着て、これもタイガースのロゴの入った帽子を被っていた。

「出てきちゃいけねえ、兄弟」と蓑島が叫んだ。

「もういいんだ。ここらあたりがしおどきだろうさ」と男はそういい、「迷惑をかけたな、兄弟。ブルセラショップに押し入ったことを、打ちあければよかったんだろうが、話すほどのことでもない、と思ったんだ。心配をかけたくなかったんだが、かえって心配をかけることになっちまった」

「だけど、兄弟——」

「だからもういいのさ。いったろ。ここらあたりがしおどきさ」と男は蓑島の言葉をさえぎるようにそういい、鹿頭のほうに顔を向けた。「旦那、恐れ入りました。お供させていただきます」

「…………」

鹿頭はこれまで人から旦那などという古風な呼ばれ方をされたことは一度もない。そもそも交通課から「喪失課」に配属されるという経歴からも分かるように、これまでただの一度も被疑者を逮捕したことなどないのだ。どう返事をしたらいいのかわからず、あたふたしていた。

「だけどよ、兄弟、冴子《さえこ》さんはどうなるんだ。いま捕まったらもう冴子さんに会えなくなるぜ。冴子さんに一目会うために東京に舞い戻ってきたんだろうよ。それを、冴子さんに会わないままで——」

「渡世人がいっちょまえに女に会いたいと思ったのがそもそもの間違いさ」と男は自嘲するようにいった。

「なにか事情があるようだが」と鹿頭が口を挟んだ。「よかったら、そいつを話してくれないか」

9

虎場劉には冴子という女がいる。

歌舞伎町で仕事を済ませ、ほとぼりをさますために、東京に冴子を残し、ひとり関西に逃げた。

が、冴子が病気になった。それも不治の病で、三カ月の余生だという。蓑島が世話して、綾瀬の病院に入院させたが、若頭を射殺された暴力団の組員たちが、連日、その病院のまわりに張り込んでいるのだという。虎場は、蓑島の連絡を受けて、東京に舞い戻ってきたが、病院に行くに行けず、日々、悶々《もんもん》としていたらしい。

そんなある日、ふと気まぐれに「ファンタジーガーデン」に入って、偶然に、禿オヤジの写真に入ってしまった。気まぐれに、というが、要するに好色からということで、虎場はいまどきめずらしい昔気質《かたぎ》のヤクザだが、この道ばかりはべつということか。好色がたたってしくじるのは、鹿頭も同じことで、虎場を嘲笑《わら》うことはできない。

あとのことは、鹿頭の推理そのままで、虎場は自分の写真が残されたのではまずいと思い、ブルセラショップに忍び込んで、下着を盗んだ。蓑島はそのことを虎場から聞いておらず、鹿頭にその調査を依頼してしまったのだった……

「スケベエの罰が当たったんでしょ。いいざまですよ」

虎場は苦笑していた。

「写真なんかそれほど気にすることはなかったんじゃないか。あんたをつけ狙《ねら》っている連中がその写真に気がつくなんて万に一つもなかったろうよ」

鹿頭がそう尋ねると、あいつらのことなんかどうでもよかったんですよ、と虎場はそういい、「だけど、好きな女が入院して明日の命も知れないというのに、ブルセラショップなんか覗《のぞ》いた自分が許せなかった。病院の女房のためにも写真なんか残しておくわけにはいかなかったんです。籍こそ入れてないが、あいつはわたしの女房ですから」

「………」

鹿頭はその言葉にわれ知らず感動するのを覚えた。

署に連行するまえに女に一目あわせてやりたい、と鹿頭がそう思ったのも、その感動のゆえからだった。が、病院のまわりには、血の気の多いヤクザたちがとぐろを巻いて見張っているのだという。そこにノコノコ虎場が姿を見せようものならたちまち蜂の巣にされてしまうにちがいない。

たとえ鹿頭が病院に同行したところで同じことだ。若頭を殺され、頭に血がのぼっているヤクザたちを、鹿頭ひとりで制止できる自信はない。下手をすると鹿頭までが怪我《けが》をさせられることになるだろう。

もちろん、ヤクザたちを武器の不法所持かなにかで事前にひっくくることはできるが、女に会うために警察の手を借りたとあっては、虎場のメンツが立たないのだという。

いってみれば八方ふさがりなのだが、それにも拘《かかわ》らず、

「いいからおれにまかせておきな。悪いようにはしないからよ」

鹿頭はそういい、拳《こぶし》で自分の胸をドンと叩いてみせたのだった。


……すでに薄暗い。

病院といっても、個人医院に毛の生えたような規模で、駐車場をかねた前庭に、木々がこんもり茂っていて、建物をほとんど翳《かげ》にとざしていた。

が、視線を凝らすと、たしかに、その暗がりのそこかしこに、得体の知れない男たちがうごめいていて、その連中の目を盗んで前庭を突破することはできそうにない。

鹿頭と虎場のふたりは、病院の玄関をのぞむ塀のかげに身をひそめて、病院の様子をうかがっている。

「いいか。とにかく一気に病院に走り込んでしまうんだ。あいつらに気がつかれたらおしまいだが、心配しなくても気がつかれないだけの工夫はする。あんたが病院に入

ったら四課に連絡する。だから病院から出てくるときには警官の護送つきだ。あいつらにはもう手出しはできない。それまで奥さんとゆっくり別れを惜しむがいい」

「すまねえ、恩にきます」虎場はその顔にありありと感動の色を滲《にじ》ませて、「おれはまだ刑事さんの名前も聞いていない」

「おれか」鹿頭はにやりと笑って、「おれは六方面喪失課の鹿頭勲だよ」

鹿頭はサッと塀のかげからおどり出た。そして、早いモーションでそいつを前庭に向かって投げた。

ふいに白い人影が前庭におどった。撥《は》ねあがった。その人影はタイガースの黄色い野球帽を被っていた。

数人の男たちが飛びだしてきた。闇のなかに銃火がひらめいた。つづけざまに銃声が炸裂《さくれつ》した。その白い人影は、銃弾をあびて何度も撥ねあがり、そして萎《しぼ》んだ。

男たちはあっけにとられたろう。自分たちが何を撃ったのかそれを見とどけることもできなかった。何を撃ったにせよ、そうして発砲してしまった以上、現場から逃げだすほかはない。男たちはてんでに病院の前庭から逃げだしていった。

「行け」

鹿頭の声にうながされて、虎場は病院に駆け込んでいった。

虎場が病院に入ったのを見とどけて、鹿頭はタバコをくわえ、火をつけた。

煙を深々と吸い、ゆっくりと吐きだして、穴だらけになって萎んでしまっている極子さんを見つめた。極子さんはタイガースの帽子を被っていた。

鹿頭はタバコを吸いながら笑いだした。

考えてみれば、今日はそんなに悪い日でもなかったかもしれない。結局は、ただでソープで遊んだのだし、無駄な買い物だと思ったダッチワイフもこうして立派に役にたってくれた。なにより、どこにも愛なんかない、と絶望したのに、こうして、思いもかけない純愛に立ちあうことができたではないか。

――そうさ。そんなに悪い日でもなかったぜ……

そのとき鹿頭のポケットベルが鳴った。

第三話 デリバリー・サービス

1

平成二年（一九九〇）七月十日……足立《あだち》区の環七通りにおいて、綾瀬《あやせ》署交通課に所属するミニパトカー三号車が、ワゴン車を路上駐車で摘発した。

谷中四丁目、首都高六号三郷《みさと》線にあがる加平《かへい》ランプに近いところである。

摘発されたのは名の知られた宅配サービスのワゴン車であった。この業種の車が違法駐車で摘発されることは、きわめてめずらしい。もちろん宅配便の業務用車にしても、違法駐車をしないわけではない。が、通常、それは運転手、あるいは配達員が品物を宅配する五分、ないし十分の短時間にとどまって、違反の対象にならないことが多いのだ。

しかし、このときには、ミニパトの婦警は、そのワゴン車の違法路上駐車三十五分を現認している。さらに拡声器で、ワゴン車の車種、ナンバーなどを呼びかけたが、ついにマル運（運転手）が現場に現れることはなかった。規則にのっとって、署活系無線で本署に連絡し、レッカーの手配を依頼した。

　違反対象車が宅配サービスのワゴン車だということだけが、やや異例であったが、ここまでは、まずは通例の違法駐車取り締りの経過をたどったといえるだろう。しかし、事態は、これよりさき、奇妙な展開を見せることになる。

　レッカーを待っているあいだ、婦警は何の気なしに、ワゴン車背部ドアの窓から、荷台を覗《のぞ》き込んだ。荷台には何台もの自転車が積み上げられていたという。婦警の顔色が変わった。その自転車の間に一人の男がうつぶせになって倒れているのが見えたからだ。宅配サービスの制服を着ていた。

　婦警は荷台に飛び込んだ。倒れている男は死んでいるわけでもなければ怪我《けが》をしているわけでもなかった。婦警の呼びかけに応じて苦しげにうめき声をあげた。かすかに甘ったるい香りがした。

　婦警は、反射的に、なにか麻酔のようなものを嗅《か》がされて気を失っているのだろう、と思った。宅配サービスのワゴン車が誰かに襲われたのにちがいない……これは単純な駐車違反などではない。事件なのだ。事実、後刻、綾瀬署の鑑識課員が、荷台の床からクロロホルムがこぼれているのを検出している。

　――しっかりしてください。わたしの声が聞こえますか。大丈夫ですか。

　婦警はまずそう問いかけたらしい。その問いかけに男は薄目を開けたという。ぼんやりとうなずいた。

——何があったんですか。どうかしたんですか。

婦警は質問をたたみかけた。

——わからない、いきなり後ろから誰かに襲われた……

男の声は消えいるようにか細く頼りなげだったという。ため息をついて、また、目を閉じた。

あとになって、婦警は、その男のことを、どことい って特徴のない三十男だったと証言している。肥《ふと》ってもいなければ痩《や》せてもいない。背が高くもなければ小柄でもない。その顔は青ざめていて、ひどく弱々しげだったというが、これは麻酔を嗅がされた直後であれば当然のことだろう。

どこといって特徴のない三十男……その男について婦警の記憶に残っているのはそれですべてといっていい。着ていたものも宅配サービスの制服であり、捜査の手がかりにはならない。

せめて、そのとき婦警は男の運転免許証なりを確認すべきだった。そのことが後になって論議の対象になったが、それは結果論にすぎない。この場合、怪我人の病院への搬送が最優先されるべきは当然のことだからだ。そのことで婦警を責めるのは酷というものだろう、という結論に達し、結局のところ、お咎《とが》めなし、ということになった。

その婦警にしたところで、いや、この場合、どんなに有能な警察官であっても、まさか被害者が消えてしまう、などとは夢にも思わなかったろうからだ。

そう、被害者は消えてしまった。婦警がミニパトカーに戻り、署に、事件の報告、救急車の手配などをしているうちに、ワゴン車から逃げてしまったのだ。いや、後になって、その三十男をたんに被害者と見なしていいものかどうか、そのことも疑問視されるようになった。

それというのも、そのワゴン車自体が、一週間まえ、七月三日に、錦糸町《きんしちょう》の路上から奪われた盗難車だということが判明したからである。しかも偽造ナンバーにつけ替えられていた。もちろん、その宅配サービスの従業員のなかに、その三十男がいなかったことはいうまでもない。

つまり、こう考えるべきではないか。

姿を消した三十男は、なんらかの目的があって、宅配サービスのワゴン車を盗んだ。そして環七通りで違法駐車しているところを、別の人間に襲われてしまった……この二つの事件が関連があるのか、それともたんに偶然が重なった結果にすぎないのか、それは誰にもわからない。

ワゴン車の荷台には、計十数台の自転車が残され、これはすべて盗難自転車ではなかろうか、という疑いが持たれた。が、何にせよ、いまどき自転車の盗難が犯罪を構成するか否か疑問であり、現に、盗難届けが出されることさえほとんどない。所轄としても、これをどの程度の事件として扱うべきか、その判断に迷ったらしい。

結局、専従捜査員が指定されることもなく、一応の聞き込み、鑑識がなされただけで、それ以上の捜査に発展することはなかった。なにか謎《なぞ》めいた事件だという印象を残すにとどまって、すべてはあやふやなまま、しだいに捜査員たちの記憶から薄らいでいったのである……

2

……年代金吾《ねんだいきんご》は綾瀬署「失踪課《しっそうか》」に所属している。

五十二歳にもなって、巡査部長にとどまっているのは、たたきあげの刑事にありがちな、現場の仕事に忙殺され昇進試験の準備をする暇がなかったからだろう――そう好意的に考えてやりたいところだが、じつはそうではない。

綾瀬署に「失踪課」が創設されて一月あまりにしかならない。当然、「失踪課」に配属された七人の専従員たちは、それまで別の部署にいたわけで、年代は二方面の五反田署に勤務していた。

〝花の六方面〟、〝ゴミの五方面〟という言い方があるが、それにならえば、〝暇の二方面〟ということになるだろう。最近は、蒲田《かまた》署の管轄などで、少年犯罪が多発するようになり、以前ほどではないが、それでも、従来、二方面は重大犯罪件数が少ないことで知られていた。つまり、〝暇の二方面〟というわけである。

五反田署は二方面の筆頭署であり、管轄にソープランド、ランジェリーパブなどの風俗営業が多いことは多いが、それを除けば、犯罪が多発するという土地柄ではない。ましてや年代は「留置管理室」に所属していて、仕事に忙殺されるも何も、そもそも捜査の現場に出ることがなかった。

もともと年代は、防犯課に配属されていたのだが、その融通のきかなさ、というか偏屈さが、上司、同僚たちから憎まれ、「留置管理室」にいわば島流しにされたのだった。

刑事たちにしたところで、つまるところは公務員であり、出世競争、抜け駆け、足の引っ張りあいがあるのは否めないが、それにしても事件の捜査に当たって、ある程度の協調性が要求されるのは当然のことだろう。年代という男は、一言居士というか、性格に角がありすぎるというか、その協調性が皆無なのだ。

ちょっとでも間違ったこと、自分の意にそまないことがあると、それがどんな些細《ささい》なことでも我慢できない。相手が怒りだすまで、そのことを徹底的に咎めだてせずにはいられない。——これではまわりの人間はたまったものではない。どこに配属されてもいずれは上司か同僚とぶつからざるをえない。

いまは、ひからびたすもものようになっている年代だが、そんな彼にも若いころはあり、そのころにはそれなりに自惚《うぬぼ》れもあった。若いころ、年代はそんな自分の性格を、正義感にあふれているのだ、と思い込んでいて、だからこそ警察官という職業を一生の仕事に選んだのだった。それがそもそもの誤りだった。

あるとき、年代は、自分はなにも正義感にあふれているわけではない、ということに気がついた。正義感など何の関係もない。たんに偏屈であり、臍曲《へそま》がりなだけにすぎないのだ。警察官は適職どころか、世に、偏屈で、臍曲がりな公務員ほど始末におえないものはない。つまり、これほど不適当な職はない。

が、そのことに気がついたときには、すでに四十の坂を越していて、いまさら転職することもできない。各署を転々とたらい回しにされ、最後は五反田署の「留置管理室」に島流しにされて、そこさえ勤まらずに綾瀬署の「失踪課」に配属されることになってしまったのだ。

そもそも警察に「失踪課」などという部署はない。それが綾瀬署に新設されたのは、なにも警視庁が急に失踪人の捜索に意欲を燃やし始めたからではない。——要するに、警視庁としては、各署から、無能、無気力、不平屋、箸《はし》にも棒にもかからない刑事たちを集めて、それを「失踪課」に放り込んだにすぎないのだ。これで「失踪課」が実績をあげることができれば奇跡のようなものだろう。いずれ「失踪課」は閉鎖されることになり、そのとき〝腐ったリンゴ〟たちも一まとめに処分されることになる。つまり、これはていのいい雇用調整にすぎない。人はそのことを知っているから、誰も「失踪課」などという名ではよばず、いつからか、

六方面喪失課

という名で呼ばれるようになった。

もちろん年代もそのことは知っている。知っているからこそ、その僻《ひが》みも加わって、「失踪課」に転属になってからは、なおさら偏屈さが増すことになった。いや、その融通のきかないこと、頑固なことは、偏屈というより、ほとんど偏執的といっていいまでになっていた。

七月十九日木曜日……この日は午前中にすでに三十度を超える真夏日になり、あまりの猛暑に死者が出るほどだった。

こんな暑い盛りに、昼食に頼んだピザの配達が遅いというだけのことで、わざわざ文句をいいに店まで足を運んだのも、つまりはその偏屈さのなせるわざで、年代ならではのことだったろう。

平成二年、このころはピザのデリバリーが始まったはしりともいうべき時期で、年代は出勤する途上、駅の階段でその宣伝ビラを渡された。宣伝ビラには、「ご注文をいただいてから必ず三十分以内にお届けします」と明記されていて、そのことが偏執的なまでに融通のきかない年代は、いたく気にいったのだ。

それまでは、昼飯はソバと決めていたのだが、その出前の時間のいいかげんさに腹をたてていたこともあって、ためしにピザのデリバリーを頼んでみる気になったのだ。

しかるに、三十分どころか、一時間がたっても、とうとう「失踪課」にピザが配達されることはなかった。

たんにクレームをつけるだけのことなら、電話一本かければそれでいいようなものだが、それだけでは腹のムシがおさまらない。

――これはどういうことだ。けしからん。人をバカにしやがって。

わざわざ地下鉄千代田線に乗って、「北綾瀬」駅から、隣りの「綾瀬」駅に向かった。「綾瀬」の駅前にそのピザ屋はあった。

暇といえば暇な話だが、どうせ「失踪課」に居残っても、岩動《いするぎ》という名の、部屋でタバコを吸っているのが仕事のような、極端に怠け者の刑事が一人いるだけで、たいした仕事があるわけではない。このところ放火事件が頻発しているが、「失踪課」の人間はその捜査にかりだされることさえない。皆どこに出払ってしまうのか、課長の磯貝《いそがい》にいたってはパチンコ屋通いが趣味というのだから、何をか言わんや、だ。

――どいつもこいつもクズばかりだ。

年代としては、自分のことは棚に上げて、大いに腹立たしいのである。

それで自分もピザ屋に行こうというのは矛盾しているようだが、そんなことはかまわない。この暑さはたまらないが、岩動の太平楽な顔を見ているよりは、まだしもピザ屋にでも出かけたほうが気がきいているというものだ。

――そういえば岩動の野郎、妙なことをいってたな。

ふと年代が思いだしたのは、岩動のいった言葉で、昨日から伊勢原《いせはら》という刑事が行方知れずになっている、ということだ。

伊勢原は印象にとぼしい男で、もともと、いるのかいないのかわからないようなところがある。おとなしい、というより、いっそ覇気がない、といったほうがいいだろう。年代はこれまでまともに口をきいたことさえないのだ。そんな男だが、それにしても、いやしくも現職の刑事が誰にも断らずに姿を消してしまう、というのはおかしい。

――たるんでるじゃないか。どうなってるんだ。

伊勢原のことを思いだしただけで、もうムカッ腹がたってくるのを覚えるのだが、いくら年代が偏屈な男でも、同時に二つのことを怒ることはできない。もともと、たるんでいるような男だから「失踪課」に配属されたのだ、といえないこともないわけで、いまさら、そんなことで腹をたてたところで始まらない。いまは、とりあえず無責任なピザ屋に怒りを集中すべきだろう。

が──

駅前のピザ屋に行ってみると、そこのオーナーは、年代に負けず劣らず怒り狂っていた。年代がクレームをつけると逆に怒鳴り返される始末だ。

「冗談じゃない。クレームをつけたいのはこっちのほうだよ。フリーターだか何だか知らないが、あんなものを雇ったおれがバカだった。スクーターに乗って、ピザのデリバリーに出かけたまま、ウンでもなければスンでもない、帰ってこないんですよ」

「帰ってこない？」

「客からはクレームの電話がジャンジャンかかってくるし、もう、開店早々、これじゃ、商売あがったりだ、どうしていいかわからないよ」

まだ若いのに、もう髪の生え際が後退しかかっているピザ屋のオーナーは、興奮して、その乏しい髪の毛を両手の指で掻《か》きまわしていた。

「ピザの配達に出てるのはまちがいないのかね」年代は念を押した。

「出てますよ」若いオーナーはわめいて、壁の時計を見た。「一時間半もまえに出てる。三十分でピザのデリバリーは終わっているはずだ。とっくに帰ってこなければならないはずなんですよ」

「一時間半もまえに……」

年代の金壺眼《かなつぼまなこ》がギョロリと光った。

どうやらピザ屋のアルバイトはデリバリーに出たまま失踪してしまったらしい。たんに道草を食っているにしては一時間三十分という時間はあまりに長すぎる。不審だ。

「そのアルバイトはあんたの店で働きはじめてどれぐらいになる」

「一週間ぐらい」

「ズッとピザのデリバリーのアルバイトをしていたのかね」

「そうですよ。最初からデリバリーをして貰うつもりで雇った。それが何か」

「その一週間のあいだ、今回のようなことはなかったのかね」

「なかったですよ。一度もなかった。あったら、その場でクビにしてるからね」オーナーはそういい、いま、自分が話している相手が刑事であることを、あらためて意識したようだ。急に不安げな表情になった。「あいつの身に何かあったというんですか」

「それは何ともいえない。ただ、聞いたところ、その男は、これまではまじめに働いていたようじゃないか。今日になって急に仕事を投げだすなんて腑《ふ》に落ちない」

「…………」

「もうすこし、くわしい話を聞かせてもらったほうがいいようだ」年代はそういい、ついでに釘《くぎ》をさしておくのを忘れなかった。「ところで、ビラに書いてあったことは嘘じゃないだろうね。三十分以内に、ピザを届けることができなかったら、その代金はいただきません、というのは」

「ええ、まあ——」オーナーは不承不承のようにうなずいた。

「それじゃ、まあ、ピザでも食べながら話を聞かせてもらうことにしようか」年代のほうは機嫌がいい。手近にあった椅子を引き寄せて、そこに腰をおろし、ピザが出てくるのを待った。この世にただのものにまさる御馳走《ごちそう》はない。

そして胸のなかで自分自身に呟いている。——これこそ「失踪課」の事件だろう。「失踪課」の刑事がこれを捜査しなくて、いったい、どこの誰が捜査するというのか。

3

……ピザのデリバリーに出たまま姿をくらましてしまった男の名は山室一也《やまむろかずや》という。二十六歳で、フリーターなのだという。

年代の感覚では、フリーターというのは、要するに定職がない、ということではないか、と思うのだが、バブルこのかたの好景気で、アルバイトで生活をつないでいる若者が多くなっているらしい。一定の仕事に拘束されるのが嫌だということなのだろう。

――ふん、世間知らずが。そんな気ままがいつまでも通用すると思ってるのか。

年代としては、すでにそのことにしてからが、おもしろくないのだが、そこから腹をたてていたのでは、捜査にいっこうにはかがいかない。ここは一つ、気持ちを落ちつけ、順を追って、捜査にとりかかるべきだろう。

店にはオーダーを受けたメモが残されている。そのメモによれば、山室は環七通りにそって計八軒にピザのデリバリーをすることになっていたようだ。オフィスもあれば一般の家庭もある。もちろん、そのすべてが環七通りに面しているわけではなく、東西南北に道をそれ、ときには細い路地に入らなければならないこともある。綾瀬警察署はルートのいちばん最後になっていた。

一軒一軒、電話をかけ、確かめたところでは、その三軒めまでは、すでに一時間以上もまえにピザが届いていた。山室の身に何かがあったのだとしたら、配達先の三軒めと四軒めとのあいだと考えていいだろう。

――山室はピザと引換えに受け取ったカネの持ち逃げをしたのか。それとも誰かに襲われたのだろうか。

三軒のピザの代金を合計したところで一万円にもならない。タクシー強盗をし、わずか数千円のカネを奪って逃げる……現実に起きる事件とはそんなものだが、この場合、どうせカネの持ち逃げをするなら八軒すべての代金を回収してからのことにするだろう。そのことを考えれば、山室がピザ代金の持ち逃げをしたとは思えない。かといって、白昼、強盗がピザ・デリバリーのスクーターを襲ったとも考えにくい。——要するに、山室の身に何があったのかわからないのだが、どこか事件の匂《にお》いがするのは否めない。

念のために、所轄に連絡し、「失踪課」にひとり残っている岩動刑事に、管轄内でスクーターの事故が発生していないかどうか、そのことを確認してみた。

岩動は「失踪課」きっての怠け者だ。「失踪課」が新設されて一月あまり、そのあいだ、この男が地取り、聞き込み捜査などで外に出たことは一度もない。

そもそも「失踪課」に配属される、というそのこと自体が、刑事失格の烙印《らくいん》を押されたようなものなのだ。その「失踪課」においてさえ同僚たちの顰蹙《ひんしゅく》をかって、てんとして恥じる様子を見せない、というのは並の神経ではないだろう。

このときも、

「わかった、交通課のほうに問いあわせてみよう」

岩動はそういい、受話器を置いたきり、そのままウンでもなければスンでもない、いっこうに電話口に戻ってこない。いったい、どこに行ってしまったのか。

——馬鹿野郎、役にたたない野郎だ。怠け者にもほどがある……

年代はとうとう癇癪《かんしゃく》をおこして乱暴に電話を切った。そして、あらためて綾瀬署の交通課に電話を入れ、管内にピザ屋のスクーターの事故が起きていないことを確認した。そのときにはピザも食べ終わっている。

「ごちそうになったな。これからはちゃんと三十分以内にデリバリーをするようにするんだな。そうでないと客の信用を失う。商売がたちゆかなくなる」年代は紙ナプキンで口を拭《ぬぐ》いながら上機嫌でそういう。「どんな商売でも信用が一番だからな。これからは気をつけるんだな」

こういうところが、年代が一言居士とも偏屈ともいわれるゆえんで、いわなくてもいいことをわざわざ口にして、人から憎まれることになる。案の定、ただでピザを食べられたうえに、説教までされて、オーナーは機嫌を損じたようだ。ふてくされたような表情になった。

年代はピザ屋を出た。そして、ふたたび地下鉄千代田線に乗って「北綾瀬」駅に戻っていった。

消えたデリバリー・サービスを捜すつもりになったのは、いってみれば、ほんの腹ごなしのようなものだ。そのときの年代は、まさか、これが誘拐事件にまで発展することになろうとは思ってもいなかった……

4

……地下鉄千代田線「北綾瀬」駅は「綾瀬」駅から一駅である。「綾瀬」駅と反対側に向かうと「交通営団」の綾瀬工場がある。

山室が三軒めのピザを配達したのはその近所の家である。「交通営団」の綾瀬工場は谷中四丁目にあり、四軒めの配達先は隣りの谷中五丁目にある。――狭い路地に、古い人家が密集した地域で、その途中のどこかで、山室はスクーターもろとも姿を消したことになる。

午後一時――

カッと眩《まばゆ》い日射しが街を焼き、路上に陽炎《かげろう》がたちのぼっている。梅雨明け宣言が出されたとたんの、いきなりの真夏日で、街は露出過多の写真のようにただもう全体に白っぽい。人がまるで歩いていないが、それも当然で、この熱暑のなかをうかつに歩けば熱射病になってしまうだろう。

が、そこを歩いている年代金吾は、ほとんど汗さえかいていない。そのすもものように小柄でひからびた体には余分な水分など蓄えられていないようだ。水分もなければ人間らしい情感もない。からからに乾いてしまっているのだ。

それでも暑いことには変わりない。年代もやはり人間である以上、三十度を越すこの猛暑のなかを歩きまわっているのが、苦痛でないはずがない。それなのに、ピザのデリバリーに出た若者が、たかだか二時間あまり行方知れずになっているからといって、どうしてこんな暑い最中に歩きまわらなければならないのか。これはいまだに事件にさえなっていないではないか。

要するに、事件になっていないから、歩きまわっているといえばいいだろう。どうでもいい、事件ともいえない事件だから、捜査に歩きまわる気になった。

これが本庁、あるいは署の刑事課が主導するような捜査であれば、無能集団の烙印を押された「失踪課」の出番はないし、たとえ出番があったところで、臍曲がりの年代がそれにおとなしく従うようなことはしない。年代は無能で、偏屈なだけにとどまらず、始末におえないことに反骨魂だけはふんだんに持ちあわせているのだ……

——反骨魂か。

年代は、内心、苦笑した。

反骨魂、といえば聞こえはいいが、要するに、たんに臍曲がりなだけにすぎない。臍曲がりで、人格に難があり、とうとう五十二歳になる今日まで家庭というものを持ったことがない。これまで一人で生きてきて、これからも一人で生きて、最期には一人で死ぬことになるだろう。

――それがどうした。そのどこが悪い。おれの勝手だろう。

年代は肩をそびやかすような気分になっている。淋しかろうが、虚《むな》しかろうが、おれの人生だ。放っといてくれ……

五丁目に入ったときだ。路地から甲高い歓声が聞こえてきて数人の子供たちが飛びだしてきた。小学校の三、四年生というところだろう。

「………」

年代は少年たちを見て足をとめた。けげんそうに眉をひそめた。そして、次の瞬間、おい、こら、待て、とわめいて、少年たちのあとを追いはじめた。

いや、追うというほど大げさなことではない。すぐに捕まえた。少年の一人の襟首《えりくび》をつかんだ。そして、こちらを振り向かせた。少年はポカンとして年代の顔を見あげた。

少年は年代が大きな声をだしたことに怯《おび》えているようだ。その顔がこわばっている。モグモグと口だけを動かしていた。口のまわりにピザのチーズがこびりついていた。その手にピザのピースを持っていた。

年代は自分がつい大声をだしてしまったことを反省した。年代のような男にとっては非常に難しいことであるが、できるかぎり優しい声をだすように努めた。

「坊や、そのピザはどうしたんだい？　どこで見つけたんだい」

5

……猫の額ほどの土地だ。それでも三十坪ぐらいはあるだろうか。こんな土地でもバブルのいまは一億は下らないだろう。

地上げされた土地であるらしい。家が建ちならんだなかに歯抜けのように空き地がある。ここだけが地上げされ、まわりの土地の買収は進んでいないということのようだ。茫々《ぼうぼう》と夏草だけがおい茂り、いかにも見捨てられた土地という印象が強い。蚊の群れが音をたてて舞っていた。

その夏草のなかにピザ屋のスクーターが横倒しになっていた。荷台に大きなボックスが取りつけられていて、そのなかに冷めたピザが残されていた。なかの一枚は年代が注文したピザであるはずだ。ピザだけではない。ボックスには、青い布の袋も入っていて、そのなかに釣り銭の小銭と、集金された代金も残されていた。せいぜい一万円そこそこというところだろう。

――これで山室がピザの代金を持ち逃げしたのでないことがはっきりした。

年代は胸のなかでうなずいて、わずかに首を傾《かし》げた。

――かといって誰かに襲われたというわけでもないらしい。誰かに襲われたのだったら現金が残っているはずはない。持ち逃げしたのでもなければ襲われたのでもない。これはどういうことなのか……

スクーターを起こした。イグニション・キーが差し込まれたままになっていた。そのキーを抜いた。スクーターはここに残しておくほかはないだろう。

念のために、現金の入った袋だけは、折り畳んで、ズボンのポケットに入れ、空き地を出た。右手に一〇〇メートルほど歩くと、そこにタバコ屋があり、赤電話があった。

ピザ屋に電話を入れ、オーナーに、スクーターが見つかったことを告げた。そして、これから山室を捜してみる、とつけ加えた。

「その必要はありません」オーナーは恐縮したようにそういい、「山室はいまさっき店に戻ってきました。三軒めの配達を終え、外に出たときには、もうスクーターは盗まれていたそうです」

「山室が戻ってきた?」年代はあっけにとられた。

電話の声が変わり、山室です、と若々しい声がいった。

「どうもご迷惑をおかけして申し訳ありませんでした。配達を終わって、外に出たら、スクーターがなくなってたんで、おれ、焦りまくって、いままで捜しまわっていたんです。スクーターのボックスにそれまで配達したピザの代金を置きっぱなしにしといたもんですから。そいつを狙《ねら》われたんだと思って。三軒分のピザの代金ですからね。たいした金額じゃないんですけど」

　フリーターだというから、何とはなしにいいかげんな若者を想像していたのだが、これは年代の偏見だったようだ。山室という若者の口調はいかにも真面目《まじめ》そうだった。

「さっきオーナーにもいったんだけどな。カネは取られていないよ。そのままスクーターに残されていた」

「へえ。それじゃ、スクーターを奪うのが目的だったんですかね」

「そうは考えられない。よりによってピザ屋のスクーターを盗むやつはいない。目立ちすぎるからな。それに、スクーターは三軒めの配達先からほんの五〇〇メートルほどしか離れていないところに放置されてあった。五〇〇メートルの距離を乗るために、わざわざスクーターを盗むやつはいないだろう」

「それもそうですね。じゃあ、犯人はどうしてスクーターを奪ったんでしょう」

「わからんよ。カネのためでもなければ、スクーターが欲しかったわけでもない。それなのに犯人はどうしてスクーターを盗んだのか？　そのことに何か心当たりはないか」

　一瞬、間があり、さあ、心当たりはありません、見当もつかないですよ、と山室は途方にくれたような声でいった。

「そうか」年代はうなずいて、スクーターが乗り捨てられていた場所を告げ、引き取りに来るようにいう。そして、現金はあとで店のほうに届ける、キーはタバコ屋に預かってもらう、とそういった。

「すいません、ご面倒をかけます」

「ああ、これからはせいぜい気をつけることだな」

こういう場合、余計なことと思いながら、一言、いわずにいられないのが、年代の年代たるゆえんだろう。

いい気持ちで電話を切った。ふと背後に人の気配を感じて振り向いた。わずかに顔がこわばるのを覚えた。そこに数人の主婦らしい女たちが集まっていた。年代のことをいかにも胡散臭《うさんくさ》げに見ている。おせじにも友好的な視線とはいえない。なかの一人、もっとも年かさらしい女が、硬い声で訊いてきた。

「あなたですか。そこにいた子供のことをいじめたのは」

「べつにいじめたわけじゃない」年代は女たちの誤解に閉口した。ワイシャツの胸ポケットから警察手帳を取り出し、それを見せ、「綾瀬署の者です。ちょっと聞きたいことがあって話を聞いただけですよ」

「あら、ごめんなさい。わたし、知らなかったものだから。警察の人なんですか」女はうろたえたようだ。「わたし、綾瀬署だったら、何度か、うかがったことがあります。志村雄三《しむらゆうぞう》さんて方、ご存じありません。不動産屋さんで、警察署の横で自転車置き場を持っていらっしゃる方なんですけど」

「志村雄三さん、ですか」年代はぼんやりと呟いた。聞いた名であるような気もしたが、はっきりとは思い出せない。

「ええ、『綾瀬・父母の会』の代表をなさっている方です。わたしも会に入っているんですけどね。その方の肝いりでよく綾瀬署のほうにお邪魔するんですよ」

「ああ、志村さん――」年代はその男のことを思い出して自分自身に確認するようにうなずいた。

　志村雄三は、全身、金ぴかの、バブルの権化のような三十男だ。胡散臭いといって、あんな胡散臭い男はいない。年代は偏屈な男で、この世に好きな人間など一人もいないが、志村はとりわけ好きになれない野郎だった。

「ええ、『綾瀬・父母の会』の会合とかで、何かと話したりするでしょう。それで、わたし、いろいろと子供にも気をつけるようになっちゃって」と女はどこか自慢げな口調になって、「このところ、この界隈《かいわい》を、知らない男がうろついているのをよく見かけるものだから。知らない人には注意しろ、と子供にもよくいってるんですよ。それでつい――」

「知らない男がうろついてる？」年代は眉《まゆ》をひそめ、「それはどういうことでしょう。

申し訳ありません。ちょっとその話をうかがわせていただけないでしょうか」

6

……環七通りの十字路だ。

千代田線の「北綾瀬」駅のすぐ近くに綾瀬警察署はある。隣りの「綾瀬」駅とちがって駅前に繁華街はない。駅が近いわりには閑散としているといえるだろう。

主婦たちの話によると、最近、この界隈から、路地に抜けて、見知らぬ若い男が徘《はい》徊《かい》しているのをよく見かけるのだという。わざわざ細い路地に入り込んで、人の家を覗《のぞ》き込んだりするそうで、子供のいる母親たちとしては警戒せざるをえないらしい。

要するに、年代が不用意に子供に声をかけたので、その挙動不審な男と間違えられたわけなのだろう。

その男が、ピザ屋のスクーターが奪われた事件と何か関係があるのかどうか、それはわからない。が、その男の話を聞いて、年代が思いだしたのは、十日ほどまえ、ここで宅配便のワゴン車が襲われた、というそのことだった。——いや、襲われたといっていいかどうか、駐車違反のワゴン車から、クロロホルムを嗅がされ、意識がもうろうとしている男が発見されたのだという。なにかの事件だと思われたのに、その男はすぐに姿を消してしまい、ワゴン車も盗難車だということがわかって、事件そのものが何かあやふやなものになってしまった……

配達の途中にピザ屋のスクーターが奪われた。が、現金は残されていたし、スクーターも五〇〇メートルほど離れたところに乗り捨てられていた。犯人が何のためにスクーターを奪わなければならなかったのか、その理由が判然としないのだ。つまり、つじつまが合わない。

そのつじつまがあわないところが、宅配便ワゴン車の事件に共通している、と考えるのは、あまりにこじつけがすぎるだろうか。宅配便ワゴン車にしても、クロロホルムを嗅がされた男がそれを盗んだものと想像されるが、盗んだワゴン車に乗って路上駐車し、その男が何をやっていたのかがわからない。ましてや、誰がどうしてその男に麻酔を嗅がせて意識を失わせたのか、そのことはまったくの謎というほかはない。

じつをいえば、人が思うほど、年代は刑事として無能ではない。あまりに偏屈すぎて、科学捜査、集団捜査に向かないだけで、むしろ刑事としての勘は鋭いほうだろう。

この二つの事件が、たんに、つじつまがあわない、というそのことだけで、なにか関連があるのではないか、と見なした根拠は、その勘を措《お》いてほかにない。そして、幸運にもというべきか、偶然にもというべきか、この場合、年代のその勘が的中することになったのである。

……年代はとりあえず「綾瀬署」に戻り、宅配便のワゴン車を駐車違反で摘発した婦人警官の話を聞くことにした。

交通課の谷村《たにむら》婦警……まだ二十代で、まずは可憐《かれん》といっていい容姿である。もっとも五十を過ぎ、心身ともにすっかり干からびてしまっている年代には、いまさら、若い娘の容姿などどうでもいいことだった。どうせ年代が若い娘にもてる気遣いなどないのだから。

谷村婦警は、連日、先輩婦警と組んでミニパトカーに乗り、駐車違反の取り締りをしているのだという。

幸い、年代が顔を出したときには、まだ出動していなかった。宅配便のワゴン車のことで聞きたいことがある、というと、怪訝《けげん》そうな顔になった。「喪失課」のことを軽んじているのか、とも思ったが、これはどうやら年代のひがみであったらしい。

数日まえにもやはり「喪失課」の刑事がワゴン車のことを聞きにきたのだという。

「あのワゴン車のことで『失踪課』が何か調査でもしているのですか」

と逆に聞き返されて、年代はうやむやに返事を濁した。――じつのところ、どうして「喪失課」の同僚がワゴン車のことなど聞いたのか、年代自身にも見当がつかないのだ。いったい「喪失課」の誰が何を聞いたのか、不審に思われないように言葉を選んで、そのことを確かめた。

「伊勢原さんという方でした」

「伊勢原が……」

　年代は眉をひそめた。——どうして伊勢原がそんなことを聞かなければならなかったのだろう。そういえば彼は昨日から連絡が途絶えているのではなかったか。

「それで伊勢原刑事はあなたに何を聞いたのですか」

「ワゴン車が停《と》まっていた正確な場所を聞かれました。それに、以前にも、その同じ場所で、そのワゴン車が停まっていなかったかどうか、そのことも尋ねられました」

「それであなたはどう答えたのですか」

「気がつかなかったとお答えしました。停まっていたかもしれませんが、気がつかなかったのです」

　谷村婦警はいかにも迷惑げな表情になっていた。当然だろう。若い婦警が「喪失課」の人間と懇意になったところで得るものは何もないのだ。

「そうですか」年代は唇を嚙《か》んで考え込んだが、すぐに気を取り直し、ワゴン車がどこに停まっていたのか、その正確な場所を尋ねてみた。

7

……ワゴン車が停まっていたという場所に向かった。

そこに行けば、主婦たちのいった、見知らぬ若い男、に出くわすこともできるのではないか、とそう考えたのだった。

すでに午後二時——

夏の日射しは盛りに達してさながら熱湯をあびせられているかのようだ。アスファルトの路面がしきりに透明な陽炎を噴きあげていた。

が、干からびたすもものような年代の体にはほとんど水分が残っていないらしい。水分どころか、人間らしい情感も残されていない。その唇をへの字形に曲げた表情は偏屈そのもので、汗ばんでさえいないのだ。

「…………」

年代の仏頂面に、ふと、怪訝そうな表情が浮かんだ。

べつだん、何か怪訝に感じなければならないことがあるわけではない。前方の陽炎のなか、ゆらゆらと漂いながら、ひとりの男が歩いていくのが見えただけだ。

ただ、その男が小型の携帯ラジオのようなものを持ち、短いアンテナを立てて、耳に当てているのが、不審といえばいえるだけのことだ。いや、それもたんに、歩きながら、音楽かニュースでも聞いている、と考えれば、とりたてて不審というほどのことでもない。

が――

それにも拘《かかわ》らず、年代が、これが主婦たちがいっていた例の男にちがいない、と直観的に感じ、自然にその足を速めたのは、やはり刑事ならではの勘であったろう。

その若い男も背後に迫ってくる跫音《あしおと》に気がついたようだ。振り向いて、年代を見た。その顔に、一瞬、動揺の色がかすめた。凍りついたように立ちすくんだ。

「わたし、こういう者なんだけどね。ちょっと聞きたいことがあるんだが――」

年代が警察手帳を取り出し、そう声をかけたとたん、男はパッと地面を蹴《け》って、逃げだしたのだった。

「おい、待て、逃げるな」

年代も反射的に走りだしている。自分の勘は外れていなかった、とそう確信した。走る足に力がこもった。ひたすら男のあとを追いつづける。

年代はどことなく楽しげだった。すでに五十を過ぎているが、脚力だけはおとろえていない、という自信がある。五反田署の「留置管理室」から、綾瀬署の「失踪課」にまわされ、いつしか粗大ゴミあつかいされることに慣れていたが、久しぶりに自分が刑事であることを思いだしていた……

首都高速中央環状線を抜けると、そこに荒川の土手が延びている。その土手のうえで男に追いついた。

年代は声をあげて男の背中に飛びかかっていった。無理やり引き倒し、そのまま、二人もつれあいながら、土手の傾斜をゴロゴロと転がっていった。

男は格闘には慣れていない。戦意もない。ひたすら逃げようとするばかりで、捕らえるのには楽な相手だった。

男の体を両手で地面に押さえつけると、

「おい、どうしてピザ屋のスクーターを盗んだんだ。宅配ワゴンの運転手にクロロホルムを嗅がせたのもおまえのしたことだろ。どうして、そんなことをしたんだ」

年代は大声でそう嚙ませたが、証拠もなにもない。いってみればハッタリだが、この男は見るからに気弱げで、そんなハッタリがたやすく通用しそうだった。

案の定、男はかんたんに落ちた。というか、これまで胸の底に、ひとり鬱屈《うっくつ》させていたものを、きっかけを与えられ、一気に爆発させたといったほうがいいかもしれない。男は大声でこうわめいたのだ。

「ぼくはやましいことは何もしていない。この近所でだれか若い娘が誘拐されてるんだ。ところが、その娘の名前がわからない。ぼくは何とかしてそれを突きとめようとそう思っただけなんだよ!」

8

男の名前は相馬一郎《そうまいちろう》という。

山室とおなじフリーターだが、これはいまのバブルの世の中、若者のあいだにフリーターが増えているだけのことで、たんなる偶然にすぎない。いまはアルバイトもしていないという。

年代があらためて問うまでもなかった。相馬は自分のほうから勝手にベラベラとしゃべりまくった。

「先月、秋葉原に行ったとき、広帯域受信機を買った。広帯域受信機は、無線の電波を受信するラジオのようなもので、外付け型の解読装置とセットになっていて、三万円で安かった。それでつい何の気なしに買ってしまったんだ。こいつは半径二〇〇メートルから五〇〇メートルまでの無線を傍受できる。コードレスの電話は、本機と子機とのあいだが無線でやりとりされている。だから、この広帯域受信機があれば、コードレスフォンの会話を盗聴できるわけだ。

ぼくのアパートは『北綾瀬』にある。毎晩、アパートで他人のコードレスフォンの会話を受信して楽しんだ。ところが、十日ほどまえに、とんでもないやりとりを聞いてしまった。ある男が、あるところに電話をかけて、『ゴトウさん、娘の命を救いたければ、おとなしく五百万渡せ』、とそう脅迫しているのを聞いてしまったんだ。広帯域受信機に装備されたサーチ機能を利用して自動受信にしてあったから、どこのどの電話かはわからない。しかも脅迫するだけ脅迫しておいて、その男はすぐに電話を切ってしまった。

どういう事情かはわからない。が、話の断片を聞いたかぎりでは、どうもどこかの娘が誘拐されているらしい。五百万は身代金というわけだろう。ぼくとしてはそのことを放っておけない。聞きっぱなしにはできないじゃないか。だけど、自分はコードレスフォンを盗聴していたという弱みがあるから、そのことを警察に告げるわけにはいかない。自分で捜査しようと決心した。

広帯域受信機の受信距離は半径五〇〇メートル以内というところだ。二〇〇メートル以内なら、かなりはっきりと受信することができるが、ぼくが聞いたその声は、それほどはっきりしたものではなかった。ということは、ぼくのアパートを中心にして、半径五〇〇メートルまでは範囲を広げなければならないということだ。つまり直径一キロだ。

ゴトウという名前はありふれている。さっきもいったように、それほど受信音はクリアでなかったから、ゴトウではなしに、イトウだったかもしれない。サトウという可能性もある。ゴトウ、イトウ、サトウ……直径一キロということになるとかなりの世帯数にのぼるだろう。それでもやらなければならない。直径一キロの範囲で、ゴトウ、イトウ、サトウという家を軒並みあたってみたが、どうしても、それにぴったり該当する家が見つからない。

どうも市販されている普通の地図では役に立たないようだ。宅配便のドライバーが使っているような世帯主名が載っている地図が欲しい。ぼくは、一月ほどまえまで、ある病院でアルバイトをしていて、クロロホルムを持ち出していた。たんなる好奇心からで、べつだん何に使うというつもりもなかったんだけどね。そのクロロホルムを使って、路上駐車していた宅配便ワゴンの運転手を眠らせた。それなのに、どういうわけか、地図を持っていなかった。もしかしたら、あいつは宅配便の運転手じゃなかったのかもしれない。そんな気がするよ。

それで、やむをえず地図なしで、ゴトウ、イトウ、サトウという家を捜しまわったが、数が多いし、やはり世帯主名の載っている地図があったほうが何かと便利だからね。それで思いついたのがピザのデリバリーだ。友人がアルバイトをしてたからね。デリバリー・サービスは世帯主名の載っている地図を持っていると聞かされていた。広帯域受信機を使えば、デリバリーのルートを傍受することができる。それで、ルートの途中で待ち伏せして、スクーターを拝借し、地図だけいただいたわけだ。

どうしてこんなに早く、刑事さんに見つかったのか、それがわからない。刑事さん、ぼくはいわば善意から、宅配便の運転手を襲って、ピザ屋のスクーターを奪っただけにすぎない。そうでしょ。市民の義務として犯罪をあばこうとした。それなのに逮捕されるんじゃ間尺にあわないし納得できないよ——」

相馬は唇を尖《とが》らせ、膨れッ面でそういったのだが、その表情がまるで子供だ。

実際に、相馬は二十四歳になったとはいっても、まだ子供なのだろう。自分が何をやったのかまるでわかっていない。——留置するまでもない、と思い（もちろん、あとで調書を取ることにはなるだろうが）、とりあえずアパートに帰らせたのだが、人の電話を傍受し、人をクロロホルムで眠らせたことに、まったく罪悪感を抱いていないらしいことには驚かされるばかりだ。

ピザ屋の地図と、広帯域受信機は強引に取りあげた。相馬の話がどこまでほんとうなのか、それを確認するには、広帯域受信機を実際に試してみればいいだろう。

相馬を帰らせたあと（もちろん運転免許証で住所を確認したのはいうまでもない）、年代は荒川の土手にひとり残り、キョロキョロとまわりを見まわした。手近なところに電柱がある。その電柱に登って、広帯域受信機の性能を確かめてみることにした。

が——

おなじ「失踪課」の鹿頭《ししとう》という刑事が、偶然、そこを通りかかり、電柱に登ったとたん、その姿を見られることになったのは、何といっても不運だったといわなければならない。

「何をやってるんだい、年代さん。どうして電柱なんかに登っているんだ」鹿頭は呆《あき》れたようにそう訊《き》いてきた。

年代としては何とも答えようがない。年代は偏屈で頑固ということで通っている。その年代が、いくら捜査の実験のためとはいえ、他人の電話を傍受しようとした、というのでは筋が通らないだろう。

ましてや、この鹿頭という刑事は、女好きが災いして「失踪課」に左遷されたというわくつきの人物であり、こんな男に年代が何をやっているのか知られたくはない。

苦しまぎれに、セミ、とつぶやいた。鹿頭は耳を疑うような表情になり、なんだって、と訊いてきた。

「だから蟬《せみ》を取ってるんだよ」年代は不機嫌にそう答え、そっぽを向いた。

鹿頭はへきえきしたようだ。何かあいまいな表情になって、その場をそそくさと立ち去っていった。

「…………」

その後ろ姿を見送りながら、ふと年代は、何もこんなことをする必要はないのに気がついた。

何もこんなことをしなくても交番の警官に協力してもらえばいいのだ。交番の警官は各家庭の家族構成など調べているはずではないか。相馬の話に該当する、直径一キロ以内、（誘拐されるような）娘のいるゴトウ、イトウ、サトウを絞り込むことなど、ごくたやすいことであるはずだった。いや、そのはずだったのだが……


「これが最後の佐藤さんですよ」

警官は四軒めの「佐藤家」を出るなり、やや、うんざりした口調でそういった。

「空振りですね。もう、この管轄、直径一キロ以内に、年代さんのお話に該当するような佐藤さんはいない」

「…………」

「後藤さんもいなければ、伊藤さんもいませんよ」

「…………」

「その相馬とかいう男の話を信用したのがそもそも誤りだったんじゃないスか。口からでまかせだったんじゃないんですか」

「…………」

年代は黙っている。

相馬のアパートで受信しうるかぎり、直径一キロ以内の範囲、娘がいるサトウは四軒を数えた。ゴトウは一軒、イトウも一軒――そのいずれかが娘を誘拐された家に該当するはずだった。それがいない。

　相馬がそれを受信したのは、十日もまえのことで、事件はすでに終わっているのかもしれない。いわれるままに身代金を払い、娘は家に戻され、後難を恐れて、そのことを警察にいわない――そんなことも考えられないではないが、直径一キロ以内のゴトウ家、イトウ家、サトウ家をまわった年代の感触では、どうもそういうことでもないらしい。どこの家でも、娘が誘拐されたのではないか、と質問されて（その娘も小学生からＯＬまで様々だったが）、ただキョトンとしていた。嘘《うそ》をついている様子はない。

「この暑いのにとんだ汗をかかされた。その相馬という野郎、適当なことをいったに決まってますよ。ひっつかまえて、三、四日、留置したらどうです。いいクスリになるんじゃないですかね」まだ若い警官は制帽を後ろにずらし、ひたいの汗を拭きつつ、そういい、喪失課か、とこれは嘲弄《ちょうろう》するような口調で呟いた。どうやら、喪失課の無能ぶりは、こんな末端の若い警察官にいたるまで嘲笑の的になっているらしい。

「忘れましょう。もう、あきらめたほうがいいですよ」

「待ってくれ」

先にたって歩きかけた警官を年代が呼びとめた。振り向いた警官に、ちょっと待ってくれないか、と年代がいう。警官はうんざりした表情になったが、

「思いついたことがあるんだ。もう少しつきあってくれないか」

それにはかまわず年代がいう。偏屈で、臍曲がりで、てこでも動かない、という顔つきになっていた。

9

……すでに薄暗い。

そのマンションの各階の部屋にはすでに明かりがともり始めていた。前庭に駐車場の敷地があるのだが、その水銀灯も青白くともされて、蛾《が》が集まっていた。

ひとりの男がマンションから出てきた。三十がらみ。まずはハンサムといっていい顔だちだが、なにかしら軽薄な印象がある。クリーム色のワイシャツに、ダークブラウンのネクタイを締めて、格好はまともなのだが、どこか遊び人風の印象があるのは否めない。

駐車場に入って、赤いポルシェに近づいていった。この派手な車からいっても、やはり、まともな勤め人ではなさそうだ。ポルシェのドアを開けようとし、ふと顔をあ

げて、だれだ、と低い声で聞いた。

ポルシェのかげからゆっくり姿を現したのは年代金吾だった。

「梶本《かじもと》さんですな」と年代は念を押すようにそういい、「一月ほどまえに矢島恵子《やじまけいこ》さんと離婚なさった。いや、あなたは矢島さんの家に養子で入ったのだから、むしろ追い出されたといったほうがいいかもしれない。素行不良、というのだから、まあ、仕方がない。矢島さんは手広く事業をやっていらっしゃる。もともとカネ目当てで、矢島さんのお嬢さんを——言葉は悪いが——引っかけたんじゃないんですかな」

「ずいぶん好き勝手なことをいってくれるじゃないか」梶本と呼ばれた男は訊いた。

「あんた、だれ」

「綾瀬署『失踪課』の年代という者です」年代は警察手帳を見せて、「だが、まあ、どちらにしろ、離婚されたのを逆恨みして、もとの奥さんを誘拐するというのは感心しませんな。それで矢島氏から五百万を奪い、恵子さんを父親のもとに戻した。それで終わりということになれば、この世に、警察は要らないようなものですが」

「…………」

「矢島氏は手切れ金だとお考えのようでしたが、あんたのやり口はいかにも汚すぎる、明らかに犯罪行為です。余計なことかとも思いましたが、矢島氏を説得して、あんたを告発することにして貰いました。つまり、わたしはあんたを署に連行する」

「……………」

「あんたが矢島氏を脅迫するのを盗聴した人間がいるんですよ」年代は笑いだして、「その男が、あんたが、おとうさんといったのを、ゴトウさんか、イトウさん、あるいはサトウさんと聞いてしまった。それで、いろいろと面倒なことになってしまった。ゴトウさん、イトウさん、サトウさんじゃなくて、お父さんじゃなかったか、と思いついて、この界隈で、最近、離婚した家庭を調べて、それで矢島氏のところに行きあたったわけでしてね」

ふいに梶本が走りだした。年代のわきをすり抜けて逃げようとした。が、そのまえに警官が立ちはだかるのを見て、あきらめたように足をとめた。若い警官はてこでも動かないという顔つきをしていた。

梶本は年代のほうを向いて、吐き出すようにいった。「もう終わったことじゃねえか。なにもむし返すことはないだろ。どうして警察がそんな余計なことをするんだよ」ふてくされた表情になっていた。

「われわれ『失踪課』としても成績をあげなければまずいんですよ。いまにも解散させられそうでね。われわれとしても、できるかぎり都民のためにサービスにつとめなければばならない」年代はそこでニヤリと笑って、「そのためにはこちらから事件のほうに出向かなければならないこともあるわけでしてね。これはいわば警察のデリバリー・サービスと考えていただきたいですな」

そのとき年代のポケットベルが鳴った。

第四話　夜も眠れない

1

その殺人事件は平成二年四月×日の深夜に起こった。正確にいえば、深夜の十二時を過ぎていて、すでに日付が変わっていたから、事件が起こったのはその翌日とすべきかもしれない。

被害者は野村雅彦《のむらまさひこ》、三十七歳……北千住《きたせんじゅ》で不動産屋を営んでいたが、どちらかといえば地上げ屋と呼んだほうがいいだろう。かなり強引に、地上げ商売を展開し、場合によっては地元の暴力団と手を組むのも辞さなかったというから、人の怨《うら》みを買うことがあったとしても不思議はない。

その野村雅彦がこともあろうに営団地下鉄千代田線の車両のなかで絞殺されたらしいのである。

らしい、などとあいまいな表現を使わざるをえないのは、その電車が北綾瀬《きたあやせ》から綾瀬に向かう終電であって、しかも、たった一人の目撃者がグデングデンに泥酔していたからに他ならない。

とはいっても被害者が発見されたのは電車のなかではない。深夜の一時すぎに、綾瀬駅に近い路上でこと切れて倒れているのを発見された。電車のなかで殺され、外に運び出されたものと目される。

つまり目撃者さえいなければ、捜査陣としても、野村は終電のなかで殺されたなどという面倒な状況を想定する必要がなかったわけで——これは目撃者がいたためにかえって捜査がこじれる、というめずらしいケースとなった。

目撃者は、斎田敬三《さいたけいぞう》、二十六歳——荒川区を管轄とする電力会社の作業員で、当日は、先輩が異動する歓送会に出て痛飲したのだという。殺人を目撃したのは、その帰路の電車内においてのことであった……

……四月もすでに十日を過ぎ、ぼちぼちサクラの花も散ろうかという季節であったが、花曇りというのか、奇妙に肌寒い一日だった。

その夜、斎田はいつになく深酒し、散会となったときには、まともに一人で歩けないほど泥酔していたようだ。斎田のアパートは綾瀬にあるが、歓送会が催されたのは、北綾瀬のとある居酒屋においてだった。

地下鉄千代田線「北綾瀬」から「綾瀬」までは一駅……斎田はその終電に乗ったわけだが、そのときにはもうすでに彼ひとりであったらしい。

なにぶんにも泥酔していて、しかも一人であったために、確かなことはわからないのだが、斎田は「北綾瀬」駅のホームで発車待ちをしていた終電に乗り込んだのだという。

彼自身、時刻を確かめたわけではない。その必要もなかったし、泥酔していてそれどころではなかったのだろう。つまり正確な時刻はわからない。

が、「北綾瀬」発・「綾瀬」行きの終電が零時十三分発であって、その電車がホームに待機している時間を考えれば、大体、これは零時五分から十分頃のことだったのではないか、と推測される。

何両目に乗ったかは覚えていないが、その車両には他に乗客はいなかったという。「北綾瀬」＝「綾瀬」はわずか一区間だけの路線であるから、「北綾瀬」は始発駅ということになる。零時十三分発「綾瀬」行きの終電にほとんど乗客が乗っていなかったとしても何の不思議もない。

斎田は電車に乗って、座席にすわるなり、すぐに寝込んでしまったらしい。やがて電車が動きだしたのを感じたが、それで目を覚ますことはなかったという。電車がとまったのを感じ、初めて目を覚まして——

その結果、殺人を目撃することになったのだった。

ひとりの男がべつの男の頸《くび》を背後から何かヒモのようなもので絞めていたというの

だ。被害者は座席にほとんど仰向けになり、両手で宙を掻《か》いて、暴れに暴れているのだが、よほど犯人の力が強いらしく、その魔手から逃れることができずにいる——というか被害者は声さえあげることができずにいた。

斎田が呆然《ぼうぜん》としつつ、（薄目を開けて）見ているうちにも、被害者はグッタリとなって、ズルズルと座席から床に滑り落ちた。その、青洟《あおばな》がたれ、舌を突き出した無残な表情からも、男が死んでいることは明らかだった。どうしてか被害者の耳孔から血が一筋流れていたのが鮮明に記憶に残っているという。

犯人は、斎田が眠り込んでいると思い込んで、犯行に及んだのだろうが——それにしても、その犯行は、じつにもって大胆きわまりない、といっていい。その手口は鮮やかで徹底していて、要するにプロの仕事と考えるべきだろう。

ここで斎田が悲鳴をあげれば、犯人がどんな行動に出たかわからない。おそらく斎田も無事では済まなかったろう。必死に眠っているふうを装ったのが幸いした。犯人は斎田を無視し、被害者の肩を（あたかも酔っぱらった知人を介抱するかに）抱くようにして、車両を出ていった。多分、そのあと犯人は被害者を綾瀬の路上に放置した……

その後の警察の捜査により、被害者・野村が、地上げがらみのトラブルに巻き込まれ、暴力団関係者に脅迫されていたことが判明した。野村は人の怨みを買うことの多い男だったが、プロの殺し屋に殺されたとなると、やはり暴力団が関係した事件と見なすのが順当ではないか。

捜査は綾瀬署刑事一課のみが担当し、本庁の捜査一課に指揮がゆだねられることもなければ、捜査本部が立てられることもなかった。要するに、この事件は、比較的早期に解決するにちがいない、と楽観視されたわけなのだろう。

それというのも、マル暴（暴力団担当）の刑事たちの間では、カネで殺しを請け負い、しかも決まって相手を絞殺する、という男のことがよく知られていたからなのである。つまり最初から容易に被疑者を絞り込むことができたのだった……

藤木《ふじ》竜二《きりゅうじ》、三十二歳――仲間うちからは、ヒモの竜《りゅう》、と呼ばれているが、これは必ずしも若いころに女のヒモで暮らしていたからばかりではない。二十一歳のときに、殺人未遂で起訴され、三年の刑に服しているが、そのとき犯行に使用したのが電気のコードなのだった。今回の「野村雅彦殺害事件」とその手口が酷似しているといっていい。

斎田の目撃証言も、ヒモの竜に、風貌《ふうぼう》、年齢すべてが一致していて、彼が犯人であることはまず間違いないように思われた。

ところが、藤木竜二の身柄を拘束し、送検するには、ただ一つ、問題があった。

それはつまり、藤木には確たるアリバイがあるということなのだった。

しかも、こともあろうに、そのアリバイを証言する一人は、綾瀬署に勤務する現職の刑事なのだ。

六方面喪失課の岩動昭二《いするぎしょうじ》なのだった。

2

……綾瀬署の「失踪課《しっそう》」が、じつは各署のやっかい者、鼻つまみ者、問題児を収容するため便宜的に創設された部署であり、いずれは解体されることになっているのは、多少なりとも警察の事情に通じている人間であれば誰もが知っていることである。
もちろん、「失踪課」が解体されるときには、その課員たちは警察組織の外に放り出されるはずであって、つまりはこれは体のいい雇用調整対策といえるだろう。
そのことはいわば警察内での公然たる秘密であって、そうである以上、「失踪課」の名で呼ばれることもなく、その名称も、誰いうともなしに、
六方面喪失課
と呼ばれるようになった。
各所轄からかき集められ、「喪失課」に放り込まれた男たちが、わが身の不遇をか

こっているのはいうまでもないだろう。

が、ただ一人、岩動昭二だけは、自分の境遇をそれほど不満に思っていない。いや、むしろ「喪失課」に籍を置いていることに満足さえしている。

たとえば、「喪失課」の渡辺一真《わたなべかずま》はアニメ・オタクであって、例の「M・連続幼女誘拐殺人事件」のときのオタク・バッシングのあおりを受け、「喪失課」に左遷された。

鹿頭勲《ししとういさお》は、本庁の運転免許本部に在籍していたとき、免停を食らいそうになった女子大生に、目こぼしするかわりにホテルに同行することを持ちかけ、それがバレて「喪失課」に左遷された。

年代金吾《ねんだいきんご》は不平屋で、偏屈で、ひねくれ者で、「留置管理室」で冷や飯を食わされていたのだが、それさえ勤まらずに、「喪失課」に左遷された……

その誰もが、「喪失課」に転属されたことにそれなりの鬱懐《うっかい》を抱いているのだが、岩動にかぎっては、べつだん、そのことを苦にもしていない。

岩動には独特の個性がある。つまり、徹底して怠け者なのだ。縦のものを横にしようともしない。真摯に捜査にはげむなどとんでもない。刑事としての適性にきわめて欠けているといわざるをえないだろう。

もともと上野署の「防犯課」に勤務し、地域のパトロール、とりわけ非行少年の補導に当たっていた。非行少年の補導という仕事は、いったん署の外に出てしまえば、上司の目があるわけではないし、ノルマがあるわけでもない。そのまま仕事をせずに、一日、映画館や、喫茶店、パチンコ屋にじけ込んだところで、よほどのことがないかぎり問題になることはない。それが問題になって、「喪失課」に左遷されたというのは、つまりは、よほどのことがあったからに他ならない。

岩動の場合、いくら何でもやりすぎだったのだ。いや、正確には、や、ら、な、さ、す、ぎ、だったというべきか。あまりの怠けぶりが目に余って、とうとう「防犯課」を放り出されてしまったのだ。

もっとも、前述したように、岩動はさしてそのことを苦にしているわけではない。それどころか、自分で勝手に「喪失課」の司令塔と称し、日がな一日、課室に陣どったきり、一歩たりとも外に出ようとしない。これはこれで怠け者の岩動にはまことにけっこうな境遇というべきだった。

そんな岩動がはからずも「野村雅彦殺害事件」に関わることになってしまった。ただでさえ怠け者の岩動にとって、こんな形で殺人事件と関わりあいになるのは、迷惑以外の何物でもなかったのだが。

3

……被疑者の藤木竜二は、野村が殺害された夜、自分にはアリバイがある、と証言している。「北綾瀬」に「ポンラン」という終夜営業のスナックがある。藤木は、事件当夜、零時三十分ごろ、その「ポンラン」に入ったと証言しているのだ。

藤木は、この夜、行きずりに「ポンラン」を覗《のぞ》いたきりで、それ以前も、それ以降も、この店に入ったことはないという。藤木が綾瀬署に逮捕、勾留《こうりゅう》されたのは七月に入ってからのことで、すでにして「ポンラン」のママの記憶はあいまいになっていた。

ただ、刑事一課の調べで、当時上野署の岩動が、ママ目当てに、ほとんど連夜「ポンラン」に通っている（仕事以外では岩動もなかなかまめなところがあるわけだ）ことがわかった。それも零時をかなり回ってからのことが多い。事件当夜、もし、ほんとうに藤木が「ポンラン」を訪れているのであれば、岩動がその顔を見ている可能性は非常に高い。どんなに無能でも、岩動は現職の刑事であって、ママよりは人の顔を覚えていることに長《た》けているだろう。

当人が証言しているとおり、零時三十分ごろ、「ポンラン」を覗いたのだとしたら、藤木は犯人ではありえないのだ。

「北綾瀬」発・「綾瀬」行きの終電は零時十三分に出る。——「北綾瀬」＝「綾瀬」の所要時間は五分ほどである。

事件を目撃した斎田の証言を信じるなら、電車がとまってから、その車両内において野村は殺害されているのであって、要するに、零時十八分以降ということになるだろう。

零時十八分以降に「綾瀬」駅で人を殺害した男が、零時三十分ごろに「北綾瀬」のスナックに入るのは、不可能とまではいわないでも、まずは考えられないことだろう。「綾瀬」駅において犯行を遂げた犯人が、逆に、「綾瀬」発・「北綾瀬」行きの終電に乗ったとする。この終電は零時二十二分に「綾瀬」を出る。「北綾瀬」からの終電が「綾瀬」に到着する零時十八分からは四分ほどしか余裕がないわけなのだ。

推理小説ならともかく、現実の殺人事件において、わずか四分ほどの時間で、ひとりの人間を殺害しうるなどということは考えられない。そもそも犯人にしてみれば、そんなことをしなければならない必然性など何もないのだ。

それはタクシー、自家用車を利用する場合も同じであって、どんな方法を使ったところで、零時十八分に「綾瀬」駅にいた男が、そこで人をひとり殺し、零時三十分ごろに「北綾瀬」のスナックに入るなどというのはほぼ不可能なことだった。

つまり、岩動が「ポンラン」で藤木の顔を見ているのであれば、彼は犯人ではありえない、ということになる。刑事一課の係員たちとしては、当然、岩動は藤木の顔を見ていない、という証言を期待したのであるが……


「どうも見たらしいぜ。覚えがある」岩動としてはそういわざるをえなかった。

「ほんとうか」刑事一課の係員は顔をしかめた。

「ああ」

「ほんとうに本当か」

「ああ」

「やな野郎だ」刑事は舌打ちし、そっぽを向いて、「おれはまえからおまえのことが気にいらなかったんだよ」

「悪いな」べつに詫《わ》びる筋合いのことではないのだが、岩動としてはそういわざるをえない。


野村が殺害されたその日の夕方、岩動は駅前の花屋から「ポンラン」のママのもとに、アロエの鉢を届けさせている。前述したように、岩動は仕事以外のことにはまめであり、「ポンラン」のママが、アロエは体にいい、という話をしたのを覚えていて、わざわざアロエを花屋に届けさせたのだ。

もちろん、岩動のように不精な男が、親切心からそんなことをするわけがない。とんでもない話だ。下心があってのことなのはいうまでもないだろう。

その夜——

岩動はいつものように「ポンラン」を訪れている。これは花屋に伝票が残されているから、その日付に間違いはない。

そして藤木はその夜にかぎって、一度だけ、「ポンラン」に入った、と証言しているのだ……つまり、岩動がその顔に見覚えがあるということは、とりもなおさず藤木にアリバイがあるのを意味しているわけなのだ。

「藤木はほとんど酒が飲めないらしい。そんな野郎が、この夜にかぎって、行きずりにスナックに入るというのもおかしな話じゃないか。しかもボトルを入れているというんだからわざとらしい。アリバイのために別の夜にやったことじゃないか」

「…………」

「だいたい、岩動さんよ。あんたは女房持ちじゃねえか。女房持ちがスナックのママに浮ついた気持ちを持つというのがそもそも気にいらねえ。てめえの顔を鏡で見てみろってんだ」

「よけいなお世話だ」八つ当たりもいいところだ。岩動としては憮然とせざるをえない。

取調室では藤木竜二が刑事と対峙《たいじ》してすわっている。その痩《や》せぎすの、色悪めいた風貌は、いつもニヤニヤ笑いを刻んでいて、いかにも冷酷な印象だ。

こうして岩動の証言がある以上、この冷酷な男を、今日すぐにでも釈放しなければならないのだ。たしかに刑事一課の課員としては八つ当たりでもしなければやりきれない思いにちがいない。——が、事実は事実であるし、よしんば事実をねじ曲げて証言したところで、公判で覆されるだけのことだろう。

藤木の顔を、もう一度、マジックミラー越しに一瞥《いちべつ》して、

「もう行ってもいいか」

岩動はそう訊《き》いた。

「いいさ。そんなツラ見たくもねえや。どこへでもとっとと消えてくれ」

刑事はそっぽを向いたままだった。

4

刑事一課の取調室から「喪失課」に戻りながら、

——ちくしょう、暑いな。

と岩動は胸のなかでつぶやいている。

七月十九日木曜日——

昨日、気象庁が、東海、関東、甲信地方などの「梅雨明け宣言」をしたばかりだというのに、もうすでに今日も、真夏日を記録している。

とんでもない暑さだ。ただでさえ怠け者の岩動がこんな日に間違っても外出するはずがない。何があっても、一日、課室に根を生やして、てこでも動かないつもりになっていた。

伊勢原《いせはら》という「喪失課」の同僚が昨日から連絡を絶っている。が、そんなことは岩動の知ったことではない。渡辺という若い同僚を、自転車泥棒の捜査にむりやり外に追いやった。自転車泥棒のことも岩動のあずかり知らぬところだ——どんなこともこの生まれついての怠け者に労働を強いることはできない。

廊下で「ポンラン」のママとバッタリ出くわした。

ママもやはり藤木の面通しに呼び出されたのだろう。この暑いのにご苦労なことだ。さすがにうんざりした表情になっていた。三十二歳というふれこみだが、日の光の下で見ると、その年齢はやや割り引いて考えなければならないようだ。その小鼻に脂が浮いていて、どう見ても、四十は超えていそうだった。

「冗談じゃないわよ。今日はうちの店は臨時休業なんだ。岩動さんだってそのことは知ってるだろ。こんなときにゆっくり休まなきゃ体が持たないよ。それなのにこんなことで呼びだされてさ。だから警察ってむしが好かないんだよ」顔を見るなり、ママはそれが岩動のせいででもあるかのように、ズケズケといった。

「まあ、そういうなよ。警察に協力するのは市民の義務だぜ」

「警察って何、あんたのこと？　どうしてあたしがあんたみたいな怠け者に協力しなけりゃいけないのさ。ろくに働きもしない人間に税金払ってやってるんだからオンの字じゃないか」

「いってくれるじゃないか。まあ、頭に来るのはわかるけどさ。ママ、昼間の日の光で見ても肌がツヤツヤしてるぜ。さすがだね。おれのアロエがきいてるんじゃないか」

「あいにくだけどね。あんたにもらったアロエ、マンションに持って帰ったら、翌日にはもう枯れちゃったよ。せっかく、もらったのに、そんなこと言っちゃ悪いと思って、いままで黙ってたけどさ」

「何だ、そうかよ。悪いと思うんだったら、ずっと黙ってればいいのにさ」

「あんなアロエなんかで恩にきせられたんじゃたまったもんじゃない。ここであんたの顔を見てたら急にそのことを言いたくなったんだよ。あんたの顔ってそういうところがあるんだよね」ママはプリプリしながら立ち去った。

岩動は苦笑しながら課室に戻った。

ひそかにママとねんごろになることを願っていたのだが、どうやら、その秘められた恋も終わってしまったらしい。残念なことではあるが、そのことを悔やんだり悲しんだりするには、あまりに岩動という男は怠け者に過ぎるようだ。

要するに、遊びにすぎない。どうでもいいことなのだ……

課には同僚は誰もいない。ただ、見知らぬ男が一人、でんとすわっていた。ハワイの相撲《すもう》取りのような男だ。小山のような巨体に、アロハシャツ、バミューダパンツを穿《は》いて、ゴム草履を突っかけている。突き出した腹部のうえから岩動のことを見下ろしていた。

岩動は気にしない。その男が誰であろうとかまわない。下手に、誰だかを問いただして、仕事をしなければならないはめにでもなったら、それこそ目も当てられないではないか。自分の椅子にすわり、タバコに火をつけると、頭の後ろに腕を組んで、両足を机のうえに投げだした。

男はジッと岩動のことを見ている。岩動は平然としている。どんなに怠けても苦にならないのだ。

電話が鳴った。それでも岩動はピクリとも動かない。電話は鳴りつづけている。岩動は両足を机に投げだしたままだ。

男が落ちつかなげにその巨体をモジモジと動かした。岩動と電話に交互に視線を走らせた。岩動は動かない。べつだん理由があって動かないわけではない。たんに電話に出るのが面倒なだけなのだ。

「どうして」男はついに耐えかねたようにいった。「電話に出ないんだよ」

5

「見りゃわかるだろ」岩動は両手を頭の後ろに組んで、机のうえに両足を投げだして、うそぶいた。「おれは忙しいんだよ」

「忙しいようには見えないぜ」

「だから何だ。おれが忙しいのはおれが一番よく知っている。なにもあんたにそのことを判断してもらうことはないさ」

「電話が鳴ってる」

「鳴らしておけばいいさ。知ってるか。電話は鳴るようにできてるんだ」

「…………」ふいに男が立ちあがる。その形相が変わっていた。

のしのしと歩いてきたときには、岩動もいささか怯《ひる》んだが、途中、鳴っている電話の受話器を取って、コードを長く引っ張りながら、それを差し出すと、おれ、こういうの駄目なんだ、とそういった。

「こういうの気になって駄目なんだよ。何ていうのかな、几帳面《きちょうめん》すぎるのかな。やるべきことをやらないと気になってたまらない」

その巨体にも似あわず、この男には妙に神経質なところがあるらしい。その頰《ほお》がひくひくと引きつっていた。

「………」

岩動はあきれて男の顔を見たが、あきらめて受話器を取った。考えてみれば、下手に電話のことで男とやりとりしているより、いっそ電話に出てしまったほうが面倒がない。

「喪失課」の年代金吾からの電話だった。

偏屈な男で、仕事をしないことでは岩動とおつかつのはずなのに、今日はどうした風の吹き回しだろう。珍しいことである。

今日、管轄内でスクーターの事故が発生していないかどうか、そのことを調べて欲しいという。

「わかった。交通課のほうに問いあわせてみよう」岩動はそういい、受話器を机の上に転がした。――そして、また頭の後ろに両手を組んで、タバコをくわえ、椅子のなかにそっくり返った。タバコの煙をぼんやり目で追った。

男はしばらく、そんな岩動のことを見つめていたが、やがてもじもじといった。

「やらないのか」

「何を、よ」岩動は男を見た。

「だから、その、何だ――」男は切なげに身をよじった。「なにか交通課で問いあわせなければならないことがあるんだろ。電話の相手はその返事を待ってるんだろ」

「………」

「なあ、あんた、やるといったことはやろうよ。人間、怠けちゃ駄目よ。おれ、そういうの我慢できないんだよ。見てると苛々《いらいら》してくんだよ。そういう性分なんだ。頭んなかカッカしてくんだよ」

「妙な野郎だな。何もやらねえとはいってねえだろ。交通課は逃げやしない。いいか、急いで交通課に問いあわせるとする。すると、この電話の相手が、また何か問いあわせてくるかもしれねえじゃねえか。仕事が増えるばかりだろうよ」

「仕事が増えてけっこうじゃないか。はたの人間を楽にするから働くというんだろうよ。そうだろ。人間、自分が楽するのを考えちゃダメだよ」

「誰だ、おまえ。松竹新喜劇か。古くさいこといいやがって――おまえ、何で『失踪課』にいるんだよ」

「あ、何、おれ？」急に男は慎重な口調になって、「おれ、磯貝《いそがい》さんの知り合いなんだけどよ」

「磯貝さんの……」岩動は目を狭めた。ジッと相手を見つめた。

磯貝は、一応、「失踪課」の課長ということになっているが、課長とは名ばかり、じつのところ、その階級は警部補にすぎない。課長待遇というべきか。本庁であれば主任、所轄署であれば係長がいいところで——要するに実権もなければ権限もない課長なのだ。

磯貝はもともと向島警察署刑事課で課長補佐を務めていたが、あまりの競馬好きが災いして、「喪失課」に左遷させられたのだという。具体的に、どんな失態を犯したのかはわからないが、懲戒免職にならなかっただけましだったという話を聞いているから、よほどのことにちがいない。

「磯貝さんに何か用なのか」

岩動はあらためて訊いた。

「いや、そうじゃない。用があるのは磯貝さんにじゃない。あんたに用があるんだ。岩動さん。あんたに、さ」男は上半身を伸ばし岩動のうえに覆いかぶさるようにした。そして、その大きな手で厚いアルマイトの灰皿を取った。握った。指の関節が膨れあがったかに見えた。アルマイトの灰皿が音をたてて潰《つぶ》れた。

「…………」

岩動は男を見つめた。自分でもあんぐりと口を開けているのがわかった。急いで両足をテーブルから下ろしたのは膝《ひざ》が震えているのを見られたくなかったからだ。

男は握りつぶした灰皿をテーブルのうえに投げだした。灰皿は、カタン、と乾いた音をたてた。男の頬にわずかに赤みがさしていた。照れくさげだった。灰皿を見ながら、できりゃこんなことしたくないんだけどな、とつぶやいた。そして岩動に目を向けた。

「殺された野村、な。おれらと一緒に仕事してたんだよ。ケチな野郎だったが、仲間は仲間だ。殺されていいって法はない。そうだろ。地上げ仕事でちょいトラブったことがあってな。誰が野村を殺させたのかは大体わかってるんだ。殺させた野郎は、まあ、取り引き相手のようなもので、うかつに手は出せねえ。だからって殺した野郎まで野放しにはしておけねえ。けじめはつけねえとな。ヒモの竜な。あいつがやったのは間違いねえんだ。警察に逮捕してもらいたいよ」

「…………」

「それなのに、だ。あんたの証言で竜の野郎は釈放されるそうじゃねえか。おいらにゃ納得できないね。刑事が人殺しの釈放に手を貸してもいいのか。そんなことが許されていいはずないだろ。おれら、そんなことのために税金払ってるわけじゃねえ」

「税金なんか」岩動がいう。「払ってねえだろ」

「消費税があるだろ。消費税が」

「偉そうにいうなよ。消費税たってせいぜいチューインガムを買うぐらいなもんだろうよ」

「ワイルドセブンのヘボピーを舐《な》めないほうがいい。後悔することになるぜ」男は岩動には理解できないことをいった。目のまえに右手の拳《こぶし》を突きつけた。その関節が岩のように膨れあがっていた。

「おれを脅迫するのか」岩動の声がわずかに震えたようだ。

「そうじゃねえ。取り引きしたいんだ。竜がやったのはわかってる。それなのに、あんたが妙なことを証言して竜が釈放されることになった——こいつは何かの間違いだよ。間違いはただださなきゃな。社会正義てものがあるだろう」

「冗談じゃない。何もおれは嘘《うそ》をついてるわけじゃない。おれの証言で竜が釈放されることになったといわれるのは心外だぜ。野村が殺された夜に竜を見てるから見てるとそういった。なにか勘違いしてないか。おれに弱みはない。あんたたちと取り引きをする必要はない」

「勘違いしてるのはあんただ」男は首を横に振った。「おいらたちが取り引きするのはあんたじゃない。磯貝さんだよ。もともと磯貝さんはおいらたちと取り引きがあるのさ。いまに始まったことじゃない」

「…………」

「磯貝さんはピヒンと鳴いてパカパカ走る生き物が好きなんだよ。あんたもそいつは知ってるだろ。だから、ときどき、おれらのところに電話をかけて……その、何だ、何するわけよな。ところが、ここんところ、その支払いが焦げついてる。磯貝さんは払うにも払えない。カネがない」

「………」

「そういうことだったら、取り引きしよう、と、まあ、こうなった――竜の野郎は野村を殺した、ムショにぶちこんでやりたい、それなのに『失踪課』の誰かさんが妙な証言をして釈放されることになりそうだ……こいつを何とかしてくれれば払いをチャラにしてやってもいい」

「そいつは磯貝さんとあんたたちとの関わりあいじゃないか。おれに何の関係がある? おれには何の関係もない」岩動はうめいた。

「関係がないことはないだろう。磯貝さんはあんたの上司じゃねえか。上司のトラブルは部下のトラブルだろうさ。不人情なことというもんじゃない。助けてやれって。べつに無理なこと頼んでるわけじゃない。ちょっと証言を変えればそれでいい。ただ、それだけのこっちゃねえか。お互いさまよ。なあ、人って字を見てみろよ。二本でたがいに支えあってる。人間はそうでなくちゃいけない」

「松竹新喜劇はやめろ」岩動はにべもなくそういい、「要するに、おれが断ったら磯貝さんの身に何かが起こるってわけか」

「そうじゃねえ。おれらがそんなことするわけがない。だって磯貝さんとは取り引きしたんだぜ。見損なってもらっちゃ困る」男はキョトンとした表情になって、「何かが起きるのはあんたの身にだよ。磯貝さんの身にじゃない」

「…………」岩動は相手の無邪気な顔を見ているうちにしだいに顔がこわばってくるのを覚えた。

こいつは本気なのだ。要するにまともな理屈が通用する相手ではない。岩動が自分の証言をどうかしないかぎり、こいつは岩動の腕の一本ぐらい平然と折りかねない。こいつの目から見れば岩動もアルマイトの灰皿も大差ないのだろう。

年代からの電話のことはすっかり忘れてしまっていた……

6

こうなると岩動としても、「失踪課」の司令塔などと称して納まりかえってはいられない。

どうして磯貝のノミ屋への支払いがとどこおっているのを岩動が清算する必要があるのか……不条理という他はないが、そもそも条理が通用するような相手ならヤクザなどやってはいないだろう。

岩動としては、

——課長の野郎。いったい、どこで何をやってやがるんだ……

憤懣《ふんまん》のやり場もないが、ここはあの大男にいわれるままに動くほかはない。

磯貝のことはいわば取っかかりにすぎず、〝組〟の人間にとって、ほんのささいな取っかかりさえあれば、行動を起こすのには十分なのだ。まさか刑事をどうこうするほど血迷っているとは思えないが、「失踪課」の人間が刑事の名に値するかどうか、よしんば刑事の名に値しても、組員がそう思っているかどうか、ましてや署員がそう思っているかどうか微妙なところだといわざるをえない。

男の背後には〝組〟があり、〝組〟の連中は、岩動の証言で、藤木が釈放されることになったのを怒っているらしい。〝組〟の人間が思い、刑事一課の係官がそう思っているのであれば、やはり藤木が犯人であることは間違いないのだろう。つまり誰にとっても岩動の証言は余計なものだったことになる。

岩動の証言が藤木のアリバイを立証した。余計なことだ。岩動みずからが動いてそのアリバイを覆さなければならない……

とりあえず終電の車両のなかで、野村が殺害されるのを目撃したという斎田から話を聞いてみることにした。

こう追いつめられても、涼しくなるまで動きだそうとしないのは、怠け者の面目躍如たるところで、署を出たときには、すでに夕方の五時をまわっていた。

あらかじめ営業所に連絡し、斎田が電気工事で外出しているのを聞いておいた。北綾瀬駅にほぼ隣接し「しょうぶ沼公園」があり、その公園内に少年野球場がある。その野球場の照明が不調だということで斎田は修理に出ているのだという。

岩動はその少年野球場に赴いた。

すでに夕方といっていい時刻だが、少年野球場では残暑が熱気を噴きあげていた。チョークの白線が夏の光のなかで目に痛いほど白い。濃いあい色の空に昼の名残の入道雲が浮かんでいた。

野球場には誰もいない。ただ、ひとりベンチにすわり、所在なげにグラウンドを見ている男がいて、その男が斎田だった。

若い、というより、ほんの子供のような顔つきをしている。作業衣の上着を脱いでランニング姿になっていた。その剝《む》き出しになった肩に汗が光っている。

岩動が隣りに立つと、眩《まぶ》しげに岩動のことを見て、

「野球やってると思ったんだけど。せっかく仕事しながら見れると思ったのに。やってないんだって。がっかりしちゃった。見たいものは見れなくて、見たくないものは見てしまう。卒業してからこんなんばっかし。いいことないよ」

そういいながら、ボールを投げるそぶりをして見せた。フォームがけっこうさまになっていた。

「高校のとき、野球やってたのか」岩動はそう尋ねたが、べつだん本気でそのことを知りたかったわけではない。斎田の返事を待たずに、その隣りにすわって、綾瀬署の刑事であることを告げた。

「といっても刑事一課の人間じゃない。べつの課に所属しているんだ。だから、もう一度、きみが殺人を目撃したときのことを聞きたいんだよ」

「そのことは何度も話しました。電車のなかで絞め殺されるのをすぐまえの座席から見たんだ。あの野村という人の死に顔はいまだに忘れられない。殺した男の顔だって忘れられるはずがない。それなのにあの男は釈放されたというじゃないですか。どういうことなんですか。わからないよ」

「殺人を目撃したときのことはいい。そのあとのことを聞きたいんだ」

「そのあとのこと?」

「ああ。そのあと、きみは綾瀬の交番に駆け込んで、殺人を目撃したとそう告げている。それが零時四十分ごろのことだ。『北綾瀬』発の終電が『綾瀬』に到着するのは零時十八分ごろ……車両内で人が殺されるのを見て、駅を飛びだして、交番に駆けつける。酔っぱらっていたにしても、すこし時間が空きすぎているんじゃないか」

「そのことも刑事さんに何度も説明しました。ぼくは酔っぱらってた。人が殺されるのを見てショックを受けた。外に飛びだしたとたんにフラフラになってしまったんですよ。だから、どこをどう走りまわったのかよく覚えていない。気がついたときには綾瀬の交番のまえにいた――」

「たしかにきみはそのことをくりかえし話している。そのことは一課の刑事からも聞いてるよ。どこをどう走りまわったのかよく覚えていない……その言い方も変わっていない。ということは、きみは嘘をついていない、ということだろう。きみは本当のことを話している。そういうことだよな」

「当たりまえでしょう。どうしてぼくが嘘をつかなければならないんです。ぼくには嘘をつかなければならない理由は何もない」

「そう、きみは嘘をついてはいない。だが意図的に本当のことを話してもいない。そうじゃないか」

「どういうことですか。いってることがわからないよ」

斎田はベンチから立ちあがろうとした。岩動はとっさにその腕を押さえると、

「きみは酔っぱらっていた。グデングデンだった。事実、当夜の巡査は、きみが交番に飛び込んできたとき、ほとんどまともに話ができないほどだった、とそう証言している。それなのに、きみは、どこをどう走りまわったのかよく覚えていない、とそう

いう。いったい、そんなにも酔っぱらった人間が走りまわるなどということができるものだろうか」

「……走りまわる、といったのは、その、何だ。そう、言葉のあやですよ」

「そうじゃない。言葉のあやなんかじゃない。きみは何度も、走りまわる、という言い方をしている。人は言葉のあやなんかで同じ言い方を繰り返したりはしないよ」

「…………」

「おれは『失踪課』というところに所属してるんだ。要するに何でも屋さ。綾瀬の管轄でさ。自転車が大量に盗まれるという事件が発生した。おれの同僚がそのことを調査している。間違えてくれるなよ。べつだん、きみがそのことに関わってるなどと思ってるわけじゃないぜ。そんなことは思ってない。ただ、自転車、という可能性はあると思ってな。きみは列車のなかで犯行を目撃し仰天して『綾瀬』駅を飛び出した。その路上にたまたま自転車が放置されてた。酔っぱらってて急いでるんだったら、その自転車を拝借する、ということだってあるだろう。それだったら酔っぱらっても走りまわれる。まあ、軽犯罪さ。どうってことはないよ」

しばらく斎田は、ぼんやりグラウンドを見つめていたが、やがて口のなかで呟《つぶや》くようにいった。

「高校のときに遅刻しそうになって自転車を借りたことがあるんです。コンビニのまえに放り出してあった。それで借りたんだけど……そのことがバレて野球部を追い出された。もともと監督とそりがあわなくて、監督としては、追い出す口実を捜してたらしいんですけどね」

「ついてなかったわけだ」

「そうでもないスよ」斎田はゆっくりとピッチングの動作をした。「どうせ甲子園に行けたわけじゃない。おれ、補欠だったし。ただ――」

「ただ？」

ただ何なのか……斎田は岩動の顔を見ただけで何もいおうとしなかった。無意識のようにその肘《ひじ》が曲がってピッチングの動作をした。その顔に汗が光っていた。

7

……岩動は環七通りに向かい北綾瀬の町を歩いている。

谷中の淋《さび》しい通りだ。一方は、コンクリート・ブロックの塀がつづいて、もう一方にはフェンスがつづいている。フェンスの向こうには広大な敷地がひろがっていて、いたるところにクレーンがそびえ、電車の車庫のような建物が散在している。引き込み線があみだのように伸びていて、そこかしこに地下鉄の車両がとまっている。

人通りは皆無といっていい。ブロック塀に沿って、あるいはフェンスに沿って、車が何台もとまっているが、どこにも人の姿はない。――大きな門扉があって『帝都高速度交通営団整備工場』の掲示があった。

夕暮れは夜の暗さになだれ込む寸前まで深みを増している。とぼとぼと歩いている岩動の背中に翳《かげ》が落ちていた。

ふいに岩動の隣りに人影が並んだ。

ハワイの相撲取りのようなあの大男だ。のそのそと巨体を揺らしつつ歩いている。

「どこから電車が地下鉄に入るのか、それを考えると、夜も眠れない……昔、そんな漫才があったっけな。覚えてるか」と大男はそういい、「なるほど、地下鉄にはこういう場所があるんだ。こういうところから電車は地下鉄に入るわけか」

「おれのあとをつけてたのか。ご苦労なこったな」岩動は鼻を鳴らし、「殺しを目撃した若者は自分が『北綾瀬』発の終電のなかにいるとばかり思い込んでいた。酔っぱらってたからな。ホームに電車がとまっていればそう錯覚したとしても不思議はない。だが、そうじゃない。それは『綾瀬』に向かうのではなく、そのまま引き込み線に入って、整備工場に向かう電車だったんだ。つまり目撃者は『北綾瀬』を動いていない。目撃者が『綾瀬』だと思っていたのは、『北綾瀬』の引き込み線だった――」

「…………」

「終電にほかの乗客がいなかった、ということからも、そのことに気づくべきだった。終電に誰も乗っていない、なんてことはありえないからな。そんなはずはない。当人はいまだにそのことに気がついていないけどな。若者の乗った電車はそもそも終電なんかじゃなかったのさ」

「……………」

「零時十三分『北綾瀬』発。『綾瀬』に到着するのは零時十八分ごろ……それでヒモの竜が、零時三十分に『北綾瀬』のスナックに顔を出せば、それはたしかにアリバイがあることになるだろう。が、その電車は『綾瀬』に向かったのではなく、『北綾瀬』の整備工場に入っていったんだ。電車が動いたのも零時十三分より早かったろうし、とまったのも十八分より早かったろう。しかも電車は『北綾瀬』を動いていない。零時三十分に北綾瀬のスナックに顔を出したからといってアリバイにはならないよ。

考えてみれば、どんなにヒモの竜が凶暴な男でも、終電の車両なんかで人を殺すはずがない。整備工場に入る電車だと思えばこそ、野村を車両に連れ込んで、絞殺する気にもなったのさ。その車両に人が乗っていたのにはびっくりしたろうが、もういまさらどうすることもできないし、泥酔しているということで、たかをくくったんだろう。野村の死体は、誰かべつの人間が綾瀬まで運んで、路上に捨てたんだろうさ。竜は最初から最後まで『北綾瀬』の街を動いてない。アリバイもへったくれもないのさ」

「なるほど、そういうことか」と大男はあごを撫《な》でながらうなずいて、「それで、これからどうするつもりなんだ」

「ちょっと確かめたいことがある。『ポンラン』に行ってみるよ」

「それを確かめないと夜も眠れないてか」大男が笑う。

「松竹新喜劇は」岩動は表情も変えずにいった。「やめろ」


スナック「ポンラン」は環七通りから路地に入ったところにある。

モルタル造りの二階建て――一階が店、二階が住まいになっている。店の床面積はせいぜい五坪というところだろう。要するに、どんな町にもある場末のスナックだ。

黒い扉に「本日休業」のプラスチックの札がかかっていた。

試しにノブをひねってみたが、鍵《かぎ》はかかっていない。

岩動は先にたって店に入った。

カウンターのなかにママがいる。無言で岩動を見た。いや、岩動の肩ごしに、ドアのかげを見ていた。その顔が青ざめてこわばっていた。

「………」

とっさに岩動は振り返ろうとした。が、遅かった。そのときにはすでに岩動の後頭部に重いものが落ちてきた。岩動の体は床にたたきつけられた。鉄製のスツールが音をたてて床に転がった。

――こんなもので殴られたのか。

意識が遠のいていきそうになる。その薄らいでいく意識に耐えて、懸命に目を見ひらいた。大男が暴れていた。獣のように大声で吼《ほ》えていた。両腕を振り回してカウンターから次から次にビンやグラスをたたき落としていた。その首に電気のコードが食い込んでいた。ふいに大男の膝《ひざ》が萎《な》えた。その体が床に沈んでいった。

そこに若い男が立っていた。両手に電気のコードを持っていた。冷酷な笑いを浮かべていた。

ヒモの竜なのだった。

8

「…………」

岩動は首を振った。

張り子のトラのように首を振りながら床を這《は》った。膝を突いて、正座をし、カウンターに手をのばした。カウンターの縁に指をかけて立ちあがろうとした。足に力が入らず立ちあがれない。何度か試み、ため息をついて、あきらめた。

竜はそんな岩動のことをジッと見つめている。薄笑いをうかべていた。

「だらしがねえな」

と竜はそういう。

そんなふうに薄笑いを浮かべながらどうやって口をきくのだろう。舌の構造はどうなっているのか?

……岩動はそのことを疑問に思った。疑問に思い、かつ、それどころではない、と思いなおした。実際、それどころではない。竜は岩動の首も絞めるかもしれないのだ。

「あんたには何もしねえよ」岩動の胸のうちを見透かしたように竜がいう。「あんた刑事だろ。刑事に手出ししたら七代たたる。逃げきれねえものな。何もしない」

「何もしないで」岩動はかろうじて声を振り絞った。楽ではない。一言、声を発するたびに後頭部がズキズキ痛むのだ。「そのあと無事に逃げきれると思ってるのか」

「思ってるさ。だって、あんたは一課の刑事じゃない。見たことのないツラだ。おれを捕まえなければならない義理はねえ。刑事だって公務員さ。その場に自分がいて、人が殺され、しかもその犯人に逃げられたってことになれば、あんただって始末書ぐらいじゃ済まない。黙ってたほうがいい。そうだろ」

「刑事の事情をよく知ってるじゃないか」

「親父が刑事だったんだ。ついでにいえばお袋は中学の先生だった」

「とんでもねえ野郎だ。親不孝な野郎だ」

「そうなんだよ。因果なことに親不孝が面白くて仕方がない。こうなると一種の趣味だよな。ガキのころにグレたのはお袋への親不孝で、ヤクザになったのは親父への親不孝というわけでね。ただ生きてるだけで親不孝ができるんだからな。こんな面白いことはない。生きがいのある日々さ」

「なるほど、それで、いつもニヤニヤ楽しそうに笑ってるわけか」

「まあ、そんなところさ。心配するな。この相撲取りみたいな野郎はどこかに捨ててきてやる。あんたは何も知らなかったことにすればいい。ママだって黙ってるさ。余計なことは何もいわない。なあ」

　竜がそう声をかけると、ママは壊れた人形のようにガクガクとうなずいて、

「何もいわない。何もしない。だけど、あんた、どうしてここに戻ってきたの」

　かすれた声で訊いた。

「わからないのか。そいつはこの店に証拠の品を残してるんだ」岩動はカウンターにつかまって、かろうじて立ちあがり「そいつは酒を飲めないんだよ。あの晩、おれが持ち込んだ鉢植えのアロエが枯れてしまった。その二つのことを考えてみろよ」

「…………」

「あの晩、そいつは人を殺し、そのあと時間をつぶすために、この店に入ってきた。そこにおれがやってきた。ママとの話から、おれが刑事だと察しがついたんだろう。そいつとしては凶器のヒモを身につけてるのをヤバイと考えたんだ。下手に床に捨てでもして、あとで見つかったら余計にまずい。どうすればいいか。酒が強ければ問題なかった。強くないから、とっさにグラスの酒を、カウンターに置いてあったアロエの鉢に捨てた。だからアロエは枯れちまったんだよ。そのうえで、そいつは、お替わりということで、ボトルをキープすることにした――」

ヒモの竜は笑い声をあげた。ママは反射的にカウンターのなかの棚を振り返った。そこにはウイスキーのボトルが並んでいた。そのうちの一本にヒモがくくりつけられて掛かっていた。ボトルの目印のヒモのように見えるがそうではない。あの夜、野村雅彦を絞殺したヒモだった。

「おめえは頭がいいな」竜はヘラヘラ笑いながらそういった。「そんなに頭がいいのにどうして出世しねえんだ」

そのときのことだ。ふいに背後から、どうしようもねえ怠け者だからよ、と声が聞こえてきたのだ。

「稼ぐに追いつく貧乏なしってな。そういうだろ。ところが、その野郎はコツコツ働くってことを知らねえ。だから出世もできねえってわけさ」大男はゆっくり立ちあがった。拳で、鼻汁とヨダレを拭《ふ》いて、馬鹿野郎、あんなことでくたばるかよ、といった。

「…………」

竜の目が大きく見ひらかれた。化け物を見るような目になっていた。ふいにドアに向かって突進した。大男は両手をのばしたが、その手の下をかいくぐって、外に飛び出していった。すばしっこい野郎だった。

それに比して大男のほうはタフではあるが敏捷《びんしょう》性を欠いている。竜のように素早くは動けないようだ。

大男は岩動を咎《とが》めるように見た。「どうして追わねえんだよ」そして、憤懣のこもった声でそういった。

「面倒くせえよ。あいつを捕まえるのは一課の仕事だ。おれの仕事じゃない。あの野郎はもう逃げられない。おしまいさ。凶器のヒモが残ってる」

「あいつがおまえを殺さないといったのは嘘だぜ。あの野郎がそんなやわであるものか。隙《すき》を見ておまえもやるつもりでいたんだぜ」

「わかってるさ。だからってどうってことはない。結局はやらなかったんだ。それでいいじゃねえか」

「…………」

「そんなことより首が痛くてたまらない。首筋を揉《も》んでくれないか」

「冗談いうな。自分でやれよ」大男はそっぽを向いた。

「面倒くさい」岩動はさかんに首を回しながらいった。「自分でやるぐらいなら痛いのを我慢したほうがいい——」


そのとき岩動のポケットベルが鳴った。

第五話　人形の身代金

1

昭和五十九年（一九八四）五月某日深夜――

足立区《あだち》にあるゲーム喫茶が何者かに侵入され、すべてテレビゲーム機が壊されるという事件が起こった。

このゲーム喫茶は、環七通り沿いの盛り場にあって、場末ながらも、よく客が入っていたという。

年号が平成に変わってからというもの、ゲーム喫茶なるものも、あまり見かけないようになったが、関西でのブームに遅れること数年、関東では、五十年代後半に全盛期を迎えていた。ゲーム喫茶とはいいながら、その内情は、非合法な賭博場《とばくじょう》に他ならず、公然と現金がやりとりされ、暴力団の資金源になっていた。

要するに、ポーカーのテレビゲームと考えればいいだろう。スクリーンに映っている五枚のカードでポーカーをする。ロイヤル・ストレート・フラッシュが出ると、五百倍の儲《もう》けになる。——じつに千円札一枚が五十万円にもなるわけで、ゲーム喫茶がある種ブームになったとしても不思議はないだろう。

さて、肝心の事件のことだが、事件そのものは単純きわまりないものだといっていい。

深夜、ゲーム喫茶（店名、ダイス）に何者かが侵入し、店内にあったテレビゲーム機をことごとく壊してしまった……要するに、それだけのことなのだ。ただ、ここで不審なことは、このときにすでにゲーム機内の現金はすべて回収されていた、ということである。

営業中に、店の従業員が頻繁に現金を回収して歩いている。その機械で遊んでいる人間がいようがいまいがおかまいなしだ。——つまり一度でもゲーム喫茶で遊んだことのある人間なら、閉店後のゲーム喫茶に現金など残っているわけがないことを心得ているはずなのだ。

よしんば、犯人がそのことを知らなかったにしても、一台か二台、テレビゲーム機を壊せば、ゲーム機のなかに現金など残されていない、ということに気づかないはずがない。他のテレビゲーム機を壊したところで、現金を手に入れられないことなど容易に想像がつくはずではないか。

それなのに、どうして犯人はテレビゲーム機をことごとく（ご丁寧なことに壊された遊戯機のなかにはUFOキャッチャーまでまじっていたという）壊さなければならなかったのか？　捜査員たちの胸にはその疑問が残された。

その疑問は疑問として――

要するに、盗難があったわけでもなければ、怪我《けが》人が出たわけでもない。事件といえるほどの事件ではなかった。

所轄署としても、現場の情況から見て、同業者の嫌がらせか何かだろうと判断したようだった。つまり、本腰をいれて捜査にとりかかろうとはしなかった。

したがって、いまだに事件の全容は明らかになっていない。多分、これからも明らかになることはないだろう。

そうこうするうちに、ゲーム喫茶のブームは去り、年号が昭和から平成にかわって、すでにそんな事件があったことさえ人々の記憶から消え去ろうとしていた……

2

開店と同時に入って午後二時に打ち止めになった。出たりすったりで、結局、四時間ほど弾《はじ》いて二万円の儲けというところか。

実働時間を考えればさして効率がいいとはいえない。地元の店で遊べば、磯貝《いそがい》正《しょう》一郎《いちろう》の顔を見知っている店員が、黙っていても出血台に案内してくれて、この倍は稼げるにちがいない。

だからこそ地元の店を避け、わざわざ千代田線に乗って、綾瀬《あやせ》のパチンコ店まで足を運んでいるわけで、そもそも最初から儲かることがわかっているのだとしたら、それは賭博とはいえないにちがいない。

パチンコを賭博などといえば、何を大げさな、と笑う向きもあるかもしれないが、磯貝にはそんなふうに笑う人間の気持ちがわからない。人生のすべては大なり小なり賭博であって、ケチなパチンコであっても、いや、だからこそなおさら、それは真剣に取り組むべきで、あだやおろそかに遊んではならないだろう。敗れることがあるからこその賭博であって、勝つことがすでに前提としてあるのであれば、それはそもそも博打《ばくち》の名に値しない。

勝ったときにはいつもパチンコの球を一摑《ひとつか》みポケットに入れることにしている。ささやかな勝利の記念というところか。言葉を換えれば、磯貝の人生においては、記念品を必要とするほど、勝つのが稀《まれ》なことなのだともいえるかもしれない。

プラスチックの大ケースに五箱、およそ一万五千発というところか。それを持って景品交換所のカウンターに向かう。

このパチンコ屋ではライターの石が現金に換えるための景品になっている。いつもの磯貝だったら球のすべてをライターの石に換えるところだ。が、今日は、思うところがあって、景品の交換カウンターでヌイグルミを選んでそれを貰《もら》った。女の子の人形で、背中にジッパーがついていて、胸にヘンゼルと縁取りされてある。あの「ヘンゼルとグレーテル」のヘンゼルだろうか。残りの球はすべてライターの石に換えた。

カウンターの女の子が磯貝の顔を見て好意的な笑みを浮かべたのは、この無愛想でいかつい中年男が、柄にもなく家族サービスをしようとしているのが、微笑《ほほえ》ましいものに感じられたからにちがいない。

誤解だった。とんだお笑いぐさだ。磯貝は家族サービスなどしない。その必要がない。三十九のこの歳《とし》になるまで一度だって結婚などしたことがない。

パチンコ屋を出た。

自動扉が背後に閉まったとたん、それまでジャラジャラ鳴り響いていた球の音、安っぽい歌謡曲の調べが途切れ、それと入れ替わるように、ジーッという蟬《せみ》の鳴き声が耳に突き刺さってきた。扉に冷房が遮断され、真夏の光が目のなかに炸裂《さくれつ》し、サウナ室のような熱気がムッと顔に押し寄せてくる。

「…………」

磯貝は目を狭めて空を仰いだ。そして、その顔を自然に顰《しか》めている。

空は強烈な夏の日射しに真っ白にぎらついている。空には光以外は何もない。

平成二年七月十九日木曜……昨日、梅雨明けが宣言されたばかりなのに、東京は午前中にして、すでに三十度に達するという猛暑を記録していた。

いつもだったら、この時刻、ＪＲ「綾瀬」駅に向かうこの商店街には、それなりの人出があるのだが、この暑さに恐れをなしたのか、今日は、ほとんど人の姿が見えない。

ただアスファルトの路面に陽炎《かげろう》だけが立ちのぼっていた。立ちのぼってはいるが実際にはそこには何もないのだ。虚無そのもののように透明に揺らめいていた。

歩きだすとすぐに汗が噴きだしてきた。独身の磯貝がハンカチなどという上品な代物を持っているはずがない。身だしなみに気を遣うような男ではない。ろくに髭《ひげ》さえ剃《そ》っていないのだ。そのまばらに白いものの混じった不精髭に汗が光っていた。太い二の腕でぐいぐいと汗を拭《ぬぐ》った。

ヘンゼルの人形を持てあます。大きすぎるのだ。磯貝の体の汗を吸ってすでに饐《す》えたような匂《にお》いを放っていた。

磯貝という男は顔も体格も巌《いわお》のようにいかつい。そんな男が女の子の人形を小わきに抱いて歩いているのがよほど奇異なものに見えるのだろう。数少ない通行人ではあるが、行きすぎるたび、人々がけげんそうに磯貝の顔を見る。

「…………」

　磯貝は平然としている。もともと犀《さい》ほどの神経しか持っていない。人目を気にするような男ではない。

　パチンコ屋のわきの路地に入る。その路地を抜けると、突き当たりに、小さなタバコ屋があって、そこがパチンコ屋の現金交換所になっている。

　もともとは軒下までの窓になっていて、そこに座っている人間の顔が見えないようになっている。ガラスの上部が板で覆われ、そこに座っている人間の顔が見えないようになっている。映画館のもぎりのように小さな窓が空いていて、手だけが出し入れできるようになっているのだ。

　窓のまえが小さなカウンターのようになっている。磯貝はそこにヘンゼルの人形を置いて、

「…………」

　財布を取り出し所持金を調べた。苦い顔になったのは、思ったより持ち合わせが少なかったからだろう。

　が、すぐに、岩に無造作に目鼻をくっつけただけのような、表情に乏しいいつもの顔に戻った。景品のライターの石を重ね、さらにそのうえに手帳を載せると、窓口にさしだした。それは――警察手帳だった。

3

……綾瀬署に「失踪課《しっそう》」が創設されてまだ間がない。

もともと警察組織には「失踪課」などという部署はない。新たな試みとして創設されたという触れ込みだが、これは嘘《うそ》もいいところで、じつのところは警視庁のいわばリストラ対策として設けられた部署なのだ。要するに、各署のやっかい者、鼻つまみ者、問題児などを収容するために便宜的に設けられた部署であって、いずれは閉鎖され、課員たちも解雇されることになるのにちがいない。

いつしか「失踪課」の名称も忘れられ、いまは、その名も、誰呼ぶともなしに、
六方面喪失課――

磯貝はその「喪失課」の課長だが、なにしろリストラ部署であるから、課長といっても名目上のことで、その階級は警部補にすぎない。本庁であれば主任、所轄署であっても係長がいいところで、いずれは解雇されることになるというので、お情けで課長の椅子を与えられているわけなのだろう。

もともとは向島警察署の刑事課に所属していて、課長補佐を務めていたのだが、あ

まりの競馬好きが災いし、「喪失課」に左遷させられた、ということになっている。なっている、というのは、いかにも曖昧《あいまい》な表現だが、これにもやむをえないところがある。——磯貝だけは、多少、他の課員たちとは事情が違っていて、どうして「喪失課」に左遷させられることになったのか、まわりの人間には、いま一つ、その間の事情がはっきりしていないのだ。

競馬、競輪、競艇、パチンコ……公営ギャンブルの数は多く、これに違法のものまで加えれば、それこそ世にギャンブルは数えきれないほどある。当然、それにのめり込む刑事も数えきれないほどいるわけで——つまり賭博の好きな刑事は、本庁、所轄署いたるところに群れをなしているはずなのだ。

なにも磯貝一人が目に余るほど賭博好きだったはずはないだろうし、じつのところ、そのことで左遷されるほど職務をおろそかにしたという事実はない。

それなのにどうして「喪失課」に左遷させられることになったのか？……綾瀬署内でも、そのことは少なからず興味の対象になっていて、あれこれ噂《うわさ》の的になっているようだが、ついに磯貝は口を閉ざしたまま、それについて語ろうとはしない。

もっとも、磯貝がことさら無能だったという話は聞かないにしても、とりたてて有能だったという話も聞かないのだが。

いずれにせよ——

景品と重ねて警察手帳を差し出されたのでは、さぞかし景品買いの窓口でも困ったことだろう。あってなきに等しい法律ではあるが、一応、現行の法律では、パチンコの景品は現金に換えてはならないことになっているのである。相手が警察の人間では景品交換所の人間もどうしていいのかわからないにちがいない。

窓口にいるのは男なのか女なのか、若いのかそうでもないのか……ガラス窓の向こうは暗く、ただシンと静まり返っているだけで、磯貝にはそのことを確かめるすべはない。

「よう、どうしたんだ。カネに換えてくれねえのかよ」磯貝は腰をかがめて窓口を覗《のぞ》き込んだ。そして、カウンターの警察手帳を指で弾《はじ》いた。

そのときのことだ。ふいに手首をグイと摑《つか》まれたのだ。

「！」

磯貝は声にならない叫びをあげた。

逆手にひねられそうになるのを、とっさにストレートを突き出して返す。相手は怯《ひる》んだらしい。一瞬、手首をつかんでいる指から力が抜けた。その隙《すき》に右手を引き抜いた。

はずみでヨロヨロと後ずさる。肘《ひじ》がカウンターに当たり、ライターの石が音をたてて地面に散った。それでもさすがに警察手帳だけはしっかり確保している。

「この野郎、何しやがるんだ——」

磯貝がそう喚《わめ》くのに応じ、どちらかてえとそれはこちらの台詞《せりふ》じゃないスか、と返事が聞こえ、ひとりの男がゆっくり店先から出てきた。

三十がらみの男だ。長身瘦軀《そうく》。ポロシャツに、コットンパンツ、スニーカーという装いは若々しいが、どうしたわけか、この暑さにコートを着ていて、そのためにひどく印象がじじむさい。

「何だ、おまえか」磯貝はつまらなそうにそういい、警察手帳をポケットに戻すと、左手で手首を撫《な》でる。「何のつもりだよ。馬鹿野郎。一介の刑事がよ。課長に暴行を働いてもいいのかよ。免職処分にするぞ」

「上等スよ。してもらおうじゃないスか。課長が聞いてあきれる。どうせ『喪失課』じゃないスか。免職にするのしないのいったところで早いか遅いかの違いだけだ」男はせせら笑い、コートのポケットからタバコを取り出し、紙マッチで火をつけると、「いくら『喪失課』でもパチンコの景品換えるのに警察手帳ひけらかすのはみっともないんじゃないスか」

「よけいなお世話だ。おまえの知ったことか。放っといてくれ。このところ何かとも の入りなんだよ」

磯貝は憮然《ぶぜん》として景品のライターの石を拾っている。

「ところで、課長、知ってますか」ふいに男は口調を変えると、「昨日から伊勢原《いせはら》の連絡が途絶えている。行方不明ですよ。正直、『喪失課』の責任者としてはパチンコどころじゃないと思うんスけどね」

「伊勢原か……」

　磯貝は顔を顰めた。

　喪失課の課員はおしなべて皆そうだが、伊勢原という刑事も、ふだん何を考えているのかわからない男だ。まだ三十そこそこの年齢のはずなのに、寡黙で、風采《ふうさい》があがらない。喪失課にはめずらしく、知能犯、経済犯担当あがりで、磯貝とは、あまりに肌合いが違いすぎて、行方不明になったと聞いても実感がわかないほどだ。

　もっとも、どんなに実直そうに見えても、喪失課に転属させられるぐらいなのだから、伊勢原は伊勢原なりに、どこか人間に癖があるのにちがいない。一日二日、連絡が途絶えたぐらいで本気で心配するほどのことはないだろう。

「まあ、伊勢原のことは措《お》いといてだ」磯貝は話題を変えて、「おまえは何なんだよ、遠藤《えんどう》、こんなところで何やってんだ。どうしてこんなところに隠れてやがったんだ」

「べつだん隠れてたわけじゃない。たまたま課長がパチンコ屋から出てくるのを見かけたんで交換所に入っただけのことでしてね」

　遠藤はそういい、右足を上げると、景品交換所の壁を軽く蹴《け》った。これがこの男の癖で、なにかそこにあれば、どんなものでも一応は蹴らずにいられないのだ。変わり者の多い喪失課にあってもひときわ変わり者といえるだろう。壁を蹴っておいてから、磯貝を見ると、ねえ、課長、と声をかけてきて、

「こんなことといいたかないんですけどね。課長、ヤバイことになってますよ」

「ほう、そうかい」磯貝は眉《まゆ》をひそめ、「何がどうヤバイことになってるんだ」

「いやね、『田名綱興業《たなつな》』のチンピラたちがさかんに課長のことを捜しまわっているらしい。一応は、競馬のカネがどうこうって話にはなってるけど、そんなことでヤクザたちが現職の警部補を捜しまわるてのは、どうも腑《ふ》に落ちない。なにか別に理由があるんじゃないですか。それに——」

「それに何だ？」

「いや、こいつはどうも眉唾《まゆつば》なんですけど、何でも十三人のヒットマンが課長を狙《ねら》って綾瀬に入ってきたという噂もあるんですけどね——」

「十三人のヒットマン」磯貝はあっけにとられたようだ。「何だ、それは。冗談にしても馬鹿ばかしすぎないか」

「おれもそう思います。そうは思うんですけどね。まさか課長に何か心当たりはないでしょうね」

「あるわけがない。知らねえよ」磯貝はそっぽを向いた。「ついでにいえば『田名綱

興業』のほうも知らないぜ。競馬のカネがどうこうて話にも心当たりがない」

「田名綱興業」は、綾瀬、竹の塚、川口市一帯を縄張りにしている暴力団だ。どちらかというと武闘派で知られているが、最近、蓑島《みのしま》という若頭が急速にのしてきて、企業ヤクザに脱皮しつつあるのだという。

ヤクザたちもこわもてのする一課や四課に手出しをするようなことはないが、相手が喪失課であれば何をするかわかったものではない。けっして侮っていい相手ではない。

一瞬、遠藤は鋭い目で磯貝のことを見つめたが、すぐにその目をそらし、そうですか、心当たりがありませんか、と呟《つぶや》いて、「まあ、いいや。おれは、一応、伝えるべきことを伝えただけでね。あとは課長が自分で判断すればそれでいいことだ。おれの知ったことじゃない」

その右足がふいに閃《ひらめ》いた。ポリバケツを蹴飛ばした。ポリバケツは吹っ飛んで、なかのゴミをばら撒《ま》きながら、音をたてて路地に転がった。

ポリバケツの転がった先――物陰に潜んでいたチンピラたちが二、三人、散らばったゴミを避けるようにして、路地に飛び出してきた。

「おい、おまえら、散らばったゴミを片付けとけよ」と遠藤はそう声をかけると、鼻に皺《しわ》を寄せて、「なにしろこの暑さだ。生ゴミなんか放っておいたひにゃ臭《にお》いがたまったもんじゃねえからな」

「な、何でおれらがそんなことを――」

チンピラの一人が抗議しかけるのを、もう一人が腕をのばして制して、へえ、わかりました、と猫なで声で答えた。その三白眼が不気味に光っていた。

　そのときにはもう磯貝は、

「おれのことはいいから伊勢原がどこにいるかを突きとめてくれ。いくら『喪失課』でも現職の刑事が連絡もなしに消えたんじゃあんばい悪い――」

　そう遠藤に言い捨てて、路地の外に向かって歩きだしていた。

　遠藤は喪失課にはめずらしく度胸もあれば頭も切れる刑事だ。遠藤にまかしておけば間違いないだろうし、よしんば、そうでないにしても磯貝の知ったことではない。

4

　……地下鉄千代田線に乗って「北綾瀬」駅に向かった。

「北綾瀬」駅を出たとたんにバイクの爆音が聞こえてきた。十数台のバイクが排気音を高らかに鳴り響かせ一団となって疾走してきた。ただでさえ熱い大気がバイクのエンジン音に灼《や》かれ炎のように燃えあがった。もうもうと土埃《つちぼこり》が舞いあがる。

「…………」

　磯貝は足をとめて暴走族が走り去るのを見送った。

　どうやら、最近、綾瀬一帯をねじろにし、出没している暴走族のようだ。たしか「関東親不孝魁連《おやふこうさきがけれん》」とかいったのではないか。この暑い盛りにご苦労にどこに向かっているのだろう。

　一瞬、そのことを考えたが、どうでもいいことだと思いなおした。

　すぐにまた歩き始める。

　喪失課の磯貝には暴走族など何の関係もないし興味もないことだった……

……「北綾瀬」駅に隣接して〝しょうぶ沼公園〟という公園がある。

　その名のとおり、しょうぶの花の群生する沼を擁し、遊歩道をめぐらせ、さらには少年野球場まで隣接させた、この界隈《かいわい》ではもっとも大きい公園だろう。

　磯貝は〝しょうぶ沼公園〟に入って、その場にたたずんだ。

　――来てるか来てないか。

　ふと頭のなかで呟いた。

　自問するというより自分自身に賭《か》けるという気持ちのほうが強い。磯貝はいつもこうなのだ。どんなことでも丁か半かの博打《ばくち》に自分を投じずにはいられない。もともと警察というピラミッド組織のなかで管理職になるのにふさわしい人間ではない。出世をする人間はけっして賭けなどしない。

そして、あたりを見まわす。

――来てる……

右手に四阿《あずまや》があり、そのベンチに母娘がすわっていた。

母は、つばの広い麦わら帽子を被《かぶ》り、軽やかに白い三分袖《そで》のワンピースに、水色のパンプスを履いて、独身でも通りそうな若々しさだ。麦わら帽子のかげになっているその顔が涼しげに白い。磯貝を見て微笑んだようだ。

母親が娘に顔を寄せて何事か囁《ささや》いた。娘はこっくりと頷《うなず》いた。可愛いしぐさだった。たしか娘は今年で九つになるはずだ。家族のいない磯貝にはわからないことだが、可愛いさかりなのではないか。名前を綾子《あやこ》という。娘はベンチを立つと磯貝のほうに向かって駆けてきた。

ヒマワリ柄の黄色いワンピースに、母親と同じように麦わら帽子を被っている。近くまで走ってきて、磯貝の顔を見あげると、ごく自然にさりげなく、その手を握って、にっこり笑う。その手がわずかに汗ばんでいた。

犀のように面の皮が厚い、といわれている磯貝が、九つの少女に手を握られ、どぎまぎした。

――もしかしたら、この子はおれの子供だったかもしれないのだ……

ふと、そんな思いが胸をかすめる。愚かしい妄想だ。が、その愚かしい妄想が、どうしてか切なく胸をかきむしってやまない。

「公園の奥に滝があるの。お母さんが、おじさんに、すこし遅れて、その滝まで来て欲しいって。そこで話をしましょうって」少女が勢い込んだ口調でそういう。

「ああ、わかったよ」

磯貝は頷いて、ヘンゼルの人形を少女に差し出し、これ、あげるよ、という。

「ありがとう」

少女の顔がパッと嬉しげに輝くのを見て、磯貝までもが嬉しくなってしまう。やはりパチンコ屋でヌイグルミの人形を取ってよかったのだ、と改めて思う。彼女はことのほかヌイグルミの人形を好きなのだと聞いていた。

少女は大きなヌイグルミの人形をわきに抱いて母親のもとにバタバタと駆けていった。そして、四阿から出てきた母親に手を引かれ、公園を奥のほうに向かう。

入口からやや離れ、遊歩道に抜けるあたりに、かき氷、綿菓子、タコ焼きだのの屋台が三つ、四つ、並んでいるが、なにしろ、この猛暑だ、閑散として客の姿は少ない。小学生らしい男の子たちが何人かたむろしているだけだ。陽が落ちて、いくらか涼しくなるまで、公園に人は出てこないだろう。

母と子は、とある屋台のまえに足をとめ、何かを買ったようだ。そして、また遊歩道を立ち去っていく。その後ろ姿に陽炎が揺らめいて、なにか二人の姿がふわふわと宙を踏んででもいるかのようだ。その姿もやがて見えなくなってしまう。

「………」

磯貝は母子の姿を見送った。陽炎に消えてからも、その陽炎を見ていた。署の管轄内で、警察官たる自分が、若い人妻と、その娘と、一緒に歩いているところを見られるのは避けたほうがいい、という判断が働いた。タバコを二本、時間をかけて吸った。それだけの時間を待ってから、母子のあとを追って、ゆっくり遊歩道に入っていった……

5

……油蟬の鳴き声がなにかフライパンで豆でも炒《い》っているかのようだ。カッと虚《むな》しいほどに照りつけている陽光のなかにただうるさい。

どこまで歩いても公園の遊歩道に人の姿はない。ただ一人、清掃作業の老婆が腰をかがめて箒《ほうき》を使っているのを見かけただけだ。掃除をしていた。

すれ違うときに、その老婆がブツブツと独り言を呟いているのが聞こえてきた。老婆はこう呟いていたのだ。「ヘンゼルとグレーテル、ヘンゼルとグレーテル――」

ヘンゼルとグレーテル？　……少女に与えたあの人形のことを思い出さずにはいられない。どういう意味だろう。磯貝はそのことをけげんに思った。ヘンゼルとグレーテルがどうかしたのか。たしかにその老婆にはいくぶんグリム童話の魔女めいたところがないではなかったが。

遊歩道を進んでいくと人工の小川にさしかかる。小川には木の橋がかかっていて、その橋を渡ると、岩の洞窟《どうくつ》に出る。

洞窟といっても自然のものではない。明らかに人工物で、遊歩道からそのまま中を通り抜けられるようになっている。洞窟は中空になっているが、ちょっとした四阿ほどの広さしかない。——洞窟の麓《ふもと》の木々の茂みになかば埋もれるように「岩屋の滝」という標示が立っていた。

洞窟のうえから滝が落ちている。ドウドウと音をたてていた。洞窟の一方の側が大きな開口部になっていて、そこから滝の裏側を見ることができるようになっているらしい。作り物の洞窟であり、作り物の滝というわけなのだろう。

その滝からやや離れた遊歩道に母子が立っていた。

磯貝が近づいてくるのを見て、母が子に顔を寄せて、何事か囁いた。子はこっくりと頷き、大きな人形をわきに抱いて、洞窟のなかに駆け込んでいった。

母はゆっくりと腰をのばし磯貝のほうを見つめた。そのときには母親から一人の女の顔になっていた。

長谷麗子《はせれいこ》……

かつて磯貝が向島署刑事課に勤務していたときの同僚、長谷警部補の妻——といってしまったのでは自分の気持ちを偽ることになってしまう。かつて愛して一度は結婚を真剣に考えたことのある人というべきだろう。

親友の長谷と、一人の女性を争う形になって、結局は磯貝のほうが諦めることになった。いや、諦めようとして、十年たって、いまだに忘れられない人なのだ。これまで実際にそんなふうに考えたことはないが、多分、磯貝がいまだに独身を通しているのは、彼女のことが忘れられないからにちがいない。

今日、その忘れられない人とまた再会することになった……

麗子はやや痩《や》せたようだ。結婚まえからはかなげな印象を漂わせた人だったが、いまもその印象に変わりはない。もう三十を過ぎているはずだが、いまだに娘のような雰囲気を残しているのだ。若いというより、どこか幼い。そのことが男心に強い保護欲をかきたてる。

磯貝はゆっくりと麗子のもとに近づいていった。そして彼女のまえで足をとめる。

ふと何か甘い香りが漂うようなのを感じた。

麗子は磯貝に笑いかけると、「ごめんなさい。忙しいのに呼びだしたりして」と申し訳なさそうにいった。

「忙しいものか。どうせ『喪失課』だ。長谷から聞いてないか。あぶれ者の集まりなのさ」と磯貝は笑い、その顔をすぐに引き締めると、何かあったのか、と訊《き》いた。

一瞬、麗子は口をつぐんで、やるせなさそうな表情になったが、そのすぼめた唇から息を吐くようにし、長谷がまた駄目なの、とそういった。

「そうなのか」磯貝は眉をひそめた。

「ええ、またギャンブルでにっちもさっちもいかないようになって。今度こそ駄目だわ。賭金を焦げつかせてヤクザたちに追われてるの」麗子の表情は苦しげに強《こわ》ばっていた。「長谷はひとりで逃げまわってる。わたし、綾子と一緒に、実家に身を寄せてるんだけど。ヤクザたちは実家のほうにも怒鳴り込んできたわ。長谷はどこにいるかって」

「どこにいるのか知ってるのか」

一瞬、麗子はあいまいな表情になり、ヤクザたちには知らないと答えたけど、とそう呟いた。

「実際には知ってるわけだ」

「うん」

「どこにいるんだ」

「この町にいるわ。『綾瀬パラダイス』ってホテル知ってる?」

「ああ」

一昨日からそこに泊まってるって電話があったわ」

「そうか……」磯貝はうなずいた。――「綾瀬パラダイス」はその名からもわかるように場末のラヴホテルだ。男が一人で泊まれば、わびしい気持ちに耐えることになる。

「ヤクザたちには長谷の居所はわからないって言ってるの。でもヤクザたちはそのことを信用しない。長谷の居所を言えって怒鳴りたてるの。娘がどうなってもいいのかって脅すのよ」

「綾子ちゃんを……」

「わたし、そのことが恐ろしくて。どうしていいかわからなくて――」

「長谷はどれぐらい賭金を焦げつかせているんだ」

「大金よ。六百万と聞いたわ」

「六百万……」

「長谷は苦しまぎれにあなたの名前も出したみたいだわ。自分には所轄署の現役の課長の知り合いがいる、うかつに手出しをしないほうがいいって。牽制《けんせい》のつもりだったらしいけど――」

「現役の課長といっても『喪失課』じゃ物の役に立たないだろう。ヤクザたちはせせら笑ったろうよ。逆効果だ」磯貝は苦笑した。そして、ぼんやりと「岩屋の滝」のほうに目を向ける。

小学生らしい男の子たちが何人か、喚声をあげながら走ってきた。屋台のところでたむろしていたあの子供たちのようだ。互いにもつれあうようにして洞窟のなかに入っていった。滝に隠れてその姿が見えなくなってしまう。ややあって、洞窟の反対側の出口から、やはり喚声をあげながら飛び出してきた。そして一丸になって走り去っていった。

「…………」

磯貝はそんな子供たちの姿を見るとはなしに見ながら遠藤の言葉を思い出している。遠藤は、ヤクザたちが磯貝のまわりをうろついている、とそういった。磯貝にはそのことが腑に落ちなかった。

たしかに賭け事は好きだが、というか、ほとんど賭け事だけを唯一の生きがいにしていて、当然、ヤクザたちともそれなりのつきあいはあるわけだが、いまのところ、彼らにつきまとわれるような負け方はしていない。

それなのに、どうしてヤクザたちが自分のまわりをウロウロしているのか……と、そのことを疑問に思ったのだが、どうやら彼らの狙いは磯貝にではなく、長谷にあったようである。要するに、いずれ長谷が磯貝に接触してくるに違いない、とそう思っているわけなのだろう。

麗子がふいに磯貝から顔をそむけた。うつむいて、なかば自分自身に呟くようにこういった。「ごめんなさい。どうして、わたし、磯貝さんに連絡したのかしら。わたし、自分でも自分の気持ちがわからない」

「いいさ。おれに連絡してくれてよかったんだよ。こう見えても、おれもまだ刑事の端くれだ。一般人よりはヤクザの扱い方は心得ているつもりだ。六百万の金を用立てる力はないが、なにか方法はあるはずだ。二人で考えてみるさ」

「でも……磯貝さんにはまえにも迷惑をかけてるわ。ほんとだったら、こんなふうに顔出しできた義理じゃないのよ。わたし……わたし……」

麗子は口ごもった。その表情がわずかに歪《ゆが》んでいた。

「………」

磯貝はこんなふうに苦しげな麗子の顔は見たくなかった。見たくないと思ったからこそ彼女のことを諦める気になったのだ。賭け事の好きな自分と結婚すれば、いずれ麗子は苦しむことになるだろう。そう思い、親友の長谷に彼女を譲って、自分は身を引いた。そうすべきだと思った。

彼女のためによかれと思ってしたことだったのだが……要するに、チープなメロドラマであって、すべては男の身勝手で、いい気な感傷にすぎなかった。そのときには長谷が自分の影響で賭け事に溺《おぼ》れるようになっていた、などとは気がついてもいなかった。とんだお笑いぐさだった。

「ごめんなさい。わたし、こんなふうにあなたに迷惑をかけるべきではなかったわ」

麗子は顔をそむけたままいった。

「何をいってるんだ。おれは迷惑だなどと思っていない」

「でも……わたし……わたし……」

ふいに麗子は身をひるがえした。洞窟のなかに入っていった。

「………」

磯貝にはそれをどうすることもできなかった。彼女を制することはできない。ただ黙って見ている他はない。

麗子は自分で自分の運命を決するべきだった。たかが〝愛〟ぐらいのことで女の運命をどうこうできるなどと考えるのは男の身勝手な思いあがりにすぎない――そんな単純なことを思い知るのに磯貝は高い授業料を払い込んでいた。

すぐに麗子は洞窟から出てきた。そして、ぼんやりと磯貝の顔を見た。その表情は虚《うつ》ろで目の焦点があっていない。唇が震えていた。なにか言いたげにしているが、それが言葉にならないらしい。

「………」

なにか非常に嫌な予感がした。どうかしたのか、と訊いたが、やはり麗子は返事をしようとしない。あいかわらず、ぼんやりと磯貝の顔を見たままなのだ。

磯貝は洞窟に急いだ。

洞窟に入って、あっけにとられた。

その場に呆然《ぼうぜん》とたたずんだ。

綾子が洞窟にいない。

いないのだ。

彼女は洞窟を出ていない。そのことは、磯貝が見ていたし、麗子も見ていたはずではないか。

遊歩道から洞窟に続いている二つの出入口はいつも二人の視野のなかにあった。滝に面した側は大きな開口部になっているが、そこも視野に入っていることでは同じことだ。第一、小学生の女の子が、激しく落ちる滝をくぐって洞窟の外に抜け出るなど、考えるだけでもナンセンスなことだろう。

つまり——

綾子が洞窟にいないはずはないのに、いないのだ……

6

……洞窟のなかに入る。洞窟といっても自然洞ではない。十畳ほどの広さはあるだろうか。出入口は両側にある。遊歩道から入って遊歩道に出る。天井まではかなり高い。その高さがそのまま滝の高さになるわけだ。

もう一方、滝壺《たきつぼ》に面したところは、さらに大きく開いていて、そこでは滝を裏側から見ることができる。水しぶきが陽光にまばゆくきらめいていて、そのドウドウという響きが洞内に轟《とどろ》いている。

つまり、この〝岩屋の滝〟は三方が開いているわけだ。べつだん密室になっているわけではない。が、九歳の女の子であろうがなかろうが、滝の水をくぐり抜けて、外に出るなどということはしないに違いない。滝の落下する勢いはかなり強いし、端的にいって、人はビショ濡れになるようなことは避けるだろうからだ。

滝のほうから出るのは問題外だし、他の二つ、遊歩道に続いているほうの出入口は、ズッと磯貝たちの視野のなかにあった。つまり綾子が洞窟の外に出ていけるはずなどないのだが——それにも拘《かかわ》らず、綾子は洞窟にいないのだった。

「…………」

磯貝は洞窟のなかにたたずんでいる。うつむいていた。一人だ。

いまごろ麗子は娘を捜しに公園のなかを走りまわっているはずだった。磯貝だけが洞窟のなかにひとり残っているのだ。なにか苦い思いが胸の底にのしかかっていた。その思いに懸命に耐えていた。

ふいに陽が翳《かげ》った。

磯貝はゆっくり顔をあげた。

洞窟の入口に人影が逆光になって浮かんでいる。その人影が洞窟のなかに踏み込んできて——滝を透かして射している日の光のなかにその顔を浮かびあがらせた。

遠藤だ。

遠藤にはなじみの喫茶店がある。「ダンケルク」という喫茶店だ。日に一度は必ずそこでコーヒーを飲んでいるらしい。——磯貝は公園内にある公衆電話から「ダンケルク」に電話を入れたのだ。さいわい遠藤は「ダンケルク」にいて、事情を話し、〝岩屋の滝〟まで呼び出すことができた。

「喪失課」の部下たちは無能だし、必ずしも信用していい連中ばかりではない。長谷はもと向島署刑事課の係長で、いまは警察を辞めているからといって、うかつに誰にでもそのトラブルを話していいというものではないだろう。

その点、遠藤は人間的には大いに難があるとしても、刑事としてはそれなりに有能だし、口も堅い。こういうときに、ただ一人、事情を話すに足る人間だった。

「……………」

　磯貝は遠藤の顔を見つめた。その視線に、話せ、という意を込めたつもりだった。

　遠藤は頷いて、「『田名綱興業』の蓑島に連絡がつきましたよ。忙しいとかで渋りやがったけど。まあ、会ってもいいそうス。あの野郎、勿体《もったい》ぶりやがって」と、そうぶっきらぼうな口調でいった。

「わかった」磯貝はあごを引いて、「悪かった、手数をかけたな」

「いいスよ」遠藤はまた頷いて、なにか意味ありげに、ジッと磯貝のことを見つめた。

「何だ」磯貝が訊《き》いた。

「あんたのことだ。わかってるだろうとは思うけど。こいつはヤクザの手口じゃない。連中は焦げついた博打のカネを取り立てるのに、こんな持ってまわったやり方はしない。こいつは違う」

「……………」

「あんたと母親が見ているまえで子供が洞窟から消えたって？　冗談じゃない。そんなことあるわけないよ」遠藤はせせら笑うようにいって、「何人かの男の子が洞窟に入って出ていったというんだろ。その女の子はワンピースの下に半ズボンとタンクトップでも着てたに決まってるじゃないスか。ワンピースなんかクシャクシャにして半ズボンの下にでも押し込めばそれで済むことだし。九歳だったら女の子が男の子の格好をしても不自然には見えないでしょうからね。ただ、それだけのことっスよ」

一瞬、磯貝は返事をせず、相手の言葉をやり過ごすようにしてから、ゆっくりと首を横に振って、ただ、それだけのことだとはいえないだろうぜ、といった。

「いいか。女の子は大きなヌイグルミの人形を持ってたんだ。そのことは電話でもいったはずだぜ。その人形はどうしちまったんだ。どこに消えた？　たしかに女の子が男の子のふりをし、男の子たちにまぎれて洞窟から出ることはできるだろう。そのことはおれも考えたさ。当然、な——」

「…………」

「だけど、あの男の子たちのなかに、ヌイグルミの人形を持ってた子はいなかった。そして、ごらんのとおり、この洞窟のどこにも人形の姿はない。人形はどこに消えてしまったんだ」

遠藤はとまどったような表情になって、人形を、と呟いて、「この滝口から小川にでも流したんじゃないスか」

「いったろ。人形は大きいんだ。小川に流しでもしたら、それが、おれたちの目につかないはずはない。無理だよ」

「…………」

遠藤の眉のあいだに皺が寄った。唇を窄《すほ》めるようにし、チェッ、と舌打ちをする。そして、なにか見えないものでも力一杯蹴《け》るように、その右足をあげると、するどく空を薙《な》いだ……

7

……遠藤と別れたあとで、麗子に、長谷がどんな偽名で「綾瀬パラダイス」に泊まっているのか、それを聞いた。長谷は佐藤という偽名を使っているという。

「これからホテルに行って長谷と話をしてみる。きみは一緒でないほうがいい。ホテルのまわりにヤクザたちがうろついてるかもしれないからね。『綾瀬』の駅前に『ダンケルク』という喫茶店がある。そこで待機しててくれないか。できるだけ早いうちに連絡するから」

「磯貝さん――」

「心配いらないさ。ヤクザたちも子供には手出ししないよ。なにも心配いらない。すべてはうまくいくさ」磯貝は笑って見せたが、もちろん確信があったわけではない。

その言葉こそ力強かったが、そこにはどんな裏付けもなかった。すべては虚しい虚勢にすぎない。

麗子と別れてから公園で人を捜した。

その人物と短い話をしてから、綾瀬川のほうに向かった。

「綾瀬パラダイス」で長谷と話をするまえに、もう一人、会わなければならない人間がいる。

……綾瀬川の川原沿いにゴルフの打ちっ放しの練習場がある。

「田名綱興業」の若頭をつとめている蓑島は、この時間、そこでゴルフの練習をしているのだという。

若頭とはいっても、実質、蓑島が「田名綱興業」を仕切っているといっても過言ではないらしい。若頭にのしあがってからは、それまでの組の古い体質を一掃させ、組長さえ彼には頭があがらないのだという。その意味では、若頭というより、企業舎弟と呼んだほうがいいだろう。事実、地域の金融業にも深く食い込んでいて、よくその意をくんで、地上げなどに奔走しているという話を聞いたことがある。頭の切れる男なのだろう。

蓑島は、数人の舎弟を引き連れて、ひとりゴルフの練習をしていた。

他には誰も客がいない。まだ明るいうちでさすがにこの時刻、ゴルフの打ちっ放しをして遊んでいる人間はいない。それともチンピラたちに恐れをなして客たちは退散してしまったのだろうか。

蓑島は、磯貝の自己紹介を聞いて、ほう、そうか、喪失課か、となにか含むような口調でそう呟いて、「喪失課にはいろいろトボけた野郎がいるんだな」とこれははっきり嘲笑《ちょうしょう》をこめていった。

「………」磯貝は黙っている。

どうやら蓑島は喪失課の誰かを知っているらしい。「田名綱興業」の若頭がどうして喪失課の課員を知っているのか？　課長の磯貝としては、それが気にならないわけはなかったが、いまはそのことを詮索《せんさく》すべきときではないだろう。いまは聞くべきだけのことを聞いてさっさと退散したほうがいい。

「たしかに、長谷、というもと刑事のことは回状がまわってきてるよ。ノミ屋の払いを踏み倒して逃げた、しかも綾瀬のほうに逃げてきてるらしい、というんで、見つけしだい捕まえて欲しい、ということだ」

「捕まえても、だ。それでも払えなかったらどうするつもりなんだ。やきでも入れようというのか。いまは辞めてるといっても長谷は一度は刑事だった男だぜ。下手なことをすると警察を敵に回すことになりかねない。よく考えてから動いたほうがいいんじゃないか」

「べつだん、おれたちに長谷をどうこうしようというつもりはない。捕まえて熨斗《のし》をつけて渡すだけのことだ。たしかに、もと刑事だった野郎に手出しをするのは、利口な人間のするこっちゃないが、それこそ余計な世話だろうよ。おれらの知ったことじゃない」

「…………」

「もっとも、磯貝さん、いざというときには、あんたがツケを払うことになってるらしいぜ。あんたは長谷の友達でもとは同業者だ。あんたもわかってるだろうが、おれらに借金するというのはそういうことだ」

蓑島はそこまで話してスィングした。アイアンの風を切る鋭い音が響いて、白いボールが一直線にネットまで飛んでいった。チンピラたちが声をあわせて、ナイスショット、と叫んだ。

それを聞いて、

――とんだ猿芝居だ……

磯貝は苦笑せざるをえなかった。

蓑島という男は若いが馬鹿ではない。磯貝が苦笑したのを目敏《めざと》く見て、こいつもつきあいのうちでね、とそういう。

「最近、銀行のお偉いさんを接待することが増えたんだ。副頭取なんかともコンペをするんだぜ。うちの組長《オヤジ》は昔気質《かたぎ》でそういう場所に顔を出したがらない。おれが出るしかないわけなのさ」

「………」

磯貝は黙っている。話すべきことなど何もない。銀行の副頭取と暴力団の幹部が一緒にゴルフをするようでは、世も末というべきだが、そんなことをいえば、もと刑事が博打の借金を負って、ヤクザから逃げまわっているのにしても、けっして誉《ほ》められた話ではないだろう。どっちもどっちというべきか。

「もういいだろ」蓑島がふいに興味をなくしたかのように熱のない声でいった。「こいつはおれらの渡世の話だ。あんたには関わりのないことなんだからさ」

「九つの子供を誘拐したんだとしたらそうはいかないぜ。わかってるんだろうな。それなりに肚《はら》をくくって貰うことになる。渡世の話だなんてトボけた言い訳は通用しない」

「誘拐か」蓑島の声にかすかに嘲《あざけ》るような調子が感じられた。「本気でそんなことを考えているのか」

「………」

背後に人の気配を感じて磯貝はサッと振り返った。そこに何人か男たちが並んでいた。いずれも凶暴そうな目つきで磯貝を見つめていた。磯貝の退路を遮ろうとしているかのようだ。

蓑島がアイアンを木刀のように目のまえにかざすと両手でしごいて見せた。そして、知ってるか、と冷淡な口調でいう。「こういう打ちっぱなしの練習場じゃ、よく事故が起きるんだってよ。恐ろしいよな。人間、いつも注意深く行動するこった。事故にあって頭を割られてからじゃ、何をいったところで、もう手遅れだもんな」そして、ふいにアイアンを荒々しく素振りした。ヒュッ、という獰猛《どうもう》な音が風を切った。

「…………」

磯貝は黙っている。なにか後頭部に鋭い痛みを感じていた。恐怖、だろうか。かすかに手のひらが汗ばんでいるようだった。

「いずれにしても、だ」蓑島は素振りをつづけながら、ひときわ大きな声でいった。「おれたちは博打の借金を清算させるために子供を誘拐したりはしない。そんなことはしないぜ。何ていったらいいかな。つまり、そういうやり方は、おれたちのセオリーじゃないのよな」

——誘拐じゃないとしたら、どうしてあの子は消えちまったんだ？　誰が、何のために、そんなことをする必要があったんだ。

磯貝はそう訊きたかったが、それが言葉になって出てこなかった。蓑島のアイアンが怖かったのではなく、その答えを聞くのが怖かった。

8

……閑散としてわびしい町並みに、六階建てのラヴホテルが、これもわびしい佇《たたず》まいを見せている。「綾瀬パラダイス」だ。

あい色の暮色のなかにぼんやりネオンが灯《とも》っていた。「綾瀬パラダイス」のパラという文字が壊れ、「綾瀬ダイス」というふうに読めた。

「…………」

磯貝は、そのネオンを見て、ふと数年まえ、「ダイス」というゲーム喫茶で起こった侵入事件のことを思い出していた。数台のゲーム機が壊され、UFOキャッチャーまでが壊された。——思えば、あの事件が、磯貝と長谷、二人の刑事の運命を分かつことになったのかもしれない。

長谷は佐藤という名前で三〇二号室に泊まっていた。男一人でラヴホテルに投宿するのは警戒されるものだが、多分、規定の料金より多く払っているのだろう。

三〇二号室のドアをノックし、「おれだ、磯貝だ」と声をかける。

が、ドアは開かないし、返事もない。こころみにノブをひねってみた。するとノブが回転した。鍵はかかっていないらしい。

嫌な予感がした。できれば、このまま何もせずに、この場を立ち去りたかった。が、そういうわけにはいかない。一人の刑事としても、長谷のかつての友人としても、このまま何も確かめずに、ここを立ち去るわけにはいかなかった。

長谷の名を呼びながら、ドアを開けた。

カーテンを透かして部屋には赤い夕陽が射していた。

部屋には誰もいない。

浴室から水の滴る音が聞こえていた。

浴室のドアを開けた。

そしてジッと浴室のなかを覗き込んだ。

バスタブのなかに長谷がトランクスを穿《は》いただけの裸ですわっていた。長谷は前のめりに上半身を倒していた。その顔がほとんどバスタブの床を擦《こす》っていた。シャワーノズルに浴衣の紐《ひも》がゆわえつけられ、もう一方の端が長谷の首を結んでいた。長谷はくびれて死んでいた。

——自殺だろうか……

そうかもしれない。そうでないかもしれない。いまはまだ、そのことは分からない。分かりたいとも思わない。自分が悲しんでいるのかどうかさえ分からないのだ。

磯貝はかつての長谷を思い出していた。頻繁に職場を抜け出し、よく二人で競馬に行ったものだ。一度、長谷がとんでもない大穴を当てたことがある。あの馬は何だったろう。

それを思い出そうとして思い出せずにいた。そのことを思い出せないのが、なにか自分の冷淡さを表しているように感じられ、何とかして思い出そうと努めるのだが――

やはり思い出せないものは思い出せない。どうすることもできない……

9

やがて日が暮れかかり――

〝しょうぶ沼公園〟に暮色が落ちかかる。それまで沼の表面に、ギラギラと夏の光がさざ波のように砕け散っていたのが、いまは嘘のように穏やかにおさまり返っているのだ。昼間の暑熱が残り、銀鼠《ぎんねず》色の光が滲《にじ》んではいるが、その熱と光のなかを風が吹いて、刻々と暮れゆく時間を、優しい翳りがうつろいつつあった……

そこに磯貝はたたずんでいる。ジッと沼を見つめていた。

どれぐらい、そこでそうして待ち続けていたろう。ふと背後に人の気配を感じて振り返った。

夕暮れの翳った大気のなかにぼんやり人影が浮かんでいた。夕陽に逆光になっていてその姿をよく見さだめることができない。

磯貝は視線を凝らし、きみか、と驚いたようにそう呟いて、すぐに首を横に振ると、どうして逃げなかったんだ、きみは逃げるべきだったのに、とこれは苦悩をあらわにしていった。

人影は身じろぎもしない。なにか体を凝固させでもしたかのように夕陽の赤い光のなかにジッと立ちつくしていた……

「ホテルのあの部屋には甘い香りが残っていた。きみの香水の香りだ。おれが行く直前まできみはあの部屋にいた。おれにはそのことがはっきり分かったよ」と磯貝は呟いて、なにか切なげな表情になると、「長谷は死んだよ。バスタブのなかで首をくくってた」

「…………」

「おどろかないのか」

「おどろかないわ。あの人を残して、部屋を出るときに、なにか、そんな予感がした」

「予感がしたのに、きみは長谷を一人にしたのか」

一瞬、間があり、

「結局、長谷という男は無責任で臆病《おくびょう》なのよ。いざというときには逃げることしかできない男だわ。磯貝さん、長谷はあなたとは違うのよ」

「そう、長谷はおれとは違う。だから、きみは、おれではなしに、長谷を選んだわけなのだろう」

「あなたは強い人だわ。でも、長谷は弱い男よ。あの人は誰かがついていなければダメになってしまう——わたしはそう思ったにすぎないわ。あれは愛とは違う」その口調には、どこか芝居めいた響きがあった。彼女はセリフを棒読みにしているように、言った。

「誰かがついていなければダメになってしまう男か」磯貝は苦い口調になって、「それは違うんじゃないか。ほんとうはその逆なんじゃないか。結局のところ、いつも、きみが尻ぬぐいをしてやることが、長谷をダメにしたんじゃないか」

「…………」

「要するに、きみは最後まで長谷の尻ぬぐいをしてやったということか。長谷は一人では首をくくることもできなかったわけなのか」

「…………」

「きみが長谷をダメにした。結局はそういうことなんじゃないか。きみはそのことに罪悪感を覚えないのか」

「それは、磯貝さん、あなたも同じじゃないかしら。六年まえ、長谷がポーカーゲームに熱中しすぎて、莫大《ばくだい》な借金を作ったとき、ゲーム喫茶のオーナーはそのことを署に密告しようとした。そうなれば長谷は起訴されることになったでしょ。身の破滅よ。とても警察を辞めるぐらいでは収拾がつかなかった。

そんなときに誰かがあのゲーム喫茶に押し入ってテレビゲーム機をすべてメチャクチャに壊した。オーナーはそれを自分に対する警告だと思ったのね。すっかり震えあがって長谷のことを署に密告するのをやめた。それで長谷はたんなる戒告処分で済んだ。磯貝さん、あれはあなたがやったことなんでしょ」

「そうだとしても、べつに長谷のためにやったことじゃない。おれもあのゲーム喫茶には借金があった。自分の借金をチャラにするためにやったことさ。どうせ、ゲーム喫茶は非合法に荒稼ぎをしていた。あれぐらいのことはいい薬になったろうさ。あれ以来、おれは警察の厄介者になっちまったけどな」

「それは嘘ね。あなたは自分のためにやったんじゃない」と女は冷やかな口調でそういい、「だって、あのゲーム喫茶では、UFOキャッチャーまで壊されてたそうじゃない。長谷から聞いたわ。あのとき三歳だった綾子はUFOキャッチャーのなかにあった人形を欲しがってた。だけど、長谷も、わたしもその人形を上手に取ることができなかった。あげるにあげられなかったのよ」

「………」

「あなた、あの後で、その人形を綾子にくれたわね。あのときにわたしはあなたがゲーム喫茶に押し入ったことを知ったのよ。あれが自分のためだったはずがない。あなたは自分のためではなく長谷のためにあんなことをしたのよ。長谷と綾子のために――」

綾子ちゃんか、と磯貝は苦い口調でそう呟いて、

「さっき、きみと別れたあとで、公園を清掃しているお婆さんと話をした。そのお婆さんはね、しきりに『ヘンゼルとグレーテル』とそう呟いていたんだ。後で、どうしてか、ってそのことを訊いてみたら、なんでもスポンジをちぎったのが、遊歩道に点々と続いて落ちていたそうなんだ。ほら、『ヘンゼルとグレーテル』のなかで、森に捨てられた二人がパン屑《くず》を捨てて、それを迷わない目印にする、という話があったじゃないか。お婆さんはそのことを思い出して、それで『ヘンゼルとグレーテル』と呟いていたとそういうんだ……」

そのスポンジはあのヌイグルミの詰め物なんだよな。あんたはジッパーを開けてなかの詰め物を細かくちぎって捨てた。それでその替わりに、そうだな、棒を外した綿菓子でも詰めたんだろ。あそこの屋台で売ってた。綿菓子は水に溶ける。あの洞窟のなかで、ヌイグルミから出した綿菓子を水に溶かせば、人形は布だけになってしまう。

男の子に化けた綾子ちゃんはそれをワンピースと一緒に半ズボンのなかに押し込んでしまえばそれでいい。ただ、わからないのは、どうしてあんなことをしなければならなかったのか、というそのことなんだけどね」

「あなたを利用しようとしたのよ。またもやね。現職の警部補の目のまえで子供が誘拐されたという状況をつくれば、警察も本腰を入れて動き始めるに違いない。いくら、しつこいヤクザたちでも、もう長谷につきまとってカネを取り立てようとはしないだろう……そう考えたのよ。あの男の子たちが〝岩屋の滝〟に行こうと話しているのが、屋台のあたりで耳に入ってきたから、それをもっけの幸いにしたわけ。もちろん、綾子は、その後で、すぐに見つかる手筈《てはず》になってたのよ。

だけど、あなたがヌイグルミの人形をくれたのが、ケチのつき始めだった。綾子は人形が大好きでどう言い聞かせてもあれを手放そうとしない。それでとっさに詰め物のかわりに綿菓子を入れることを思いついたの。そして、その綿菓子を滝の水に溶かして、ぬいぐるみの布だけ持って出るように、綾子に言い含めた。

まさか公園にこんなに人がいないなんてそのことも計算違いだった。もっと大勢、人がいるとばかり思っていた。そのなかには、当然、それまがいの男もいるだろうから、綾子がヤクザに誘拐された、という情況を簡単に作りだせるだろうと思っていた。まさか、あんなふうに洞窟から綾子が消えてしまったような情況になるなんて思いもしなかった。滑稽《こっけい》よね」

「…………」

「でも、それも何もかもおしまい。わたしのしたことはすべて無駄に終わったわけね」一瞬、そこで、女はいい淀《よど》んで、それでわたしはこれからどうすればいいのかしら、と低い声で尋ねた。

「どうする必要もないさ」と磯貝はなかば放心したようにそういい、「子供のもとに戻ればいい」

「でも、わたしは……わたしは……長谷を……」

「おれは何も聞きたくない」磯貝は悲痛な声で女の言葉を遮った。「おれは何も見なかったし何も知らない――」

「…………」

女は磯貝の顔を見たようだ。が、すぐにクルリと背を向けると、夕暮れの翳のなかをヒッソリと立ち去っていった……

やがて、残された闇のなかに、磯貝のこう呟く声が聞こえてきた。

「結局、おれは負けっぱなしだ。大切な賭けにはいつも負けてばかりだ……」

そのとき磯貝のポケットベルが鳴った。

第六話 消えた町

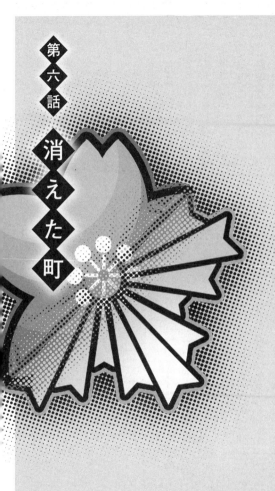

1

平成二年（一九九〇）七月二十日金曜日未明――

昨日からの猛暑は夜になってもいっこうに衰える気配を見せない。その蒸し暑さは、やりきれない熱帯夜で、まるで神経の底を炙《あぶ》られているかのようだ。サウナのような夜が、じりじりと寝苦しい時を刻んだが、それも明け方の四時をまわって、ようやく和らぎつつあるようだった。

が、ここ、東京足立区《あだち》「北綾瀬《きたあやせ》」駅の周辺では、深夜から明け方に向かい、緊張感と焦燥感がつのって、なおさら蒸し暑さが増しているかに感じられた。

それというのも前夜十九日夜、「綾瀬署」の近隣において不発弾が発見されたという情報が入ったからである。

ただちに警察署から、陸上自衛隊××混成団に所属する特別不発弾処理隊に連絡が行って、不発弾の処理・撤去が行われることになった。

万が一の場合が考慮され、特別不発弾処理隊から「綾瀬署」の関係者全員に避難が求められた。それを受け、全署員が（もちろん代用監獄に収容されていた被疑者まで含め）近隣の「千住署」に避難することになったのである。

深夜一時になって、特別不発弾処理隊が現場に到着した。隊員数は十三人……二等陸佐を隊長とし、幹部、陸曹などで構成されている。「綾瀬署」に事前に通知された内容によれば、全員が不発弾処理の特別訓練を経験している実戦部隊なのだという。

なかば強制的に避難を求められたのは「綾瀬署」署員にとどまって、北綾瀬の住人はそのかぎりではなかった。が、なにしろ広報カーが巡回し、繰り返し不発弾への注意をうながしているのだ。住民としても、まったく無関心でいられないのは当然だろう。

現に、「綾瀬署」界隈《かいわい》にあるバー、飲み屋などは、早々に店じまいをし、住民たちも総じて夜間の外出をひかえている。この付近に出入りする道路も封鎖され、すべて通りかかった車は迂回《うかい》を強いられているのだ。

つまり、この夜、「綾瀬署」を中心にした北綾瀬の街は、人の姿は見えず、車の流れも絶えて、恐ろしいほどにしんと静まりかえっていたのだった。

午前四時頃……

一台の覆面パトカーが首都高六号三郷《みさと》線を八潮《やしお》方面に向けてパトロールしていた。

警視庁第一機捜×分駐所配属――いわゆる機動捜査隊の覆面パトカーである。

通常、パトカーはMPR－100型と呼ばれる無線を搭載している。これは地域系、県内系、方面系などと呼ばれている通信系で、最大組織の警視庁はこれを九方面に分け、パトカーと通信指令室とを結んでいる。100チャンネルプリセット・タイプで、00から19ぐらいまでは各都道府県ごとに設定されていて、そのほかのチャンネルには全割り当てがプリセットされている。このためにパトカーが応援で他県に駆り出された場合にも通信が可能なのだ。

が、機動捜査隊の覆面パトカーは、専務系という通信系を利用し、UW－110という可搬型の無線機を搭載していることが多い。背負って持ち運びのできる無線機である。これは要するに、機動捜査隊は事件現場から本部に連絡を取ることが多いために、パトカーに固定される無線機は能率的でないと判断されたからであろう。

もちろん、このとき首都高六号三郷線を八潮方面に向けて走っているこの覆面パトカー（第一機捜×分駐所配属132）もこの専務系無線を利用していたことはいうまでもない。

この覆面パトカーには二人の機捜隊員が搭乗している。

通常、機動捜査隊がパトロール任務に当たることは滅多にないが、なにしろ、こともあろうに「綾瀬署」の近隣で不発弾が発見され、警察署が空っぽになってしまうという、このうえもない非常事態なのである。

こと警察力に関していえば、この夜、綾瀬署の管轄は無人地帯になっているといっていい。この際、機捜隊の覆面パトカーがパトロール任務に当たるのもやむをえないことというべきだろう。

とはいっても――

この二人の機捜隊員が、見るからにつまらなそうな顔になっているのも、また、やむをえないことではあるのだ。事件現場に、ほかの部署に先駆けて急行する通常任務と比較すると、このパトロール任務はいかにも気抜けしたものに思われた。

いま、覆面パトカーは首都高六号線を走っている。そのフロントグラスに「加平《かへい》方面出口」の表示が近づいてきた。

夏の朝は明けるのが早い。いまはもう午前四時を過ぎていて、空にたなびいているあい色の雲は、その縁を茜《あかね》色の光輝に刻んでいる。その輝きはすでに夏の猛暑を予感させてぎらぎらと眩《まばゆ》いばかりだった。

覆面パトカーは加平出口に向かう。

綾瀬署の所轄に向かうには首都高をここで降りるのが最も近いのだ。

二人の機捜隊員はことさら「綾瀬署」管轄の地理にくわしいわけではない。が、もっぱら六方面で任務についていて、隣りの「千住署」管轄とか、小菅《こすげ》刑務所などに頻繁に出動し、何度か、この界隈にも足を運んでいる。およその地理は頭のなかに入っているはずだった。

だから、加平出口を降りたときにも、そこにどんな町並みが広がっているか、その大体の記憶はある。人は車を運転しているとき、そこが以前に訪れた場所であるなら、無意識のうちに、その光景に自分の記憶のなかにある光景を重ねあわせて見ているものだ。しかるに――

首都高を降りて、綾瀬署方面に走らせているうちに、覆面パトカーを運転している機捜隊員は何ともいえない齟齬《そご》感を覚えていた。

そんなはずはない。絶対にそんなはずはないのに……

町の様相がガラリと変わってしまっているのだ。通りの雰囲気はそのままといっていい。当然のことだ。地震でもないかぎり通りそのものに変化があるはずはない。が、町並みの雰囲気が変わってしまっている。一言でいえば寂《さび》れてしまっている。記憶のなかにあり、当然、いまもそこにあるべきはずの建物がごそりと消えてしまっているのである。

最初のうちはそれはたんなる違和感にとどまっていた。二人の機捜隊員が首都高を加平出口で降りて、この町に車を走らせるのは、三カ月ぶりぐらいのことだろう。三カ月は長いとはいえないが、何しろこのバブルの狂騒期なのだ、一つや二つの建物が消えてしまうのには十分な期間といえるだろう。

現に、神田や新宿の一部では、この半年、一年のあいだに、べつの町になってしまったかのように、信じられないほどの様変わりを見せている。

が——

これはあまりに極端すぎた。こんなことがあっていいものではない。まるで通りだけを残し、町そのものが跡形もなしに消えてしまった、というあんばいなのだ。すべての建物が消えてしまい、通りだけが残って、それが延々とフロントグラスにつづいているその風景は、端的にいって悪夢以外の何物でもなかった。

「こ、これはどういうことなんだよ」まず最初に悲鳴をあげたのはパトカーを運転していたほうの機捜隊員であった。「町はどこに行っちまったんだよ」

「わからねえ。町が消えた……」

もう一人の機捜隊員は呆然《ぼうぜん》と呟《つぶや》いて、ふと気がついたかのように、無線機を取り上げた。

「機捜132から一機捜——」

その声はうわずっていて、あからさまに異常を感じさせた。

「一機捜です。どうぞ」当然のことながら、そちらの声のほうは落ち着いている。

「132は、現在、し、首都高六号三郷線から加平ランプを降り、環七通りを、あ、あ、あ、『綾瀬署』に向かっていますが」

「132、どうしました。落ち着いて話してください。どうぞ」

「ま、街がないのです。どこにも町がありません！　どうぞ」

「132、132、どうしたのですか。なにが、まちがいない、のですか。落ち着いて話してください。何があったのですか。どうぞ」

「だ、だ、だから町が消えてるんだよ。畜生！」ついにその声が悲鳴のように高まった。「北綾瀬の町がどこにもないんだよ。どうもこうもない。町がそっくり消えちまってるんだよ。町がどっかに行っちまった。どうぞ――」

「…………」

一瞬、相手は沈黙した。何かを推し量っているような沈黙だった。いや、実際に、この第一機捜通信室員は、いま自分が通信している相手の精神状態を推し量っているのにちがいない。その沈黙には、どこか疑わしげな気配が感じられるようだ。やがて慎重な口調でいった。

「ええと、どなたか、べつの方に代わっていただけませんか。どうぞ」

「何でだよ。馬鹿野郎。おれの言葉が信じられないとでもいうのかよ。どうぞ」機捜隊員は髪の毛を掻《か》きむしった。

「信じられるはずねえだろ。バカ」相手の声もいきなり激昂《げっこう》した。「おまえ自分が何をいってるのかわかってるのか。街が消えてしまったといってるんだぞ。そんなことあるわけねえだろう。二日酔いかよ。それともシャブでもやってるのかよ。どうぞ」

な、何を、この野郎、とその機捜隊員がわめこうとするのを、もう一人の機捜隊員がものもいわずに無線機のカムをひったくると、

「二日酔いでもシャブ中でもねえよ。ほんとうに街が消えちまってるんだよ。てめ、くだらねえことというんじゃねえよ。あとでただじゃおかねえぞ、この野郎。どうぞ」

「上等じゃねえか。やれるものならやってみろ。とりあえず、どこかに退避せよ。そのうえで慎重に状況を見きわめたうえで報告せよ。頭《ペテン》を冷やせよ。わかったか。この野郎、どうぞ」

要するに、このとき第一機捜×分駐所配属はかつてないほどの混乱にみまわれたといっていい。そして、それも無理のないことではあるのだ。

午前四時十二分……機捜１３２から無線連絡が入ったこのときに、実に、警視庁始まって以来といっていい怪事件が幕を切って落とされたのだった。

2

要するに機捜132の機捜隊員たちは混乱しきっていた。それはそうだろう。なにしろ首都高を降りたとたんに街が一つきれいに消えてしまっていたのだ。混乱しないほうがおかしい。

とりあえず彼らは、

——頭《ベテン》を冷やせよ。どこかに退避せよ。

という第一機捜通信室員の忠告を聞き入れる気になったようだ。

いや、よしんば忠告がなかったにせよ、彼らが頭を冷やす必要に駆られたことに変わりはないだろう。この際、何がなんでも事態を冷静に見きわめる必要があった。

首都高を降りてすぐ、寂れて空き地の目立つ風景のなかに、ガソリン・スタンドがあった。見るからに流行《はや》ってなさそうなガソリン・スタンドで、建物のガラス窓には埃《ほこり》がこびりついていて、コンクリートの地面には汚水がこぼれていた。従業員の姿はない。

が——

そのガソリン・スタンドを見たとたん、機捜隊員は反射的にハンドルを切っている。

覆面パトカーはけたたましくタイヤの音を軋《きし》ませながらスタンドに突っ込んでいった。

街が一つ、そっくり消えてしまうという突拍子もない事態に出くわし、どうしようもないほど混乱しきっていた。何でもいい。どんなものでもいい。まぎれもなくそこにある〝現実〟に触れ、その確かな手ごたえにすがりたかった。この場合、それが、たまたまそこにあったガソリン・スタンドだったというわけなのだろう。

覆面パトカーが給油機の横に急停車する。タイヤの擦過音が悲鳴のように早朝の大気をつんざいた。機捜の覆面パトカーにもあるまじき、じつに乱暴な運転というほかはない。もちろん、そのことをもって機捜隊員を責めるわけにはいかない。それだけショックが大きかったということなのだ。

助手席にいた隊員は両足を撥《は》ねあげるようにしてのけぞった。そして相棒に向かって「何すんだよ。気でも狂ったのか」と大声を張りあげる。その大声にしてからがすでにうわずって常軌を逸していた。

「何いいやがる。気が狂ったとしたら、おれ一人じゃねえだろうよ。そんなわけがねえ。どうして街が消えちまったのか誰かに聞いてみるんだよ――」機捜隊員はそう応じ、手のひらでステアリングを叩いて、乱暴にフォーンを鳴らした。

事務所から一人の男が出てきた。三十がらみの、がっしりとした体つきの、黄色いつなぎを着た男だ。

機捜隊員がフォーンを鳴らすのに応じ、片手をあげる。が、すぐには近づいて来ようとはせずに、自動販売機のまえに立って、何枚か硬貨を入れ、ボタンを押した。取り出し口から缶ジュースを取り出し、プルトップを開けて、一気に飲んだ。そして、やっとのことで車に近づいてくる。

男はニヤニヤと笑っていた。その歯が異様なまでに白く健康的だ。いっそ獰猛《どうもう》といってもいいほどだった。どこか野生の動物を連想させた。

「おい、聞きたいことが――」

機捜隊員が咳《せ》き込むようにして言いかけるのを、男は、シッ、といい、片手をあげて制した。そして缶ジュースをかざし、その銘柄を示すと、こいつには人工甘味料が入っているんだ、と言う。健康に悪いよ、なあ、とそう言い、同意を求める。

「………」

二人の機捜隊員はあっけにとられて男の顔を見つめている。いったい、こいつは何を言いだしやがるんだろう。

男はどこまでも屈託がない。体育会系の爽《さわ》やかさだ。不自然なまでに明るい。ニコニコと笑いながらいう。

「どうして自動販売機には牛乳が入ってないんだろうな。おれにはわからないよ。まったくな、混じりっけのない牛乳にまさる飲み物はないのにな。なにより健康的だし、添加物の心配も要らない。な、そうだろ」

「そんなことはどうでもいい」ついにたまりかねて運転席の機捜隊員がわめいた。

「それより聞きたいことがあるんだ。この街はいったいどうなって――」

今回も機捜隊員は最後まで質問をいい終えることができなかった。

ふいに男が缶ジュースを隊員に向かってヒョイと投げたのだ。とっさのことで思わず隊員は缶ジュースを両手で受け止めてしまっている。そして、あんぐりと口を開いて、男を見つめた。

男の右手に魔法のように拳銃が出現していた。いかにも頑丈そうな四十五口径のオートマチックである。

「――」

もう一人、助手席の隊員が言葉にならない声を発した。そして反射的に反対側のドアを開けようとする。

が、男がわずかに右手を動かしただけで、もう釘付けにされたかのように動けなくなってしまう。銃口はピタリと隊員たちに突きつけられて揺るぎがない。どんなに敏《びん》捷《しょう》で豪胆な男であってもこれでは動きようがないだろう。

「動かないほうがいい。動いたら」男はあいかわらず明るく屈託のない声でいった。

「危険が危ないよ」

「動かないほうがいい」と男はいった。「動いたら死ぬことになるよ」

改めていわれなくても岩動《いするぎ》に動くつもりはない。いや、ピクリとも動けないのだ。まったく冗談ではない。

なにしろ優に十人を超える数の男たちが武装しているのだ。なかには自動小銃を持っている者さえいる。下手に動こうものなら蜂《はち》の巣になってしまう。

が、動かなかったところで結果は同じなのだ。そいつらが岩動を見逃してくれるとは思えない。こともあろうに警察署を占拠しようなどと、とんでもないことを考える連中なのだ。とうてい常識で推し量れるような連中ではない。岩動が動こうが動くまいが、追いつめられて殺されることになるのには変わりないだろう。

——糞ッタレが。こんなことなら署になんか残っているんじゃなかった。怠けずに捜査に出ていればよかった……

岩動は胸の底でそう罵声《ばせい》を洩《も》らすのだが、何をどう後悔したところで、いまさら、もう手遅れというものだった。

なまじ怠けようなどと考えたばかりに、こともあろうに十人以上の武装した男たちを相手に、たった一人で戦うはめになってしまった。十対一！　あまりにも突拍子もない状況で自分でも信じられないほどだ。何が災難といって、これほどの災難もない。

いうまでもないことだが岩動は拳銃を持っていない。丸腰だ。当然のことだ。警察署にとどまっている刑事が武装していることなどありえない。その必要がない。そう、これまでは。

いま岩動は綾瀬署の一階にいる。一階にはカウンターがあって、総務、交通、生活安全などの所属がある。岩動はそのカウンターのかげに身をひそめているのだ。そして何とかして地階に行けないものか、とそのことを考えている。

地階には拳銃が保管されているロッカーがある。拳銃一挺《いっちょう》で武装集団を相手にどれほどのことができるか疑問だが、少なくとも素手で立ち向かうよりはましだろう。なにより素手で射殺されるよりは、拳銃一挺でも持って死んでいたほうが、さまになるというものだ。これで岩動にもそれなりにプライドというものがあるのだ。

「…………」

岩動は大きく息を吸い、その息をいったんとめて、ゆっくりと吐いた。

そして地階につづく階段に向かい、背中をかがめ、一気に走った。いや、走ろうとしたのだが――

そのとたん一斉射撃が起こり、ガアン、と凄《すさ》まじい銃声が爆発音のように轟《とどろ》いた。

そして、おびただしい銃弾が飛んできて、カウンターを削り、岩動の体のうえに容赦なく木屑《きくず》を散らした。

男たちがついに牙《きば》を剝《む》いたのだった。

3

ここで時間をさかのぼろう。ほんの十時間ばかり、そう、いまは七月十九日夕方の午後六時ごろ——

そのころ遠藤《えんどう》の姿は「綾瀬パラダイス」の三〇二号室にあった。

入り口にたたずんで、ジッと浴室のなかを覗《のぞ》き込んでいる。仏頂面をしている。眉《み》間《けん》に寄せられた皺《しわ》が深い。

バスタブのなかにはトランクスを穿《は》いただけの裸の男が座り込んでいる。男は上半身を前に倒していて、その顔をほとんどバスタブの床に接していた。頸部《けいぶ》には浴衣の紐《ひも》が巻きついていて、そのもう一方の端がシャワーノズルに結びつけられていた。

もちろん男が死んでいるのは一目瞭然だ。磯貝《いそがい》の友人の長谷《はせ》という男なのだという。もと刑事だと聞いた。

磯貝に命令され、というか、善処してくれ、と依頼されて、刑事課と鑑識課に通知し、「綾瀬パラダイス」までやって来たわけなのだ。

現場の状況からいって、まず自殺であることは間違いないだろうが、だからといって、おざなりに手続きを済ませてもいい、ということにはならない。しかるべき現場検証を済ませ、それなりに必要な書類をそろえなければならない。――行きがかり上、遠藤がそうした手順を進めることになった。

　要するに、善処してくれ、というのは、自殺としてきちんと片づけて欲しい、ということであって、すべては書類のうえでの処理にかかっている。磯貝としては、友人の死におかしなあやをつけられたくない、ということなのだろう。他意はないのに違いない。少なくとも、遠藤としてはそう思いたかった。

　どうして「喪失課」の人間が現場に立ち会っているのか、鑑識の係官はそれを不審に思ったようだが、自殺遺体を発見したのが磯貝だということを知って、何とはなしにそのことを納得したようだ。

　要するに、すべては行きがかりということなのだ。べつだん難しく考えるほどのことは何もない。しかし……

「…………」

　遠藤は死体をジッと見つめている。やがて首を横に振る。その表情は、なにかしら納得できないことがある、といったふうだ。そして、わずかに右足を引いて、軽く浴室のドアを蹴《け》った。ドアが音をたてて軋《きし》んだ。

　ポケットから手袋を取り出して塡《は》める。浴室のなかに入って、バスタブの縁に転がっている薬ビンを取った。

睡眠薬のネンプタールだ。ネンプタールのカプセルには、フェノバルビタール（睡眠・鎮静剤）成分が含まれている。

ビンを明かりにかざしてそのラベルを読んだ。そして顔を顰《しか》めて、二十錠入りか、とつぶやいた。

ネンプタールは、せいぜいカプセル七、八個が最大服用許容量のはずである。

解剖の結果を待たなければ、はっきりしたことはわからないが、おそらく、この長谷という男はネンプタールを二十錠そっくり飲んでいる。二十錠では致死量とはいえない。ネンプタールで死のうと思えば百錠は飲まなければならない。

が、意識をもうろうとさせ、〝死〟に踏み切るハードルを低くするには、二十錠も飲めば、それで十分なのだろう。

そのこと自体には何の不審もない。不審もないことであるはずなのだが……

「…………」

遠藤は睡眠薬の薬ビンをジッと見つめている。その狭めた目にはどこか猜疑《さいぎ》心に似た表情が浮かんでいた。

そのときポケットベルが鳴った。

遠藤はポケットベルを出し、そのナンバーを確かめると、部屋を横切って、ベッドの横に置かれた電話を取った。

「喪失課」の直通電話にかける。

受話器が外される音を聞くなり、遠藤だ、と相手の名も確かめずにいう。確かめる必要がない。相手は岩動に決まっているのだ。岩動は「喪失課」に陣取ったきり、一歩も動こうとしない。ほかの人間のはずがない。「どうしたんだ。何かあったのか」

「どうもこうもねえ」やはり岩動の声だった。いつもはアルマジロのように無神経な男なのだが今日はめずらしく激しく動揺しているようだ。「伊勢原《いせはら》だよ」

「伊勢原がどうかしたのか」遠藤は眉《まゆ》をひそめた。なにか非常に嫌な予感めいたものが胸に動くのを覚えた。

一瞬、間があって、岩動は何かため息でもつくように、死んだよ、といった。

「死んだ……」遠藤は息を呑《の》んだ。「死んだってどういうことだ」

「どうもこうもないさ。死んだから死んだってそういってる。ほかに言いようがないだろ。綾瀬川の土手で遺体が発見された。加平ランプの近くだ」岩動はどこか怒ったような声でそういった。

──この男でもこんな声を出すことがあるのか……

遠藤はそのことを何か意外なもののように感じていた。そのぶん伊勢原が死んだということに実感を持てずにいる。ぼんやりと人ごとのように聞いていた。

「『喪失課』の全員に招集がかかった」岩動の声が一転して事務的なものに変わった。この男にはめずらしい、きびきびした口調だった。「あんたもすぐに現場に向かってくれ。伊勢原はどうも殺されたらしいんだよ——」

……首都高の高架の下は暗い。立体的に交差して頭上にのしかかっている。首都高の灯が点々と、遙《はる》か遠方までつづいているが、それがかえってその暗さを際立たせているようだ。どこまでもただ暗い。

が——

視線をさらに首都高の上空に這《は》わせると、夏の空はかろうじて光をとどめ、まだ明るさを残している。午後八時。その薄明の空が、首都高の下にのびている川面に、ぼんやりと菫《すみれ》色に映えている。綾瀬川だ。

それほど幅のある川ではない。首都高六号三郷線に沿って一直線に延びているのが、きわめて人工的だ。切り立った側面がコンクリートで塗り固められていて、川というより、蓋《ふた》を被《かぶ》せていない暗渠《あんきょ》といったほうがいい。

要するに、人が土手に出入りするような川ではないし、容易に出入りできるような造りにもなっていない。

問題は——それにも拘《かかわ》らず、伊勢原の死体がコンクリートの側壁のあたりに、うつぶせになって倒れていたというそのことである。伊勢原はどこからそこに入ったのか。あるいは、べつのどこかで殺され、死体がそこに投げ込まれたとでもいうのだろうか。

後頭部を強打している。頭蓋骨《ずがいこつ》が陥没してしまっているほどだ。解剖の結果を待たなければ、はっきりしたことはいえないが、それが直接の死因と考えていいだろう。誰かに襲われて殴られたのだろうか。そうだとしても凶器はまだ特定できない。

所轄のパトカー、機捜の覆面パトカー、鑑識のワゴン車などがひっそりと行き来している。その回転灯が高架の下に赤い軌跡を曳《ひ》いていた。綾瀬署の捜査員たちがせわしげに動き回っていた。

本庁の係官はまだ出動していないようだ。殺されたのが所轄の刑事だというので遠慮しているのか。それとも「喪失課」の課員の一人や二人死んだところで、わざわざ警視庁が出ばるまでもないことだとでも考えているのだろうか。いや、さすがに、そうまでひねくれて考えるのは邪推というものだろう。そんなことはない。警視庁としては、いまのところ捜査の経緯を見守るつもりでいるのにちがいない。

「喪失課」の課員たちは綾瀬川の土手にたむろし、何をするでもなしに、現場検証の推移を見つめている。彼らは刑事課員でもなければ鑑識課員でもない。よしんば死んだのが同僚であっても捜査に口出しすることは許されていないのだ。他の人間たちから完全に無視されていた。——情けないといえば、これほど情けない話もないだろうが、やむをえない。

「喪失課」の課員たちには互いに同僚意識などこれっぽっちもない。それぞれ、これまでまともに口をききあったことさえなかった。それが同僚の一人を殺され、こうして招集をかけられることになって、どうしたらいいのか、そのことに戸惑っていた。こんなバツの悪い状況はない。怒るべきか、それとも嘆くべきか、それさえ分からずに、困惑しきっているのだ。

やがて年代《ねんだい》がポツンといった。「だれか伊勢原の家族に連絡したのか」

「どうなんだ、渡辺《わたなべ》」と岩動がいう。

「岩動さんが連絡したんじゃないんですか。だって岩動さんは『失踪《しっそう》課』の司令塔なんでしょ」若い渡辺が不満げにいう。

「おれは刑事課から連絡を受けてすぐにおまえたちに連絡した。それでこうして自分も現場にやって来た。伊勢原の身内に連絡するまでは手が回らないだろうよ」

「だったら、そっちのほうも、刑事課のほうで連絡してくれてるんじゃないですか」

渡辺の口調はいかにも自信なさげだった。

「なんで刑事課がそこまで気を回してくれるものか」と、これは鹿頭《ししとう》がいう。「第一、伊勢原は結婚してたのかよ。家族はいたのかいなかったのか。どうなんだ」

「…………」

みんな虚をつかれたように沈黙する。誰の顔もこわばっていた。

そんなことは知らない。伊勢原が結婚していたのかいなかったのか、その家族構成はどうなっていたのか、それを知っている者は誰一人いないのだ。同僚といっても名ばかりで、ここには、これまで伊勢原と親しく言葉をかわした人間など誰一人としていない。

いや、そんなことをいえば、伊勢原だけではなしに、ここには互いに個人的につきあいのある人間など一人もいない。自分たちがいかに希薄な人間関係のなかにあるか、あらためてそのことを思い知らされ、「喪失課」の男たちはいまさらながらに言葉を失っているのだった。

とりわけ磯貝の表情は沈鬱《ちんうつ》そのものだ。コンクリートの土手のうえに立ちつくし、伊勢原の遺体をジッと見つめている。

その顔は仮面のようにこわばっていて、鎮魂と後悔の思いがないまぜになっているのが、よくわかる。それも当然だろう。磯貝は「喪失課」の課長でありながら、連日、パチンコを弾《はじ》くのにうつつを抜かし、部下が何を調査していたのか、そのことを気にかけようともしなかった。

ほかの誰にも増して、磯貝は伊勢原の死に責任がある。そうではないか。

4

もちろん遺体は司法解剖に処せられることになるだろうが、とりあえず検視官によって検視は終わっている。

いまは鑑識課員たちがしきりに遺体の写真を撮っているところだ。さかんにフラッシュが焚《た》かれるなか、遠藤一人がひざまずいて、しきりに遺体の様子を調べている。

遠藤は何かを思いついたようだ。ふと首都高の高架を見上げた。その顔に奇妙な表情が滲《にじ》んだ。眉をひそめるようにして高架の裏側を見つめている。

そんな遠藤に磯貝が声をかけた。「どうかしたのか」

遠藤は磯貝の顔を見た。目を瞬《しばたた》かせると、いや、と呟いて、立ちあがる。もう一度、いや、と呟いたが、その声はどこか妙に自信なさげだった。

「どうかしたのか。何か気がついたことでもあるのか」磯貝が質問を繰り返した。

「いや、まあ、ただの思いつきです。大したことではないんですが――」遠藤は手のひらでブルンと顔を撫《な》で下ろし、ふたたび高架を見上げると、「もしかしたら伊勢原は後頭部を殴られたんじゃなくて、首都高から墜落したんじゃないか、ってそう思ったものですから」

「首都高から……」

　磯貝ばかりではなくて「喪失課」の全員が首都高の高架を見上げた。

「それはどうかな。首都高から人が墜落したなんて話は聞いたことがない。そんなことが可能なものかな」と、これは何事につけても一家言あるうるさ型の年代が首を振りながらいう。

「だから、ただの思いつきだとそういってるのさ」遠藤は自分でも何か釈然としない顔つきになっていた。「大したことではないとそういってる」

が、その口調とは裏腹に、遠藤は立ちあがっていて、首都高の加平ランプに向かって歩き出している。

　ほかの連中は、たがいに顔を見あわせ、やれやれ、というように首を振ったが、やがて一人、二人と歩きだし、磯貝と年代の二人を除いて、残りの三人が遠藤にしたがった。

　磯貝は、伊勢原が死んだことで自分を責めるあまり、それどころではなかったのだろうし、年代はただたんに首都高に登るのには歳《とし》をとりすぎていたのにちがいない。

　不精な岩動が同行したのには、ほかの男たちも内心驚かされたが、なに、これはたんに気まぐれにすぎなかったろう。

首都高三郷線・加平入り口――

この入り口には環七通りから入る。

重量制限の表示が出ている。それ以外には、羽田、千代田、八重洲《やえす》、東京港、などの地名の表示があって、「上記トンネルを通行できません」とある。

トンネルというのは、首都高に上がるスロープのことで、天井の高い壁が切り立っていて、これも背の高い、アーチ型の窓が並んでいる。

いま、そのトンネルを、「喪失課」の四人の刑事たちが降りてくる。靴音が重なって響いている。

ときおり、向かい合わせに車が登ってくると、そのヘッドライトの明かりが四人の影を側壁に舐《な》めるように映し出すのだ。

車が決まってフォーンを鳴らすのも当然で、首都高の入り口を人間が歩いているのには驚かされたろうし、端的にいって危険でもある。

が、四人の男たちは車のほうには見向きもしない。誰もが考え込んでいるような表情になっている。

首都高の両側には隔壁がある。通常、それはかなり背の高いものであるが、綾瀬川のうえ、伊勢原が死んでいたあたりの隔壁は、胸ぐらいまでの高さしかない。

つまり、伊勢原は首都高から落とされたのではないか、という遠藤の推理は、十分に可能であるわけなのだが、問題は、どうして犯人に（もう「喪失課」の男たちはこれが殺人事件であることを確信していた）そんなことをする必要があるのか、というそのことだった。

どんなに、隔壁が低かろうと、あるいはその車がオープンカーであったとしても、車のなかで揉《も》みあっていて、偶然に人が首都高から落ちてしまう、などということはありえない。

犯人が首都高から死体を捨てたのだとしても、わざわざそのために車の外に出た、とは考えられない。というのも、死体を処分するのに、高速のうえからそれを捨てる、というのが、必ずしも賢明な方法とは思えないからだ。

まともな神経を持った人間であれば、なにも首都高から死体を捨てずとも、一般道路で死体を捨てようとするのではないか。つまり、犯人は（あるいは、犯人たちは、と複数で考えるべきかもしれない）、首都高で伊勢原を殺害したときには、すでに車の外に出ていた、とそう見なすのが妥当ではないだろうか。

もしかしたら、たんに揉みあった末に、伊勢原は首都高から落ちて絶命したのにすぎないかもしれない。その可能性は否定できない。

が、いずれにせよ、犯人たちには、どうして首都高で車の外に出る必要があったのか。いったい車の外に出て何をやっていたのだろう。いや、それをいうなら、そもそも伊勢原は、この数日、一人で何を調査していたというのだろう。

わからない。首都高・加平ランプの登り口にも上がってみたし、伊勢原のかつての所属（品川署刑事二課）にも問いあわせてみたということだが、何もわからないのだ……。

四人の男たちは肩を並べて加平ランプのトンネルを降りていく。同僚意識などというものの皆無といっていいこの男たちにはきわめて珍しいことではあるだろう。

鹿頭がふと思いついたようにいった。「伊勢原は品川署にいたときから何か一つ事件を追いつづけてたんじゃないかな。一つ事をズッと思いつめていたんじゃないか。あいつにはどうもそういうところがあったよ」

「品川署の二課で」遠藤がいう。「あいつはどんな事件を扱っていたんだ」

所轄署での刑事二課は知能犯捜査を担当している。これが本庁であれば、刑事捜査二課は、第一から第五班まであって、情報収集・資料整理、選挙違反、企業犯罪、贈収賄、その他の詐欺事件と、それぞれ担当が分かれているのだが、もちろん所轄署にはそれだけの人員の余裕はない。同じ刑事二課のなかでそれぞれの係官が担当を分割している。

「品川の管轄には飲食店が多い。なんでも伊勢原は無銭飲食を担当していたらしい」訳知りの岩動がいう。

「無銭飲食ですか……」渡辺が呆《あき》れたような声を出して笑った。

が、ほかの刑事たちは笑わない。笑うほどのことではない。

若い渡辺にその認識がないのは不思議はないが、じつは、所轄の知能犯係が担当する詐欺事件のなかで最も件数が多いのは無銭飲食なのである。「喪失課」に配属されたことから見ても伊勢原がさほど有能な刑事だったとは思えない。まずは無銭飲食を担当するぐらいが順当なところだろう。

「それにしても妙だな。何かしくじりでもしないかぎり『喪失課』に回されることなんかないはずなんだけどな。『喪失課』には、女癖が悪すぎたやつもいれば、オタクすぎたやつもいる。要するに『喪失課』に回されるというのはそういうことだろうよ」

岩動が首をひねって、鹿頭や、渡辺をあてこするようにそういった。なに、そんなことをいえば、岩動本人にしてからが、その目に余る怠け者ぶりが災いし、「喪失課」に左遷させられることになったのだが、そのことに対する反省などはカケラもないようだ。

「伊勢原だけは分からないな。あいつは何でしくじったんだろう。全体、無銭飲食の捜査なんかで何をしくじることができるというのかね」

「さあ、聞いてないな。大体、あいつは自分のことは何も話さない男だったよ」自分のことをあてこすられたのを気にもとめないかのように、鹿頭がそういい、ふと首をひねって、遠藤のほうを見た。「そういえば、あんたのことも何も聞いてないな。あんたはどうして新宿署から『喪失課』に飛ばされることになったんだい」

「………」

遠藤はそれには聞こえないふりをした。黙って歩いている。

遠藤が転属になったのは何も「喪失課」が最初のことではない。三年まえ、第五方面の池袋署刑事課から、第四方面の新宿署刑事課に転属になっている。——刑事が転属になるのはめずらしくもないが、遠藤の場合、池袋署から新宿署に移ったのは、たんに人事的なことからだけのことではない。

池袋署にしても、新宿署にしても、管轄に大繁華街を抱えていて、その刑事課の忙しさたるや、ほとんど殺人的といっていい。一説には、池袋で三年刑事をやって体を壊さない人間はいない、という。そして新宿署での仕事の過酷さは池袋をさらに上回るとさえいわれているほどなのだ。

たまたま遠藤は有能かつ熱心な刑事であって、ほかの刑事たちのように、適当に仕事の手を抜くなどという器用な真似はできなかった。それがいけなかった。

交番勤務から刑事になり、池袋署で五年、ほとんど不眠不休で働いた。あまりにも正義感が強すぎたのが災いしたといっていいだろう。あまりにも真面目《まじめ》すぎたのだ。

五年後の春、頻繁に目まいを起こすようになり、ときには動けなくなるほどになってしまった。過労のあまりの自律神経失調症だった。入院を余儀なくされた。

遠藤が不幸だったとすれば、これ以降のことである。

警察というのは要するに一種の役所に他ならない。官僚組織にとって、あまりに有能であり、あまりに仕事熱心であり、あまりに真面目すぎる人間というのは、たんなる邪魔者以外の何者でもない。しばしば組織の協調を妨げる人間として指弾されることになる。端的にいって目ざわりな存在なのだ。

遠藤は上司から憎まれていたし、同僚たちからは煙たがられていた。いまの遠藤であれば、足をすくわれることがないよう、保険がわりに、上司の誰かに取り入っておくぐらいの知恵は持ちあわせているのだが、当時の彼はその程度の配慮さえ欠いていた。

要するに、一昔まえの刑事ドラマの熱血刑事、あれである。ドラマならいざ知らず、現実にあんな刑事がいたのでは、周囲の人間はたまったものではないだろう。——遠藤が病で倒れても、まわりの人間の誰一人としてそれに同情を寄せなかったのも、当然のことといっていい。

いや、遠藤の場合、たんに同情されなかっただけにとどまらなかった。

警察にかぎらず、どんな職場であっても、激務に倒れた人間が、職場に復帰することになれば、しばらくは楽なポストに就かせるのが常識というものだろう。池袋署の激務に燃え尽きた人間を、それにさらに輪をかけて多忙な新宿署に転属させるなどということはあってはならないことだ。そのあってはならないことがあって、遠藤は新宿署の刑事課に転属になり、しかも、こともあろうにその主任を拝命することになったのだ。これほど底意地の悪い人事はない。

当然のことのように、以前にも増した激務に追われるうちに、今度は三年で燃え尽きることになってしまった。朝、起きることができない。署に向かうことができない……自律神経失調症、というより、一種の心身症といったほうがいい。通院を繰り返しているうちに、刑事失格の烙印《らくいん》を押され、あげくの果てには、ついに「喪失課」に転属させられてしまったのだ。

自分がはめられたということに気づいたのは、「喪失課」への転属を命ぜられた後のことだった。池袋署の激務に倒れた人間を新宿署に追いやるなどという人事にはあからさまに悪意が感じられる。いくら遠藤にしてもそのことに気がつかないほどバカではない。

これは自分のことを憎んでいた上司のさしがねに違いないと、ようやく、そのことに気がついたが、「喪失課」に左遷させられたのでは何をどう悔しがっても手遅れというものだ。いまさらもう何をどうすることもできないのだ。

遠藤は自分のことを優秀な刑事だとそう思っている。優秀でありすぎたために逆に追い落とされる……警察という理不尽な組織にあっては、そういうこともないとは言い切れない。

その深い挫折《ざせつ》感があり、警察組織に対する不信感があるために、遠藤は「喪失課」の同僚たちに心を許すことができずにいる。

が――

そんなことをいえば伊勢原にも似たような事情があったのかもしれない。伊勢原は寡黙な男だったが、ほかの同僚たちのような無能さ、あるいは無責任さは微塵《みじん》も感じさせなかった。

あの男はあれでなかなか優秀な刑事ではなかったろうか。その優秀な刑事がどうして「喪失課」などに転属させられることになったのだろう？　……ふと遠藤はそのことを確かめてみたいという誘惑にかられるのを覚えていた。

5

……トンネルのなかにバイクの排気音がとどろいた。巨人の一つ目のようにライトがともってそれがスロープを上がってくる。ゆっくりとカーブを描いた。

大排気量のバイクだ。ナナハンだろうか。

バイクも大きいが、それに跨《また》がっている男も大きい。でっぷりと太った、小山のような巨体に、アロハシャツを着て、ゴム草履を突っかけている。ヘルメットを被っていた。

遠藤は決してバイクに詳しくはないが、映画『イージー・ライダー』でデニス・ホッパーが、それとよく似たバイクに跨がっていたのを覚えている。ハーレー・ダビッドソンといったろうか。

「あの野郎、何でこんなところにいやがるんだ」岩動が驚いたようにつぶやいた。

遠藤は岩動の顔を見た。「あいつを知ってるのか」

「知ってるというほどじゃない。名前も知らないさ」と岩動はそういい、いや、と口のなかでつぶやき、首を振って、「あいつ自分のことを妙な名で呼んでたな。たしかヘボピーとかいってた――」

渡辺がしたり顔でうなずいて、「なるほど、『ワイルド7《セブン》』のヘボピーというわけですね」とそういった。

もちろん、そこにいた男たちの誰一人として、渡辺が何をいっているのか、それを理解できた者はいない。というか、そもそも渡辺が何をいったところで、そのことを気にかける者など皆無なのだ。渡辺はオタクで自分たちとは人種が違うと頭からそう思い込んでいるのである。

ただ、渡辺の言葉を聞いて、鹿頭がけげんそうな顔つきになり、ワイルドセブンてか、とそうつぶやいたのが、妙に遠藤の耳に残った。

——ワイルドセブンて何だ？

遠藤自身もそのことを疑問に思った。もっとも、そのことをあらためて問いただすだけの時間はなかった。

大男はとろとろとバイクを走らせてくると遠藤たちのまえで停《と》まった。そして、岩動に向かって、ヨウ、ヨウ、と声をかけてきたのだ。

岩動も、ヨウ、と応じたが、微妙な表情になっている。どうやら岩動はこの大男に対して何か含むところがあるようだ。

「聞いたぜ。『喪失課』の刑事が殺されたそうじゃねえか」大男はアロハの胸ポケットから夕バコの函《はこ》を取り出していう。

「ずいぶん早耳じゃないか。おまえは早耳すぎる」岩動は顔を顰めている。

「臆病《おくびょう》なウサギには牙もなければ爪もありません。それで生き残るために耳が長くなったのです、とさ」大男は夕バコの函から一本を取り出し、それを指の先でクルクルと器用に回しながら、「おれの聞いた話じゃ、あんたんところの刑事が殺されたのは、何でも〝地上げ〟がらみだそうだぜ。そのあたりのことを調べたほうがいいんじやないか」

「また地上げか。地下鉄で殺された北千住の不動産屋……あいつ何て言ったっけな。野村《のむら》か。あいつも地上げがらみのいざこざで殺されたんだって、おまえ、そういったよな。おまえの言葉を信じるなら、どいつもこいつも地上げがらみでトラブってるってわけだ。何かなあ。ピンとこないぜ」

「………」

「喪失課」の三人の同僚たちは驚いて岩動の顔を見た。誰もが、この岩動のことを、ただ怠け者で、無能とばかり思い込んでいたのだが、どうもその認識は改めなければならないらしい。怠け者ではあっても無能とはいえないようなのだ。

大男は、あいかわらずタバコを指の先で回しながら、それを目を狭めるようにしてジッと見つめている。そして、いう。「あんたらだって新聞ぐらいは読むだろう。それともマンガしか読まないてか」

「………」

「バブルって言葉を聞いたことないか。いまはな、時代そのものがトチ狂っちまってるんだ。どいつもこいつも土地とカネに目の色が変わっちまってる。何十億という途方もないカネがからめば不動産屋も殺されるだろうし刑事も殺されるだろうさ」

岩動はやや首を傾《かし》げるようにして大男の話を聞いていたが、ふいに声を荒らげると、

「おい、おまえ、課長がノミ屋にツケが溜《た》まってるってそういったよな。その借りを清算するために、おれに、あいつ、ヒモの竜だっけ、あの野郎の有罪を立証して貰《もら》いたいって、そういったよな――」

「…………」

「上司の借りは部下の借り、ってか。おかげで、おれもすっかりビビっちまったが、さっき課長に聞いたらよ、そんな心当たりは全然ないそうだぜ」

「…………」

「どういうつもりなんだ。野村という不動産屋のことといい、おれらの同僚のことといい、どうも、あんたは、おれらに地上げに目を向けさせたいらしい。気にいらねえな。いったい地上げが何だというんだ。あんたはおれらに何を調べさせようとしているんだ」

「…………」

「あんたの話を聞いたかぎりじゃ、あんたは組の人間だということだ。まあ、『田名綱興業』というところだろう。それで四課に問いあわせてみたんだけどな。マル暴の連中もあんたのことは知らなかった。あんたには特徴がある。あんたが本当に組の人間だったら四課の連中に心当たりがないはずはないんだけどな」

「どうしたんだ、ずいぶん働くじゃないか。どこか体の調子でも悪いのか」鹿頭がまじまじと岩動のことを見つめて呆れたようにいった。

それまで黙って、岩動の話を聞いていた遠藤は、ここに至って、幾つもの話が一つにまとまるのを覚えた。なるほど、そうか、と納得させられる思いがした。

「『田名綱興業』がノミ屋のツケのことで刑事を捜しているのは本当だ。ただし磯貝さんが相手じゃない。正確には、もと刑事で、長谷という男なのさ。ついさっきのことなんだけどな。『綾瀬パラダイス』で死体で発見されてる。おそらく自殺ということで片がつけられるだろう」遠藤は静かな口調でそういい、ふいに痙攣《けいれん》するように短く笑った。「気をつけなよ、岩動、そいつは利口な野郎だぜ。その長谷という男のことをそのまま磯貝さんに当てはめて話をしたんだ。あんたのいうとおり、どうやら、おれたちに〝地上げ〟に目を向けさせる腹づもりらしい。なにが目的かはわからないがな。現職の刑事をだまして操ろうというんだからいい根性してるぜ」

「………」

渡辺の顔色がやや変わった。わずかに横に動いて、大男の退路をさえぎった。

大男は動じない。渡辺のほうに、チラリ、と視線を走らせると、やめときな、怪我《けが》するぜ、と平然とそういい、刑事たちの顔を見回すと、「誰かタバコの火を持ってないか」

「おまえはいいガタイしてるよ。ケンカも強そうだ。たしかにな」鹿頭が低い声でそういい、「だけどな、おれたちは四人だぜ」

「それがどうした。四人が五人だろうがおまえらなんか屁でもねえよ。嘘《うそ》だと思うんだったらそこの岩動さんに聞いてみなよ」大男はせせら笑って、誰かタバコの火を持ってないか、とそう繰り返した。

遠藤は指をひらめかせると、一挙措で、尻ポケットから紙マッチを取り出し、シュッ、と音をたてて火をともした。

大男は体をかがめて、タバコに火をつけると、ども、と口のなかでつぶやいた。

「わからないのは」と遠藤がいう。「どうして、あんたが、おれたち『喪失課』に目をつけたのか、ということだ。刑事を利用しようというなら、ほかに一課でも二課でももっと使える人間が幾らでもいるだろうに」

「ああ、いるだろうな。だが、そういった連中を利用するとあとが怖い。刑事がたたるとあれこれと面倒なことになりかねない。だけど、あんたたち『喪失課』の連中なら」とそこで大男は妙な笑い方をして、「多少のことがあっても後でたたるようなことはないとそう踏んだのさ。あんたたちの話はいろいろと聞いてたんでな。あんたたちなら面倒がないとそう思った」

「…………」

「喪失課」の刑事たちは互いに顔を見合わせて苦笑をかわした。こんな得体の知れない男にまで自分たちの無能が知れ渡っているというのだ。実際、この場合、苦笑する以外にどうすることができたろう。

「あんたはおれらに地上げに注意を向けさせようとした。まあ、その野村という不動産屋が殺されたのも地上げがらみだということだから、まんざらガセではないということだろうさ」遠藤が考え考えしながらいう。「だが、あんたは、いったい何者で、地上げの何をそんなに心配しているんだ。現職の刑事を利用しようというのはいい根性だが、そうまでして何をやらかそうというんだ」

大男の目を翳《かげ》がかすめた。まさか、この男にかぎって、そんなことはないだろうが、怯《おび》えの色に似ていた。サクラさ、と大男はそういった。「あんたら、サクラのことを聞いたことはないか」

「サクラ？　何だ、それは」鹿頭がけげんそうな顔で聞く。

「何だと聞かれても困るんだけどな。人の名前だというやつもいるし、組織の名前だというやつもいる。天才的な詐欺師だというやつもいるし、日本中の地上げ屋たちの黒幕だというやつもいる。とにかく何十億というカネをいつも動かしていて、銀行も、ゼネコンも、総会屋たちも、そいつの言いなりになって動いているんだそうだ。誰も正体を知らないし、誰もそいつには逆らえない。これまでに七人の人間を殺している。何ともおっかねえ野郎なんだそうだ。それがサクラだというんだけどな——」

刑事たちはあっけにとられたようだ。こいつは何を言ってやがるのだろう。ルパンか、二十面相か、いまどき、そんな大悪党はマンガのなかにも出てこない。とうてい正気で言ってるとは思えない。

大男は刑事たちの顔を見わたし、信じてねえな、と呟いて、力のない笑いを洩《も》らした。「信じらんねえのも無理はないけどよ。志村雄三《しむらゆうぞう》って不動産屋がいるだろ。『綾瀬・父母の会』とかの代表、いつも警察に出入りしていて、警察署の横で自転車置き場を持ってる――知らねえか」

渡辺がけげんそうに目を瞬《しばたた》かせて、「知ってる」

「そいつがサクラのことを知ってるそうだ。何だったら、そいつにサクラのことを聞いてみなよ。何かわかるかもしんねえぜ」

「志村が……」

ああ、と大男はうなずいて、バイクを軽々と引きまわして、その向きを変えた。大排気量のバイクがこの男の手にかかるとまるでチャリンコのようだ。

「おい、ちょっと待てよ。まだ聞きたいことが――」と遠藤が声をあげかけたときにはもうすでに遅かった。

大男は刑事たちに凄まじい排気音をあびせかけて、一瞬のうちに走り去っていった。

遠藤はそれを呆然と見送りながら、あるんだ、と残りの言葉をいい終える。

「何だ、あの野郎」岩動もあっけにとられたようにつぶやいた。「妙な野郎だぜ」

ややあって鹿頭が何か思い出したように「おい、ワイルドセブンって何のことだ」と渡辺に聞いた。

「望月三起也という有名なマンガ家の作品です。バイクアクションとでもいえばいいんですかね。『少年キング』に連載されてました。もうとっくに終わってるけど、いまでもカルト的な人気のあるマンガですよ。その主人公の一人がヘボピーといって、やはり、あんなふうに大男でバイクを乗りまわしてるんですけどね」

「そのマンガにユキって登場人物は出てくるか」

「ええ、やっぱり主人公の一人です。女の子でバイクを乗りまわしている——」と渡辺はそこまでいって、ふと何か気がついたように鹿頭の顔を覗き込んだ。「ユキがどうかしたんですか」

「ワイルドセブンのユキって名乗ってる女の子を知ってるんだ。その女の子もやっぱりバイクを乗り回してたんだけどな」鹿頭はどこか放心したような口調でそういった。

6

「志村不動産」は、「綾瀬署」のほど近くにある。

最寄り駅は地下鉄千代田線「北綾瀬」駅――

ビルの一階にあって、ワンフロアを占め、環七通りに面している。五階建てのビルは、どちらかというと見すぼらしいが、それも自社ビルであれば文句はいえまい。

いまどきベンツを持っている不動産屋はめずらしくもないだろうが、さすがに志村のように個人で三台も所有している例はまれなのではないか。絵に描いたようなバブル紳士の金満家ぶりだ。

それというのも志村は、祖父の代から、このあたり一帯にかなりの地所を所有していて、じつのところ不動産業の収入など当てにする必要はない。不動産屋を経営しているのも、ただ遊んでいたのでは世間体が悪いから、という理由に他ならない。また、そうでなければ「綾瀬・父母の会」の代表として認められるわけがないのだ。

志村は、多分にうさん臭いところのある人物で、その素行にはかなり問題がある。それでいて、名士あつかいされるのは、何といっても、バブル時には、土地を所有している人間に強みがあるからなのだ。要するに、志村は、この時期、いたるところに出没したバブル紳士の一人であるのだろう。

「綾瀬・父母の会」の代表が、志村雄三の表の顔であるとすれば、地上げ屋はその裏の顔といえるのではないか。

地下鉄の車両内で殺された野村雅彦は、北千住で不動産業を営んでいたが、その実態は、この界隈の地上げ屋に他ならず、志村の手先の一人であったと言われているほどなのだ。その意味で、志村は、たんにうさん臭い人物というにとどまらず、実際に、犯罪に加担しているという可能性も否定しえない。

志村雄三とはそういう人物なのだ。そういう人物が、「綾瀬・父母の会」の代表として公然と警察署に出入りしているというのは、大いに問題ではないか。

夜の九時――

遠藤と渡辺の二人はつれだって「志村不動産」を訪れた。

すでに店は閉まっているが、まだ明かりは消えていない。

不動産ビルの脇の路地に自動販売機の明かりがボウとともっている。そのまえに一人の男が立っていて、しきりにガチャガチャとレバーを引いていた。レバーを引きながら、「どうして」ブツブツと呟いているのだ。「自動販売機には牛乳が入っていないのかな――」

「…………」

ふと遠藤は頭のなかに何か引っかかるものを覚えた。漠然とした、しかし強靭《きょうじん》といっていい違和感だ。

――何だろう。

が、何が気にかかるのか、自分でもわからない。思い出そうとすると逃げ水のようにどこかに去ってしまう。あらためて自動販売機に目をやったときにはもう男の姿は消えていた。

——あの男、どこかで会ったような気がするけどな。

しかし、それもやはり思い出すことができない。思い出せそうでいて思い出せない。

遠藤たちが引き戸を開け、店に足を踏み入れたとき、入れ違いに一人の男が出てきた。どうやら綾瀬の銀行員のようだ。その鞄《かばん》がぱんぱんに膨らんでいた。

男は店を出るときに卑屈なまでに何度も頭を下げた。要するにカネに頰《ほお》を引っぱたかれて有頂天になっているのだ。

「…………」

遠藤と渡辺は顔を見あわせた。バブル……こんな嫌な時代はない。

すでに店には志村のほかには誰もいなかった。遠藤たちが入っていったときには、おりしも金庫に何か収めようとしているところだった。ギクリと振り向いて、急いで金庫の扉を閉める。そして入ってきたのが警察の人間だということを知って安心したようにニヤリと笑った。

「何だ、あんたか——」どうやら志村は渡辺とは顔見知りであるらしい。渡辺を見てそういい、「驚かさないで欲しいな。入るときには声をかけてもらいたいものだね」

腰をのばすと、座れ、というように、椅子に向かって顎《あご》をしゃくる。警察の人間を頭から見くびっているようだ。そのしぐさからもそのことはよくわかった。「今日はまた何ですか。『綾瀬・父母の会』のことで何か打ち合わせがありましたっけ」

「いや、そうではないんですが」遠藤が慎重に言葉を選びつついう。志村は小悪党だが、「綾瀬・父母の会」の代表であり、署長とも顔見知りであることを考えれば、うかつな口のきき方はできない。「じつは、今日は、ちょっとお聞きしたいことがありまして。それで、お邪魔した次第でして」

志村はけげんそうに遠藤の顔を見て、「綾瀬署の刑事さんとは、大体、顔見知りのはずなんですが。あんたとはお会いしたことがないようですな」

「あ、どうもこれは失礼しました。わたしは『失踪課』の遠藤という者です」

「ああ、『喪失課』――」志村は妙な笑い方をした。「なるほど、『喪失課』の方ですか。それじゃ、わたしが知らないのも当然かもしれない。ああ、なるほど、『喪失課』ね」

志村はヘラヘラと笑いながら椅子に座ろうとする。そのときのことだ。とんでもないことが起こった。それまで黙ってうつむいていた渡辺が、ふいに右手を伸ばすとその椅子をサッと引いたのだ。たまったものではない。そのまま志村はすってんころりんと尻餅をついて転んだ。

あまりのことに、一瞬、志村は何が起こったのかわからなかったようだ。床に尻餅をついたまま、あっけにとられて渡辺の顔を見つめた。が、すぐにその顔を朱に染めて、カッと口を開いて、な、何をする、とわめきたてようとした。

　これは志村でなくても怒り出すのが当然だったろう。渡辺のやったことは、あまりといえばあまりに子供じみていて、理不尽な行為であったからだ。が、あろうことか、このとき志村の機先を制するようにして、逆に渡辺のほうが怒り出したのである。

「うッせえ、てめ、この野郎、『喪失課』を舐めるな。てめえなんかに舐められてたまるか。何だ、てめ、カネを持ってるのがそんなに偉いのか。このバブル野郎。てめえなんかにこの街を好きなようにされてたまるものか――」

　渡辺はこのとき完全に切れたようだ。わめきたてながら床の志村に向かって摑《つか》みかかっていこうとした。

　これを見て遠藤は仰天した。たしかに志村は嫌な野郎だが、いままでのところ、べつだん法律を犯したわけではない。善良な市民と呼ぶのには抵抗があるが、まあ、言ってみれば、そんなようなものだろう。そんな志村に刑事が暴力を働いたのでは何もかもがぶち壊しになってしまう。聞き取りをするどころではない。ここは何としても渡辺を制止すべきであるだろう。

　そう、制止すべきだった。現に、志村に摑みかかっていった渡辺を横から突き飛ばしているのだ。たしかに制止した。が、自分でも思いもよらなかったことに、遠藤がやったのは、それだけにとどまらなかったのだ。何と思い切り椅子を蹴飛ばしていた。

椅子はふっ飛んで壁にぶつかって大きな音をたてた。志村はその音に怯え、ヒッ、と悲鳴をあげて、両手で頭を抱えた。遠藤の両手が飛んだ。志村の胸ぐらをつかんで無理やりに立ち上がらせる。その体を前後に乱暴に揺らした。どこか頭のなかの回線がプツンと音をたてて切れるのがわかった。大声でわめいた。

「言え。このバブル野郎。おまえとサクラとはどんな関係なんだ。サクラとは何者なんだ。どこにいるんだ。サクラは何をたくらんでいやがるんだ。言え言え、言いやがれ、ぜんぶ吐いちまえ」

一瞬、志村は虚をつかれたように、サクラァ、とつぶやいて、目を瞬かせた。そして、その目を宙に泳がせる。志村は何かを隠そうとしていた。あるいは何かを偽ろうとしていた。そのことはその目の虚《うつ》ろさからも明らかだった。「何のことだ。わからねえ。何を言ってるんだ」

「とぼけんじゃねえよ」

渡辺が大声を張りあげた。そしてテーブルのうえのクリスタルの灰皿を摑んだ。遠藤は仰天してとめようとした。が、そのときにはすでに遅かった。渡辺は志村に向かって灰皿を投げつけていた。志村は悲鳴をあげて両手で頭をかばった。灰皿が背後の壁にたたきつけられて微塵に砕け散る。

渡辺は志村に掴みかかった。逆上しきっていた。遠藤から志村を奪ってその体を自分のほうにくるりと向けた。志村の襟首を掴みあげた。そして、これは妙に抑えた声で、自転車だ、という。

「え……」志村は目を白黒させた。

「いいか、自転車なんだよ」と渡辺はそう繰り返して、「駅のまわりの放置自転車は綾瀬の駐車場の職員が撤去する。そして、それを職員が軽トラックで北綾瀬の敷地に運ぶ。綾瀬署の隣りのあんたの敷地に、だ」

「………」

「放置自転車の数によって、一日に二度運ばれるときもあれば、それが三度になることもある。つまり運搬時間は必ずしも決まっていないわけだ。日によって違う。それなのに昨晩トラックごと自転車が盗まれた。誰が何のためにそんなことをしたのかはわからない。が、なにしろ、ものが十二台もの自転車だ。それが計画的にやられたことであるのは間違いないだろう。

そして、それが計画的にやられたものと考えるかぎり、誰かがあらかじめ自転車泥棒に運搬時間を教えなければならない理屈になるじゃないか。そうだろ。自転車の運搬時間は、その都度、綾瀬の『綾瀬自転車駐車場』から、敷地の持ち主であるあんたに知らされるそうだな。つまり、自転車の運搬時間を知っている人間は、『綾瀬自転車駐車場』の職員以外には、あんたしかいないわけだ。そうだろ。違うか」

「そ、それが——」志村は首を絞めあげられて苦しげにいう。「どうかしたのか」

「どうかしたのか、こちらのほうが聞きたいんだよ。どうして自転車なんか盗まなければならなかったんだ。まさかベンツを自転車に乗り換えるつもりでもなかったろうよ。言えよ。どうしてなんだ」

渡辺のわめく声を聞きながら、そうか、と遠藤は胸のなかで頷《うなず》いていた。自転車のことを考えると、あれこれ腑《ふ》に落ちることがあるのだ。

これは年代が関わった事件であるが、七月の初めに、加平インターに近い環七通りで、宅配サービスのワゴン車が何者かに襲われたという事件があった。ワゴン車を襲った人間は宅配用の地図が欲しかったようだ。それはいい。それはいいのだが、不思議なのは、そのワゴン車が運転者ごとどこかに消えてしまったというそのことだった。

しかもその宅配便ワゴンは盗難車であったのだという。ワゴン車を摘発した婦警によれば、その荷台には、何台もの自転車が積載されていたということである。これもやはり放置自転車ではなかったろうか。誰がどういう意図でそんなことを行っているのかはわからない。が、「綾瀬自転車駐車場」以外に、誰かが放置自転車を回収しているのは確かなことのようである。

それればかりではない。これは岩動が関わった事件であるが……野村雅彦・殺人事件の目撃者は、そのとき泥酔していて、「北綾瀬」と「綾瀬」を間違えたのだという。その目撃者は「北綾瀬」に放置されていた自転車を盗んだということなのだが——

考えてみれば、「綾瀬」に自転車置き場はあっても、「北綾瀬」にはないはずではないか。そこに放置されていた自転車は一台ではなかったのではないか。いや、それは放置されていたのですらないかもしれない。

それは誰かが回収していた放置自転車だったのではないだろうか。

「な、何のことだよ。じ、自転車のことなんか知らねえ。何も知らねえよ」志村が悲鳴のような声をあげて身をよじった。「放せよ、このやろ。おれは『綾瀬・父母の会』の代表だぞ。こんなことをして後で後悔することになっても知らねえぞ」

「なに、このやろ」

渡辺の顔が真っ赤になった。さらに志村の首を絞めあげようとした。が、それよりも早く、遠藤の右足がひらめいた。志村の膝頭《ひざがしら》を蹴った。志村が悲鳴をあげた。ガクリ、と膝を折った。

くずおれそうになるのを、襟首を摑んで下からすくい上げるようにすると、志村の目を覗き込んで、「喪失課」を舐めるな、と遠藤は低い声でそういい、

「いいか、大事な話だ、よく聞けよ。ある筋から、十三人のプロのヒットマンが綾瀬に入り込んできた、という話を聞いた。とんでもない話だ。信じられるような話じゃ

ないが、その話を聞かせてくれた人間は、嘘をつくようなやつじゃない。信じるしかない。うちの課長を狙《ねら》っている、ということだが、そんなはずはない。うちの課長はそれほどの大物じゃないからな。どこかで情報が錯綜しているに違いない。それで、志村さんよ、あんたに聞くんだけどな。こいつは、そのサクラとかいう野郎に関係したことなのか」

「お、おれはサクラなんて知らない」

「………」

遠藤はものも言わずに、いきなり拳《こぶし》で志村の頬を殴りつけた。志村がガクンとのけぞった。倒れそうになるのを、また襟首を摑んで、グイと引き寄せる。言ったはずだぜ、と低い声でいう。「『喪失課』を舐めるな」

そのときのことだ。

ふいに引き戸のカーテンに強烈な光が射した。ヘッドライトの明かりだ。そう気がついたときには凄まじいエンジンの咆哮《ほうこう》音が聞こえてきた。なにか熱風に似たものが押し寄せてきた。そして――

トラックが猛烈な勢いで突っ込んできたのだ。引き戸のガラスが微塵に砕け、爆風に噴きあげられるように舞いあがる。天井が崩れ、折れた梁《はり》が轟音《ごうおん》とともに落ちてきた。その怪物めいたタイヤがありとあらゆる家具を踏みにじる。金属の悲鳴めいた音を軋ませてとまった。

一人の男がひらりと運転席から飛び下りてきた。自動販売機のまえに立っていたあの男だ。短機関銃《サブマシンガン》を構えていた。笑った。無造作に撃ちまくった。タララ、と銃声がスタッカートを刻んだ。志村の体が後方に吹っ飛んだ。鮮血がシャワーのように散った。

そのときには遠藤は壊れた家具のあいだに頭から飛び込んでいた。もしかしたら悲鳴をあげていたかもしれない。日本に生まれて短機関銃に撃たれるなどという目にあうとは思ってもいなかった。全身の血が逆流する恐ろしさだ。

男の笑い声が聞こえてきた。「取っとけよ。ほんの御中元がわりさ」男はサッと身をひるがえした。笑い声だけが残されたが、それもすぐに消える。

あとにはただトラックのエンジンブロックから噴きあげる蒸気の音だけが微《かす》かに聞こえている……

「志村！」渡辺の叫ぶ声が聞こえた。

遠藤が顔をあげたときには、渡辺は志村の体を抱きあげていた。が、すでに志村は真っ赤なぼろ切れのようになっていた。もう絶対に助からない。

「ざまはねえや」志村は咳き込むように笑い出した。喀血《かっけつ》した。血を吐きながら笑いつづけた。そして渡辺の顔を見あげると、おい、貧乏人、と声をかける。「おれの時計をやろうか。ダイヤ入りのロレックスだ。おまえの一年分の給料ぐらいはするぜ」

手首から時計を外すと、それを震える指で、渡辺に差し出した。

「………」

渡辺はまったくの無表情だった。時計を受け取った。そして、ふいに壁に向かって投げつけた。時計は壁にバウンドして床に跳ねた。ガラスが割れた。何か破片のようなものが飛び散った。

志村の顔が仮面のようにこわばった。もう笑っていない。笑うどころではない。唇が震えた。その痙攣する唇からか細い声が絞りだされて出てきた。

「サクラは」また喀血した。ゴボッ、と喉《のど》を鳴らし、真っ黒な血の塊を吐き出した。

「あの野郎は、『綾瀬署』を」必死に叫んだ。「地上げするつもりなんだ！」ふいに頭が後ろに落ちた。後頭部が床に当たって、ゴン、と乾いた音をたてた。そのときにはもう志村は死んでいた……

7

夜十一時——
北綾瀬の街にときならぬサイレンの音が鳴り響いた。サイレンは暗い街に、ほとんどヒステリックなまでの緊迫感をともなって響きわたった。

そのサイレンの音を聞いて、

――空襲警報？

磯貝はふと、そんな時代錯誤といってもいい言葉を思い浮かべた。

もちろん、平成二年のこの時代に空襲警報などありうるはずがない。何もそんな極端な例を持ち出さずとも、綾瀬、および北綾瀬に、サイレンの音が聞こえるのはめずらしいことではない。

この地区は、近来、急速に人口が増え、それにつれて犯罪件数もうなぎ登りに急増している。二十四時間、パトカーのサイレンの音が絶えることがないといわれているほどなのだ。日本中を震撼《しんかん》させた女子高生コンクリート詰め殺人がこの街で起きているのはきわめて象徴的な事件といえるだろう。

しかし、いま、聞こえているこのサイレン音は、どうもいつものそれとは違うようだ。何がどう違うというのだろう？　……磯貝は視線を宙に這《は》わせてそのことを確かめようとした。

が、わからなかった。何かが微妙に違うようであるのだが、それが何であるのかがわからない。もしかしたら、たんに気のせいなのかもしれない。

奇妙なのは、サイレンが綾瀬署のほうに向かっているように感じられるそのことであるが、これもやはり気のせいなのだろうか。

そうではなかった。これは気のせいではなかった。――じつは、そのサイレンの音から空襲警報を連想するのは、きわめて事実に近いことであったのだが、そのときの磯貝はそんなことは夢にも思っていなかったのである。

「…………」

磯貝はしばらく空《くう》の一点を見つめていたが、やがて気を取り直したように、ふたたび歩きはじめた。

首都高速中央環状線を抜けると、そこに荒川がある。

その荒川の河川敷を背地にして三階建ての低層ビルが建っている。窓の極端に少ないビルだ。

周囲に高い塀をめぐらせ、そのうえに有刺鉄線をからませて、さらに門扉には防犯カメラが設置されている。ちょっとした小要塞というところだが、それも当然といえば当然で、これは「田名綱興業」の事務所ビルなのである。

磯貝がインタフォンを押すと、防犯カメラが音をたてて半回転し、こちらにレンズを向けた。磯貝は、そのレンズに向かって、「蓑島《みのしま》に用がある」とそういった。

一瞬、カメラの動きが停止した。それはカメラそのものが何か磯貝の言葉の意味を考えているかのように見えた。そして、ふいにカメラが左右に首を振った。まるで笑っているかのように、振り切れるかのように、激しく振って――

オートロックが外れた。鉄の扉が音をたてて開いた。

磯貝がなかに入る。

狭い空間があって、そこに二枚めのドアがある。このドアには鍵《かぎ》がかかっていない。

そのドアを開けて、なかに入った。

広い事務所だ。どことなく荒涼とした雰囲気がある。どことなく？　いや、そうではないだろう。床のいたるところに、ピーナツの皮や、スルメの袋が散らばり、ビールの空き缶などが転がっていて、それがこの事務所に荒涼とした雰囲気をもたらしているのだ。椅子などもてんでばらばらに置かれてあって、やはり荒《すさ》んだ雰囲気をかもし出していた。

その椅子の一つに蓑島がすわっていた。ほかには誰もいない。

この、有能な金融マンを思わせる、いつもきちんとした男にはめずらしく、だらしなくネクタイをゆるめ、両足をデスクのうえに投げだしていた。そうして離れていても酒の匂《にお》いをぷんぷんさせていた。磯貝を見て、面倒くさげに頷《うなず》いて、ヨウ、といった。

「…………」

蓑島はどこかタガが外れているようだ。いつものこの男のようではない。

磯貝は蓑島を見つめ、その視線を、部屋のなかに移行させた。

部屋は散らかっている。その床に散らばった袋のなかには菓子袋もあった。チョコレートに、キャンデーに、クッキー、菓子パン……ヤクザたちにかぎらず、大人はこんなものは食べないだろう。

やはり床のうえにスヌーピーのヌイグルミが転がっている。これもまたヤクザの事務所にあるのにふさわしいものではない。

部屋の突き当たりに、いま磯貝が入ってきたのとべつのドアがある。そのドアがわずかに開いていた。わずかに三〇センチほど。まるで磯貝が来たのを知って、誰かが急いでそこに駆け込んだかのようだ。

ドアの隙間《すきま》は暗い。その部屋に誰か潜んでいるとしてもそれを磯貝が見ることはできない。見ることができないのがわかっていて、それでも磯貝はその隙間をジッと見つめずにはいられなかった。

かすかに香水の残り香がただよっているような気がしたが、これは磯貝の気のせいかもしれない。

磯貝はボソリとつぶやいた。「ヘンゼルとグレーテルのお菓子の家、か」

「何のことだ?」蓑島はけげんそうな顔になった。

いや、と磯貝は首を振り、こちらの話だ、何でもない、といって、「どうしたんだ。

どうして事務所にはあんた一人しかいない。他の連中はどこに行ってしまったんだ」

蓑島はまじまじと磯貝の顔を見て、「何だ、知らないのか」

「知らないって何を」

「『綾瀬署』の近くで不発弾が発見されたんだってさ。署じゃ自衛隊のほうに連絡して大騒ぎだそうだ。なんでも全員、一時的に、『千住署』に避難することになったらしい。北綾瀬の街も戒厳令が敷かれたような騒ぎになってるというぜ」

「不発弾……」

磯貝はさっき聞いたサイレンのことを思い出していた。あれはやはりパトカーのサイレンではなかったらしい。不発弾、か。あのときには空襲警報だなどといかにも時代錯誤なことを思い浮かべたが、あれもあながち的外れでもなかったようだ。

「ああ、不発弾だ」蓑島はせせら笑って、「知らなかったのか。ずいぶん、うかつな話じゃないか。『喪失課』というのはそんなノンキにしていても勤まるものなのかね」

「『喪失課』には何の関係もないことさ。関係ないといえば、署で不発弾が見つかったからといって、それこそ、あんたたちには何の関係もないことじゃないか。どうして事務所がこんなふうに空っぽになってるんだ」

「船が沈みかけてる。ネズミたちも逃げるだろうよ。どうせ頼りにならない奴らだ」

「どういうことだ」磯貝は蓑島を見た。ジッと見つめた。

蓑島が磯貝のことを見返す。二人はしばらく互いの目を見つめあっていた。蓑島は半端なチンピラではない。その目は鋭い。が、磯貝はそんなことでは怯《ひる》まない。目に力を込めた。そして、いつまでも見つめた。

先に視線を逸《そ》らしたのは蓑島のほうだ。なにか気弱げな表情になっていた。そして、どこか放心したような口調でいう。

「あんたも名前ぐらいは聞いたことがあるだろ。サクラという奴がいる。誰も、そいつの本名は知らない、正体も知らない、それでいてそいつの恐ろしさだけは知れわたっている。筋金入りのヤクザがサクラが現れるというだけで震えあがるほどだ。この街にサクラがやって来る。『田名網興業』の若い奴らが蜘蛛《くも》の子を散らすように逃げ出したとしても不思議はないだろ」

「サクラ、か。まえの所轄にいたときに話を聞いたことがあるよ。チラッと小耳に挟んだだけだったけどな。ほんとうに、そんな怖い奴が実在するのかどうか、おれは半信半疑だった。サクラがこの町に現れるというのか。この町で何をやろうとしているんだ」

「知らねえよ。ただ、ある筋から、つまらねえとばっちりを食いたくなかったら、今夜はどこかに避難したほうがいい、という連絡が入ってきた。情けねえじゃねえか。それを聞いて、組長《オヤジ》はビビって、子分どもも一斉に風をくらって逃げ出したというわけだ。なあ、ヤクザの風上にも置けねえ、とはこのことだろ」

「長谷が死んだ。ノミ屋のツケが溜まって、あんたのお仲間に追われていた、もと刑事の長谷だ。多分、自殺ということで片づけられるだろう。やむをえないさ。おれの見るところ殺人を立証することはできそうにない」

「…………」

「よしんば殺人事件ということになったとしても、それこそ、サクラのつまらないと、ばっちりだったということになるんじゃないか。なあ、考えてみれば、ノミ屋のツケぐらいのことで、ヤクザが、もと刑事だった人間を追いまわすというのも、なにか理屈にあわない話だよ。一度は警察の人間だった男に何かあればヤクザたちも無事には済まないさ。ヤクザにしてみればこんな間尺にあわない話はないだろうよ」

「…………」

「何でもサクラというのはアウトローのナポレオンのような男だそうじゃないか。ここにヤクザに追われている男がいた。サクラという犯罪の天才が現れるまさにそのときに、その男が死ぬようなことになれば——よしんばそれが殺人事件だということがわかっても——それはサクラの仕業だったということになるんじゃないか。誰かさんは、事件をそんなふうに偽装したかった。その誰かさんにしてみれば、事件をそんなふうに偽装するために、その男はヤクザに追われているのだ、ということを鉦《かね》と太鼓で人に知らしめる必要があった。その、いわば宣伝マンに選ばれたのが、その男のも、と同僚で、おめでたい、現職の刑事だった、というのはどうだろう」

磯貝は蓑島の顔を見ながらしゃべり続けている。が、磯貝にしてみれば、蓑島の顔を透かし、そのじつ、ドアの隙間に向かって話しかけているといったほうがいい。そのドアのかげに誰かが潜んでいる気配をはっきり感じとっていた。その誰かは必ずしも一人ではないようだ。大人と子供の二人、ではないか。

「そのおめでたい野郎は、だが、ただおめでたいばかりではなかった。そのもと刑事のもと職場に電話をし、かつての同僚にいろいろ聞いてみるぐらいの知恵は持ちあわせていた。その、もと刑事は結婚していた。ところが、その奥さんに好きな男ができてしまったのさ。男と女のことは分からない。その奥さんのお相手というのは、もと刑事が、かつての仕事のうえで知り合った男で、残念なことに、カタギではなかった。その奥さんはそのカタギではない男と所帯を持ちたがった。

だが、もと刑事にしてみれば、自分の妻が、自分と別れて、ヤクザなんかと再婚するのが我慢できるはずはなかった。そのもと刑事は、ヤクザな男に、女と別れて欲しかったらカネを払え、といったらしい。もとの職場の同僚はそこまでしか話を知らなかった。あるいは知っていてもそれ以上のことは話したがらなかった。が、それだけ分かれば、どんなにおめでたい野郎でも、だいたいの筋書きは読めるというものだった。そうだろ。どんなに読みたくない筋書きであっても読めてしまうものさ」

——一呼吸おいて、磯貝はささやくように言葉をつづけた。

「もと刑事の妻は、自分の子供が誘拐されたかのような妙な小細工をした。そうすることで、もと刑事が、ヤクザたちに追われているのを、警察にとめてもらいたかった、という説明をしたが……いくら何でも小細工のしすぎだ。そうまでして、おめでたい現職の刑事に、自分は妻を愛している、というアピールをしたかったわけなのだろうが……たぶん、妻はもと刑事の夫を殺した」

磯貝はため息をつくようにして話を終えた。べつだん話したくて話したことではないのだ。ただ虚ろな思いだけが残された。それ以外には何も残らない。

蓑島は身じろぎもせずに、ただ黙り込んでいた。目を伏せていた。やがて、こわばった声で、それで、といった。「どうするつもりなんだ」

「どうもしないさ。さっきもいったように、そのもと刑事は、多分、自殺ということで片づけられる。何しろ、殺し、だという証拠は何もないんだからな。そのおめでたい野郎が何をどういったところで、証拠もないのにむやみに騒ぎ立てるわけにはいかない。騒いだところで検察は動いてはくれないだろうさ」

蓑島は頷いて、そうか、そういうことだろうな、と虚ろな声でいう。二人はそのまま、しばらく黙りこくっていた。じつは、二人の男のあいだには一人の女がいた。磯員はその女の気配をひしひしと感じていたが、多分蓑島も同じであったろう。

やがて蓑島が、どこか疲れたような口調でいった。「なあ、サクラのことで何か知りたかったら、小菅刑務所を当たってみろよ。嘘か本当かサクラは小菅刑務所にいるという話を聞いたことがある」

8

「綾瀬署」に隣接した空き地が自転車置き場になっている。

駅前の放置自転車を搬送し、ここに一時的に駐輪させておくための施設なのだ。土地の所有者は志村雄三、「綾瀬・父母の会」の代表である。

この一角から数発の不発弾が——それも即爆発の危険性がある黄燐《おうりん》弾が——発見されたのだという。署員全員が浮足立ってしまうのも無理からぬことであるだろう。

午前一時……陸上自衛隊不発弾処理隊が「綾瀬署」に到着した。

このときにはすでに署員のほとんどが「千住署」に避難し終わっている。したがって不発弾処理隊を迎えたのは、署長以下、ごく少人数の幹部たちにとどまった。しかも、その彼らでさえ、足元から鳥が飛びたつような慌ただしさで、そそくさと「千住署」に避難していったのだ。

じつのところ、ここで問題にされなければならなかったのは、以下のことであったはずなのだ。すなわち、——誰が自転車置き場から不発弾を発見し、そのことを自衛隊に連絡したのか。さらには「綾瀬署」の人間をそっくり「千住署」に移動させることを決定したのは警視庁のどこであったのか……などということである。

が、不思議なことに、すべてはすでに決定済みのこととして了解され、大波が一気に押し寄せるかのように、署員全員をいやおうなしに一方向に流していったのだ。

何が発端になって、しかも上層部のどこで意思決定がなされ、その命令系統がどうなっているのか、すべてがうやむやのうちにことが処理されたきらいがある。

問題は警察の通信系にあったといってもいいかもしれない。——警察の通信系は大きく二系統に分けられる。広域共通の地域系・専務系、それに警察署単位の署活系である。

不発弾処理に関しては、すべてこの署活系無線を介して連絡が行われた。署活系は、主に警察署と外部の警察官とのあいだで使われる通信系であって、他警察署との混信を避けるために出力は一Wに抑えられている。そのため盗聴傍受は技術的に困難とされているのだが、それだけに、万一、この署活系無線が第三者に乗っ取られるようなことになれば、ある意味では、所轄署そのものが占拠されたに等しいといえるだろう。

この夜——

不発弾が発見されたという報告が入ってから、署員全員の「千住署」への避難が決定され、自衛隊の不発弾処理隊が到着するまで、あまりにすべてが矢継ぎ早に起こったために、誰も事態を大局から冷静に見きわめることができなかった。

一つには、いまにも不発弾が爆発するかもしれない、という恐怖と不安が、綾瀬署員の冷静さを奪ってしまった、ということもあるだろう。もう一つには、不発弾処理隊の迅速な判断、そのてきぱきとした動きが、署長以下、幹部たちの全面的な信頼を得たということもあるかもしれない。

要するに、「綾瀬署」の誰一人として、すべては署活系無線が乗っ取られたことから起きているのではないか、という疑いを持つ余裕などなかったのだ。

不動産屋の志村雄三が射殺されたことも含めて、「綾瀬署」が扱っていた、あるいは扱うべき事案はすべて、この時点で、いわばペンディングになってしまった。

午前一時……十数人の処理隊員が、トラックとジープに分乗し、署に現れたのだが、その全員がフルフェイスのヘルメットを被っていて、誰もその顔だちを見てとることができない。ヘルメットばかりか、全員が防弾チョッキを着て、楯《たて》を持ち、まことに物々しいのだ。

が、処理隊員のことを全面的に信頼している署長たちの目から見れば、そのこと自体がすでに信頼に値することのように見えるのだった。

処理隊員の一人が、

「不発弾の処理にはロケットレンチという方法を用います。まず鉄の枠を信管にネジで固定して、それにロケットを装着し、薬筒を装塡《そうてん》します。その装置にロープを繋《つな》いで、それを一メートルほど離れたところに立てた杭《くい》に結びつけるのです。さらに五〇メートルほど離れたところから、導線を延ばし、その薬筒に繋ぎます。導線に電気を通し、火薬爆発したガスの勢いで、ロケットレンチが回転し、信管が外されるというわけです」

そう説明したが、これは署長以下、幹部たちにはチンプンカンプンだったようだ。彼らはただ互いに顔を見あわせただけだ。

それを見ても処理隊員の態度が変わることはなかった。その口調はあくまでも冷静であり、その表情はフルフェイスのシールドに隠されて見ることができない。

「要するにかなり危険な作業だということです。署員の皆さんには、全員、すみやかに退去していただきたい。われわれのほうで申し上げたいのはそれだけです。署員のどなたにも残っていただいては困る」

「それはもう」署長は力強くうなずいていった。「おっしゃるとおりにします。わが綾瀬署には、皆さんの指示にそむいて署に残るような不届き者は一人もいません」

署長の言葉はおおむね事実であったが、完全に事実だったとはいえない。わずかに一人ではあるが、不届き者はいた。ただ一人、「喪失課」の岩動が署内に残っていたのである。

が、そのときの——いや、そのときにかぎらず、いつだって、というべきか——署長の脳裏には、「喪失課」などといういかがわしい部署は存在していないも同じだった。その意味では、やはり、そうした不届き者はいない、といってもいいかもしれない……

いくら岩動が名うての不精者だからといって、まさか、この期に及んで、体を動かすのが面倒だったというわけではない。

あまりに怠け者でありすぎるために、誰もその事実に気がつかないのだが、じつは岩動はきわめて推理の才に長《た》けている。自転車置き場から不発弾が発見されたということが、以前から、「綾瀬署」の管轄内において、多数の自転車が盗まれているという事実に繋がって、その推理の冴《さ》えが発揮されることになったのである。

「妙なことをいうようだが、不発弾は発見されたわけではないのではないか。誰かがあらかじめ——たぶん直前に——、そこに埋めたものが、いま掘り返されたにすぎないのではないか。

あの自転車置き場に搬送されるはずだった放置自転車が何十台も盗まれている。放置自転車を搬送しているトラックが消えてしまった。盗まれた宅配便ワゴン車には自転車が積まれてあった。ヒモの竜に野村が殺されるのを目撃した斎田が北綾瀬を綾瀬と勘違いしたのも駅前に多数の自転車が放置されていたからだ。多分、誰かが放置自転車をどこかに搬送する途中だったのだろう。

それもこれも何も自転車を盗むのが目的だったわけではなかった。放置自転車が、多数、自転車置き場に搬送され、不発弾を埋める場所がふさがれてしまうのを防ぐためだったとは考えられないだろうか。もちろん、自転車置き場に不発弾まがいを埋めるためには、土地の所有者である志村を抱き込む必要があるだろうがな」

と、これは岩動が電話で鹿頭に伝えたことである。つまり岩動は不発弾が発見されたというそのこと自体の真偽を疑っていたことになる。――さすがに岩動は鋭い。

が、まさか自衛隊不発弾処理隊そのものが偽者であるとまでは考えなかった。そこまで疑っていたとしたら、署に残ろうなどとは夢にも思わなかったにちがいない。岩動に欠けているものは数多くあるが、なかでも犠牲的精神はその最たるものだからだ。

が――

そんな岩動も、不発弾処理隊が到着して十分後、署内の電話がすべて不通になってしまったのを知って、自分がとんでもない危機にさらされていることに気がつかざるを得なかったのである。

9

そして、いま――一人、夜道を、とぼとぼ歩いているのは年代だ。

すでに午前一時をとうに回っている。これはもう残業などというものではない。たかが「喪失課」の刑事がこんな時刻まで外で働いているのは異例というほかはない。不発弾騒ぎで「綾瀬署」が空っぽになっていることは知っているが、偏屈で、臍曲《へそま》がりの年代には、そんなことはどうでもいいことだ。むしろ誰も働いていないということを知って、なおさら、やる気が増した。年代にはどうもそういうところがある。

いま年代は相馬一郎《そうまいちろう》のアパートを訪れようとしている。相馬は二十四歳、いわゆるフリーターである。盗聴を趣味にしていて、偶然、「誘拐」の電話を聞きつけることになってしまったのだという。どこで「誘拐」が起こっているのか、それを知りたい一念から、ピザ屋のデリバリーを襲い、配達用の地図を奪った……

厳密にいえば、どんなささやかなものを奪ったところで、盗難に変わりはないのだろうが、やはりピザ屋の配達用の地図を奪ったぐらいのことで、犯人の身柄を確保する気にはなれない。一応、免許証で住所を確認したうえで、相馬を解放したのであるが、まがりなりにも「誘拐」事件が解決し、ふと彼のことが気にかかった。

相馬はピザ屋を襲う以前に、やはり配達用の地図が欲しい一念から、宅配便のワゴン車を襲っている。こともあろうに、そのワゴン車は盗難車であって、運転していた男ともども消えてしまったのだが、その荷台には自転車が何台も積まれていたのだという。

――自転車……

死んだ伊勢原はその盗まれたワゴン車のことを交通課の谷村《たにむら》婦警に訊いているのだという。

様々な事件が起こったのだが、どうも、それらの事件は互いに微妙に関連しているふしがあるのだ。そして年代の見るところ、そのいわばキーワードとでもいうべきものが〝自転車〟であるらしい。

伊勢原がワゴン車のことを谷村婦警に聞いたのも、その荷台に積まれていたのが自転車だったからではないだろうか。

年代はふと、もう一度、そのことを確認しておきたくなって、相馬のアパートを訪ねる気になったのだが、じつはこれは無意識のうちに何か直感のようなものが働いたからかもしれない。

……相馬のアパートは北綾瀬にあった。二階建てのアパートで、相馬の部屋はその二階にある。部屋の窓には明かりがともっていた。ドアにも鍵がかかっていない。

それなのに声をかけても返事がない。試しにドアを開け、なかを覗いてみたが、ワンルームのその部屋に、相馬の姿はない。

部屋は散らかり放題に散らかっていて、なにか必要最低限の荷物だけをまとめて大急ぎで出ていった、という印象が強い。要するに、逃亡したわけなのだろうが、どうして相馬にこんなふうにして逃げる必要があったのだろうか。

相馬は、たかが盗聴をし、ピザ屋から地図を奪っただけのことではないか。年代にしても、相馬が罪を問われることはない、とはっきり断言しておいたはずなのだ。

――それがどうして相馬は、こんなふうにして大わらわで逃げなければならなかったのだろう。

「…………」

年代はたたきのところに立って、ぼんやりと部屋のなかを見まわしている。

部屋の奥に粗末な机があって、そのうえにガソリンのガロン罐《かん》、排水管洗浄剤の罐、それに業務用の動物性脂肪マーガリンの大箱などが置かれてあった。

これはあまりにとりとめのない奇妙な組み合わせではなかろうか……

――ガソリン、排水管洗浄剤、マーガリン……

それらの物を見ているうちに、しだいに年代の顔が引き締まってきたようである。

思い出したことがあった。というか、これはそもそも最初から忘れてはならないことであったろう。

ここ何カ月か「綾瀬署」の管轄で放火があいついで起こっている。それぞれの放火現場に互いに何の関連もないことから、これは愉快犯の犯行であろうと推測されている。要するに、誰かが面白がって火をつけてまわっているのにちがいないのだ。——年代はそのことを思い出した。

——どうして相馬に、広帯域受信機を持って、綾瀬・北綾瀬の街を盗聴して歩きまわらなければならない必要があったのか。

年代はもっとそのことを考えてみるべきだったのだ。もちろん、それは相馬が放火犯であるからに他ならない……それ以外に考えられないことではないか。

こともあろうに年代はみすみす放火犯を取り逃がしてしまったのだ……

ここ、足立区の綾瀬はけっして繁華な街とはいえない。

それが、いまは午前二時。——ただでさえ、この時刻、綾瀬の環七通りは人通りが絶えて、しいんと静まり返ってしまう。ましてや、今夜は不発弾騒ぎが起こって、道路のそこかしこが交通規制され、住民は外出の自粛を求められ、この綾瀬の一帯は死の街ででもあるかのように人の姿がない。

環七通りは、そのほとんどが闇の底に沈んでいて、ただ街灯だけが青白い灯を連ねているのだが。

そんななかにあって、そのバイクショップだけは煌々《こうこう》と明かりが灯っている。

プレハブ小屋のような小さな店舗に、だだっ広いガレージが付いていて、そこに何十台ものバイクが展示されている。屋根には大きな看板が載り、そこには稚拙な馬の絵が描かれ、"Bareback"という店の名を、おびただしい豆電球が飾っているのだ。

派手なうえにも派手な店で、要するに、たんなるバイクショップではないのだろう。改造バイクの専門店で、この界隈での、暴走族の若者たちのたまり場になっているようなのである。

いま——

そのバイクショップのまわりにエンジン音がゴウゴウと鳴りわたっているのだ。おびただしい数のバイクが集まっている。三十台ではきかないだろう。ほとんどのバイクが改造がほどこされ、マフラーを切っていて、排気音が凄まじい。そのヘッドライトがもうもうとたちこめる排気ガスを透かして眩《まばゆ》いばかりにきらめいていた。

若者たちは、ときにエンジンを噴かし、ときに奇声を張りあげ、ときに店のぐるりを走りまわっている。要するに尋常ではない。誰もかれもが狂ったように興奮しきっているのだ。ほとんど暴徒と呼んでもいいほどまでに血走って昂《たかぶ》っている。

これはどうやら「関東親不孝《おやふこう》魁《さきがけ》連《れん》」であるらしい。——綾瀬一帯をねじろにしている暴走族で、近年、凶悪化の一途をたどり、暴走行為はもちろんのこと、恐喝、大麻、覚醒剤《かくせいざい》の売買にいたるまで、悪いことでやらないことは何もない、とまでいわれている。暴力団の末端組織化している、ともいわれていて、その凶暴なことは他に類を見ない。

いま、その「関東親不孝魁連」の若者たちが興奮して騒いでいるのだ。理解に苦しむことだった。この“Bareback”はいうならば彼らの巣のようなものではないか。アウトローというのは自分たちのたまり場ではおしなべておとなしいものだろう。それが、いま、彼らはほとんど狂騒状態にあるといっていいほどなのだ。いったい何があったのだろう。

若者たちのバイクは円陣を組んでいる。その円陣の中央に、やはりバイクに跨がって、二人の男女がいる。一人はあのユキという少女で、もう一人、大きな男は、あのヘボピーであるようだ。「ワイルド7《セブン》」のユキとヘボピーだ。

ユキはしきりに何か叫んでいる。何かを説得しようとしているようだが、暴走族の若者たちは一斉に奇声を張りあげ、エンジンを空ぶかしし、彼女の声を虚《むな》しくかき消してしまう。そのためにユキの声はほとんど何も聞こえない。

若者たちはそんなことはまるでおかまいなしの傍若無人さだ。排気音を噴きあげ、奇声を張りあげて、ひたすらユキのまわりを走りまわっている。

「わからないのか」耐えかねたように今度はヘボピーが大声を張りあげる。「おまえたちはただ利用されようとしているんだぞ。いいように利用され、あとはゴミ屑みたいに捨てられるのが落ちじゃないか。それでもいいのか。話に聞いたかぎりでは、サクラという野郎はそんな甘いやつじゃない」

「甘かろうが甘くなかろうが、そんなことはどうでもいいだろうよ。こいつはおれらが男になるチャンスなんだ。おれらでよ、マッポに一泡ふかしてやるんだよ——」若者たちの一人が笑い声をあげる。それにつれて他の若者たちも奇声を張りあげ、エンジンを空ぶかしする。理性を失っている、というより、そもそも、この若者たちには最初から失うべき理性などないのかもしれない。

ユキが声を振り絞って叫ぶ。「いいように利用されて、それでどうして男になれるんだよ。利用されて、コケにされて、それで男になんぞなれるわけないだろ」

若者の一人が、ヘルメットを地面にたたきつけると、うっせえんだよ、と喚《わめ》いた。

「利用されよが、コケにされよが、おれらの勝手だろ。放っといてくれよ。何たって警察を襲撃するんだぞ。これで血が騒がなけりゃ男じゃねえよ。こんなスカッとすることたねえだろよ」

そのときのことだ。ふいに若者たちの背後から、そんなわけにはいかないよ、とそう声が聞こえてきたのだ。

「…………」

若者たちは驚いたようだ。一斉に声のしたほうに顔を向ける。その視線の先、円陣の後ろから、若者たちのあいだを縫うようにして、一人の男がゆっくりと中央に進み出てきた。

見るからに冴えない中年男だ。ニヤニヤと笑っている。

若者たちの顔をぐるりと見わたすと、そんなわけにはいかないよ、と繰り返して、

「暴走族が大挙して警察など襲ってみろよ。とんでもないことになる。おまえら、もう一生、浮かばれないぞ。悪いことはいわない。そんなことはよしにするんだな。警察ぐらいメンツを大切にするところはない。自分たちの顔を潰《つぶ》されたとなったら、徹底的におまえらを潰しにかかるぜ。おまえら大変なことになるぜ」

若者たちはけげんそうに互いに顔を見あわせた。なかの一人が、「何だ、おまえはよ」と不機嫌な声で聞いた。

男は笑う。「綾瀬署の鹿頭という者だよ。交通課じゃねえぞ。『失踪課』だ」

「マッポかよ」若者たちはどよめいた。それまでの興奮が嘘のようにサッと退潮していくのがわかった。

暴走族の若者たちにとって、同じ警察の人間でも、交通課の人間はさほど恐ろしい存在ではない。慣れているし、いくらか舐めてかかっているところがある。が、それ

だけに、交通課以外の刑事が相手となると、それだけで腰が引けてしまうところがある。なに、「失踪課」など大したことはないのだが、それでも過大評価しすぎるきらいがある、といっていいかもしれない。

「警察署を襲撃する、だ？　穏やかじゃねえな。何だったら、ここに機動隊を呼んでやろうか。機動隊は交通課のようにお上品じゃねえぞ。おめえら、みんな前科《まえ》がつくことになるぜ――」

鹿頭はせせら笑いながらいう。実際は、どうなることか、と内心ハラハラしているのだが、そんなことはオクビにも出さない。こうなればどこまでもハッタリを貫き通すしかないのだ。

そのときのことだ。ふいに若者の一人がサッと右手を振りあげたのだ。

そのとたんバイクのエンジン音が一斉に高まった。耳を聾《ろう》する凄まじい轟音が急速に噴きあがった。ほとんど爆発音に匹敵するほどだ。若者たちがなかばヤケクソのように奇声を張りあげる。

排気ガスがもうもうと立ちのぼった。そのなかをヘッドライトが右に左に閃《ひらめ》いた。

「関東親不孝魁連」と刺繍《ししゅう》された幟《のぼり》が風に揺れる。

バイクが次々に環七通りに出ていった。そして三十台以上ものバイクがあっという間に走り去ってしまう。

夜の闇のなかに、バイクの轟音が遠ざかっていき、やがて、それもプッツンと途切れたように消えてしまう。

あとにはただ排気ガスと、鹿頭、それにユキ、ヘボピーの三人だけが残される。

鹿頭はホッと息をつく。何か気落ちしたような表情になっている。そして手のひらで顔をブルンと撫《な》でおろした。どうやら手のひらに煤煙《ばいえん》がついたらしい。顔をしかめ、それを見つつ、あんた、もとはゾクだったんだってな、とヘボピーにそういう。

鹿頭は話をつづけた。

「あんたは岩動と一緒に野村という男を殺した野郎のことを嗅《か》ぎまわった。そのときに課長のことにかこつけて岩動に何かほのめかそうとした。あんたはどこかの地上げ屋のために動いているらしい。ということは、何か地上げがらみのことで、内々に警察に知らせたいことがあったんだろう。何を、どうして警察に内通したかったのか、それが岩動にもおれにもわからなかったわけなのだが。

あんたは若いころにゾクだった、という話を聞いたよ。それも『ワイルド7《セブン》』というマンガからその登場人物の名を取ってヘボピーと呼ばれていた、ということを聞いて、同じように『ワイルド7《セブン》』のユキと名乗っている女の子のことを思い出した。あんたら暴走族のヘッドは、代替わりしながら名前を引き継いでいくことがよくある。多分、ユキはあんたの後継者なんじゃないか。おれはそこまで考えて、あんたがどうして警察に内々知らせなければならなかったのか、それが呑み込めた気がしたよ。あんたは自分の後継者であるユキのことを助けようとしたのではなかったか。

あんたは、地上げ屋の仕事をしていて、『関東親不孝魁連』のことで、何かヤバイことでも聞きつけたんだろう。あんたは、そのことにユキを巻き込みたくない、とそう思った。そういえば、ゾクの奴ら、警察署を襲う、とかそんなことをいってたな。要するに、そんなようなことだろう。あんたとしてはユキのことが心配でならない。そうかといって、あんたとしても、地上げ屋仲間の義理があるかどうかで、表立ってそれを妨害することはできない。それで、岩動と一緒に動いているときに、課長のことにかこつけて何かほのめかそうとした、要するに、そういうことだったんじゃないのか。

じつは、ユキさん、昨日、しょうぶ沼公園で、あんたがパンティを振りまわしているのを見て、そして、それをゾクの連中にやると叫んでいるのを聞いて、何とはなしに、出撃、という言葉を思い浮かべたのさ。まさか、連中が『綾瀬署』に出撃しようとしているとまでは思わなかったけどな」

「………」

ユキは顔を赤らめた。そっぽを向くようにして鹿頭から顔をそむける。

一瞬、ヘボピーはそんなユキを見つめたが、すぐにその視線を鹿頭に移し、しばらく彼のことを見つめた。そして、何かぼんやりした声で、つまりな、という。

「とんでもねえ話を聞いたわけよ。何でもサクラという野郎が『綾瀬署』を地上げすることを思いついたんだと。こともあろうに警察を地上げしようというんだから、まあ、おれもおったまげたね。こいつはまともな話じゃない。こんなことにユキを巻き込むわけにはいかねえ。な、そうだろ」

「…………」

「地上げするためには『綾瀬署』を襲撃しなければならない。狙った店にトラックを突っ込ませるのと同じことなんだろうさ。そのうえな、『綾瀬署』を襲撃するそのいわば露払いとして暴走族を使う、という話も聞いた。何もユキのことばかりじゃない。おれとしては『関東親不孝魁連』の後輩たちのことも心配だった。警察署を襲撃するなんてどだいとんでもない話だからな。うまくいくわけがない。ああ、お察しのとおりだよ。何とか、その計画を中止させるために、あの岩動という刑事に、あることないこと、あれこれしゃべったというわけなのさ」

　鹿頭はわずかに首を傾げるようにし、ヘボピーの話に聞きいっていたが、やがてニヤリと笑うと、ユキのほうを見て、これで二度めなんだよ、とそういった。

「二度め?」ユキがけげんそうな顔になる。「何が二度めなの」

「二度めの純愛さ」と鹿頭はほかの人間には分からないことをいい、「どうやら、このへボピーという兄さんは、あんたのことが好きなようじゃないか」

「…………」

ユキはさらに顔を赤らめた。この野性的な少女からはちょっと想像することのできない純情さだ。考えてみれば、バイクに跨がって突っ張ってはいるが、彼女はまだハイティーンの少女にすぎないのだ。

それを見ながら、鹿頭はどこか悩ましげな表情になって、指であごを掻いて、「それにしても信じられねえ。警察を地上げしようってか。何とも恐れ入った話だぜ。世も末だよな。そんな奴らを相手にするんじゃ、今度ばかりは、おれも命懸けということになりそうだな」と言い、なにか妙な笑い方をすると、出撃か、とつぶやき、「ユキさん、おれはあんたに頼みたいことがあるんだよ」口調をあらためてそう言った。


すでに午前四時を回っている。

その男は「綾瀬署」にのっそり現れた。牛乳の一リットル・パックを持っている。ときおり、それをラッパ飲みしていた。

「綾瀬署」のなかでは自衛隊員の格好をした十数人の男たちが忙しげに動きまわっている。

不発弾の撤去をしようとしているのではない。というか、そもそも不発弾など最初からない。不発弾を撤去するどころか、その逆に、男たちはサクラの命を受けて、「綾瀬署」の建物を爆破するために働いているのである。

　牛乳パックの男は、そんな男たちの一人に、ヨウ、と機嫌のいい声をかけると、

「機捜の覆面パトカーが高速から降りてきやがった。うまい具合にガス・ステーションに入ってきやがったんでな。ふんじばって事務所に放り込んどいたよ。それにしても、仕事を急がないと、そろそろ町を封鎖するのも限界に来てるぜ」

　男たちは顔を見合わせ、なかの一人が、

「機捜の覆面パトカーか。そいつはてこずったんじゃないか」

「なに、そうでもない。あいつら、高速の加平出口のつもりで八潮南出口に降りてきやがった。それで、どうやら町が消えた、とそう思ったらしい。サクラのいったとおりさ。あまりのことに呆然として抵抗するどころじゃなかった。もっとも――」男は牛乳パックをグイと一飲みして、「あいつらにはそのほうが幸せだったろうよ。下手に抵抗しようものなら蜂の巣になってたろうからな」

　男たちによって、首都高速の加平ランプは封鎖され、その路上の表示も撤去されていた。その替わりに八潮南出口の表示が「加平出口」の表示にすり替えられている。

　これというのも両者の出口が酷似しているから可能になったことで、ランプを出てからの町の様子にも、やや似ているところがある。ただ北綾瀬の町はそれなりに賑《にぎ》わ

ってはいるが、八潮南のほうはそれほどではない。

要するに、加平ランプのつもりで、八潮南ランプを出た人間は、予想に反する町の寂れように、たしかに北綾瀬の町そのものが消えたものと錯覚するにちがいない。

これもサクラの計画したことで、その目的は、北綾瀬の町をできるかぎり封鎖してしまうことにある。子供だましといえば、それまでのことだが、これは要するに、そうまでしても「綾瀬署」の地上げを成功させたい、というそのあかしに他ならないだろう。町を空っぽにして、そのあいだに「綾瀬署」の建物を木っ端みじんに爆破してしまうつもりなのだ。

その手口の大胆不敵で、周到なことは、たしかに犯罪社会でナポレオンとうたわれるだけのことはある。牛乳パックの男をリーダーにして、十三人もの男たちが一糸乱れずに動いているのも、つまりはそれだけサクラという人物が、プロの犯罪者たちに信頼されているからに他ならない。

「綾瀬署」の地上げに成功すれば、サクラは地上げという業界のトップに登りつめることができる。もう業界の誰もサクラには逆らえない。そればかりか、いったんサクラが、ある土地に目をつければ、もう誰がどんなにあらがったところで、その土地はサクラの所有に帰することになるだろう。

いまの日本では何より土地を持っている人間が強いのだ。このことばかりは否定しようがない。それはとりもなおさず、サクラが日本の実質的な支配者になるということを意味している。

男はとうとう一リットル入りの牛乳パックを飲みほした。

それを床に投げ捨て、靴で踏みにじると、向かいあっている男の手からヒョイとウジ軽機関銃を取り上げた。そして無造作に、じつに無造作に、一階のカウンターに向かって、タラララ、と連射したのだ……

10

「動かないほうがいい」と男はいった。「動いたら――危険だよ」

改めていいわれなくても岩動に動くつもりはない。いや、ピクリとも動けないのだ。まったく冗談ではない。

なにしろ優に十人を超える数の男たちが武装しているのだ。なかには自動小銃を持っている者さえいる。下手に動こうものなら蜂の巣になってしまう。

いま岩動は綾瀬署の一階にいる。一階にはカウンターがあって、総務、交通、生活安全などの部署がある。岩動はそのカウンターのかげに身をひそめているのだ。そして何とかして地階に行けないものか、とそのことを考えている。

地階には拳銃が保管されているロッカーがある。拳銃一梃で武装集団を相手にどれほどのことができるか疑問だが、少なくとも素手で立ち向かうよりはましだろう。なにより素手で射殺されるよりは、拳銃一梃でも持って死んでいたほうが、さまになるというものだ。これで岩動にもそれなりにプライドというものがあるのだ。

「…………」

岩動は大きく息を吸い、その息をいったんとめて、ゆっくりと吐いた。

そして地階につづく階段に向かい、背中をかがめ、一気に走った。いや、走ろうとしたのだが——

そのとたん一斉射撃が起こり、ガアン、と凄まじい銃声が爆発音のように轟いた。

そして、おびただしい銃弾が飛んできて、カウンターを削り、岩動の体のうえに容赦なく木屑を散らした。

牛乳パックの男がサッと右手をあげた。一斉射撃がやんだ。

男は目を狭めるようにして、カウンターを見つめた。カウンターのかげに動く人影はない。誰であるかは知らないが、そいつは牡蠣《かき》のようにジッと殻のなかにへばりついているわけだ。どうやって殻からひっぱがせばいいだろう。

そいつが拳銃を持っているかどうかはわからない。多分、持っていないだろう。が、確信があるわけではない。拳銃を持っていないと決め込んで行動するわけにはいかない。

どちらにしろ急がなければならない。あまり時間がないのだ。いくら警察が間抜けでも、いい加減、自分たちがだまされたことに気がつきそうなものである。こんなふうに派手に発砲したのではなおさらのことだろう。

「綾瀬署」の建物はかなり大きい。地上げをするには、上物をとっぱらって、きれいな更地にする必要がある。つまり「綾瀬署」を木っ端みじんに破壊しなければならない。これだけの建物なのだ。それを粉々に破壊するには、かなり入念に爆弾を仕掛けなければならないだろう。そのためには、

――まずは三時間はかかるだろう。

と、踏んだ。いま、その三時間が過ぎようとしている。ぎりぎりのところで思いもかけない邪魔が入った。マズイ。いま、この瞬間にも、警察がドッと戻ってきてもおかしくはないのだ。

――そう、急がなければならない。

が、牛乳パックの男が考え込んだのはほんの一瞬のことだった。どんなときにもこの男は判断が早い。

まず指を鳴らし、配下の男たちに、自分のほうに注意を向けさせる。指を二本立て

て、次には、その指を階段のほうに向ける。

要するに、二人の配下に、地下に向かえ、と命じたわけだ。地下からは、べつの階段に出て、カウンターの後ろにまわり込むことができる。カウンターのかげに隠れている男を挟撃することができるわけである。

軽機関銃をわずかに振って見せたのは、いざというときには援護射撃をしてやる、という意思表示だった。

二人の男が物陰からサッと飛び出した。牛乳パックの男は軽機関銃をかまえたが、カウンターのかげから弾が飛んでくる様子はない。やはり、そいつは拳銃を持ってはいないのだろう。二人の男は地下に通じている階段に飛び込んでいった。

それを見て牛乳パックの男はニンマリとほくそ笑んだ。すべてはうまく運ぶだろう。

何の問題もない。

そうではなかった。

問題はあった。ありすぎたぐらいだ。

二人の男は地階に下りた。

そのとたん、ロッカーのかげから人影が飛び出してきて、いきなりものもいわずに、先頭に立っていた男を、消火器で殴りつけたのだ。

カアン、と軽快な音がとどろいて、男は床にたたきつけられ、失神した。

もう一人の男はとっさに拳銃をかまえようとした。三十八口径のスミス&ウェッソン。リボルバーだ。引き金を引いたが、弾は発射しなかった。いや、弾が出ないどころではない。撃鉄そのものがなにか柔らかいものを噛《か》んで動かなくなってしまったのだ。

「…………」

男は自分の拳銃を見てあんぐりと口を開いた。

拳銃にはすっぽりピンクのパンティが被せられていたのだ。これを銃身に被せられたのではリボルバーは作動しない。

「ユキのパンティさ。出撃するんで貰ったんだ――」

と好色漢の鹿頭はそう言い、頭上に、高々と消火器を振りあげた。今回も消火器は軽快な音をとどろかせた。

地階に通じる階段の胸壁から腕だけが覗いた。そして手のひらを上に向け、その指を鉤《かぎ》型に曲げる。ひらひらと指を泳がせた。

こちらに来い、というのだろう。ということはカウンターのかげに潜んでいた男は片づけたということなのだろうか。

「…………」

牛乳パックの男はそうと意識せずに眉をひそめていた。かすかな違和感があった。が、その違和感が何から生じたのか、自分でもそのことがわからなかった。

――ちょっと待て。

牛乳パックの男はそう制止すべきだった。自分でもそのつもりだったのだ。が、ほんの一瞬、タイミングが遅れたようだ。ほんの一瞬、そう、ほんの数秒ばかり――牛乳パックの男が口を開きかけたときには、もう配下の男たちは、すでに二人、三人と、物陰から出ようとしていた。

そのとき階段の胸壁のかげからカウンターに向かって何かが音をたてて床を滑っていった。

――ニューナンブM60！

警察官の持つ拳銃なのだ。

牛乳パックの男はそのことに気がついて声をあげようとした。だが、そのときにはすでに遅かった。

ニューナンブがカウンターのかげに滑って入った。

その瞬間、男が一人、そのニューナンブをかまえ、カウンターから飛び出してきた。

仁王立ちになって拳銃を連射する。

それと同時に――

階段の胸壁のかげからも何発か銃弾が飛んできた。

銃声が炸裂する。床と天井にこだました。

配下の男が二人、ふいに操りの糸が切れでもしたかのように、その場にくずおれる。

この二人の男はいわば不注意の報いを受けたわけなのだろう。

撃たれた男たちは悲鳴もあげなかった。現実と映画とはちがう。実際には、撃たれて悲鳴をあげる人間は、そんなにいない。

岩動は両手でニューナンブをかまえ撃ちまくっている。なかば自棄《ヤケ》になっていた。

それというのもニューナンブM60は、サイトの照準すらないほどで、命中精度がきわめて悪い。携帯性を高めるために、銃身もわずか二インチに縮められていて、これも命中率を悪化させている。要するに、日本の警察官の場合には拳銃を使用するという状況が設定されていないといっていい。威嚇射撃が可能なほどの命中精度があればそれで十分なのである。

それに加えて岩動の怠け癖がある。この何年間、規定の射撃訓練さえこなしていない。銃に触れたことすらないのだ。つまり、これほど無能な射手はいないといっていい。どんなにむきになって撃ちまくったところで的に当たる気遣いがない。自棄にもなろうというものだ。

カウンターのかげから飛び出したのは逃げまどうのが面倒だったからだ。仁王立ちになって撃ちまくっているのも、つまりは弾を避けるのが面倒だからで、岩動の不精もここにきわまったといっていい。

いうまでもなく階段の胸壁に隠れて撃っているのは鹿頭である。まさか、不精がきわまって、全身をさらしているとは夢にも思わないだろうから、岩動の予想外の勇気に驚いているのにちがいない。

が、鹿頭の拳銃の弾が尽きたようだ。鹿頭にしろ岩動にしろ、あまりに、むやみに撃ちすぎる。一瞬、階段の胸壁からの銃火が絶えた。

その隙に、一人の男が物陰から飛び出してきて、岩動に向かい、ウジ軽機関銃をかまえた。その動きは敏捷で落ち着いていた。

さすがに岩動は狼狽《ろうばい》したようだ。引き金をガク引きしたが、すでにニューナンブの弾も尽きていた。カチカチと撃鉄が虚しく鳴るだけだった。岩動は自分が射撃のシロウトであることを無残にさらしてしまった。男が笑った。獰猛《どうもう》に歯を剝《む》いていた。

そのときのことだ。どこからか男めがけて火炎瓶が飛んできたのだ。火炎瓶は男の立っている床に落ちて炎を噴きあげた。男の体が炎に包まれた。男は絶叫を振り絞ってくるくるとコマネズミのように舞った。

火炎瓶を製造したのは年代なのだ。

原料はすべて連続放火犯の相馬の部屋に残されていた。ガソリン、排水管洗浄剤、それにマーガリン。これはすべて火炎瓶の材料なのだ。

排水管洗浄剤は要するにアルカリである。マーガリンは動物性脂肪のものである。ガソリンに脂肪を加え、さらにアルカリ液を混ぜると、どろどろのゲル状になる。これが火炎瓶の材料になるのだ。

たしかに年代はそのキャリアからいえば、ベテランと呼ぶべきであろうが、残念ながら、年の功といえるほどの経験の蓄積は何もない。歳をとるにつれ、偏屈に、臍曲がりになっていっただけで、ただ、いたずらに馬齢を重ねたのみといっていい。

そんな年代が、これだけは、かろうじて知識に蓄えていたのは、放火犯人たちが火炎瓶を製造するのにどんな材料を使うか、というそのことであった。

署に戻ってすぐに異常に気がついた。この銃撃戦は尋常ではない。

「千住署」に連絡しようにも、「綾瀬署」内の電話はもちろん、その周囲にある公衆電話もすべて壊されている。もっとも、これだけ派手に銃撃戦が展開されているのだ。どうせ、誰かがそのことに気がついて、警察に連絡してくれるのにちがいない。

そのことは問題ではない。問題は、いま、ここで展開されている銃撃戦で、どう「喪失課」の同僚たちを救うか、というそのことではないか。どうすべきか。

さすがに年代の判断は早かった。こんなときにあれこれ躊躇《ちゅうちょ》するような愚かしいことはしない。

署の湯沸かし室にこっそり入って、そこで火炎瓶を造った。――脂肪をガソリンに加えて三十秒ほど掻きまわす。アルカリを同量の水に溶かして、掻きまわし、さらにそれをガソリン混合液に加え、どろどろになるまで掻きまわす……湯沸かし室には自動販売機の清涼飲料水の空きビンが積み上げられている。その清涼飲料水のビンにゲル状になった燃料を詰め替えた。

一日、二日置いたほうが、燃料がペースト状になって、火炎瓶の燃料としてはより望ましいのだが、もちろん、いまは、そんな悠長なことはいってられない。七、八本の火炎瓶を造ると、それをプラスチックの函に入れて、一階に運んだ。そして銃撃戦のさなかに敵に向かって投げつけたのだ。

ゲル状になった燃料は、皮膚や衣類に付着して、そこで燃えあがる。手ではたいても、また水をかけても、火炎瓶の炎は容易に消すことができないのだ。それが火炎瓶という武器の恐ろしさなのだった。

四本、五本と投げつけるうちに、男たちの何人かは炎に包まれ、悲鳴をあげて逃げまどうようになった。これで男たちはいちじるしく戦意を喪失したようだ。

第一、いたるところに炎が燃えあがって、もう爆弾を仕掛けるどころではない。すでに「綾瀬署」を粉みじんに爆破するというサクラの作戦はこの時点で破綻《はたん》していた。パトカーのサイレンの音が何重にも重なって聞こえてきた。なかには消防車も交じっているようだ。金切り声の悲鳴に似ていた。急速に近づいてきた。そのことに耐えきれずに男たちは先を争って逃げはじめた。

牛乳パックの男だけは冷静さを逸していなかった。もちろん作戦が失敗したことはすでに受け入れていた。が、そのことは受け入れても、何ら反撃することなしに、このまま逃げるのはプライドが許さなかった。誰かが作戦が失敗した責めを負わなければならないだろう。

黒煙がもうもうと舞いあがるなか、牛乳パックの男は、ウジ軽機関銃にマガジンを装塡し、床のうえをゆっくり匍匐《ほふく》前進している。火炎瓶を投げている男をまずやっつけようとそう考えていた。つづいて二人——銃を撃っている男たちをやっつけるのだ。

逃げるのはその後でも十分に間に合うだろう。男は間抜けな警察官たちに捕まるなどという可能性は頭から考えてもいなかった。そんな心配は不要だ。

たちのぼる煙のあわいに男の影が浮かんだ。しきりに火炎瓶を投げていた爺《じじ》イだ。いまはもう火炎瓶を投げようともせずに、ただジッと煙を透かすようにして、燃えあがる炎を見つめている。

牛乳パックの男は肘《ひじ》撃ちの姿勢で軽機関銃をかまえた。男の射撃の腕は正確だ。この距離からでは絶対に的を外しっこなかった。

——アバよ、爺イ……

男が引き金にかけた指に力を加えようとしたそのとき——

ふいに間近に、グワアッ、という轟音が炸裂したのだ。凄まじい音だった。男は仰天した。が、何が起こったのか、それを確かめている余裕さえない。次の瞬間、頭のうえに音をたてて壁がなだれ落ちてきたのだ。逃げることもできない。あっという間にその下敷きになってしまう。

突っ込んできたのは「志村不動産」を破壊したあのトラックだった。

二度のお勤めに、トラックは惨憺《さんたん》たる有り様になっていた。ラジエターが壊れ、シューシュー、と蒸気を噴きあげている。フロントグラスは割れてしまっている。ドアがぐにゃりと歪《ゆが》んでいる……要するに廃車だ。

ドアが乱暴に押し開けられた。遠藤と渡辺の二人が出てきた。さすがに二人は「綾瀬署」の惨状にあ然としたようだ。あっけにとられて署内を見まわした。

遠藤の視線が、瓦礫《がれき》の下敷きになって気を失っている男のうえでとまった。

遠藤はニヤリと笑う。そして、いった。「どうか受け取ってください。ほんの御中元のお返しですよ——」

が、遠藤に、そうして、いつまでもみえを切っているだけの余裕は与えられなかった。

銃声が轟いて、壁が崩れ落ちもうもうと舞いあがる砂ぼこりのなかに銃火が走った。もちろん相手にしても見通しが悪いことでは同じことだ。遠藤はとっさに物陰に身をひそめたが、そうでなくても銃弾は逸れたに違いない。

が、相手が何人残っているかはわからないが、いやしくもプロを自認している男たちが、いつまでも的を外しつづけることはありえないだろう。

それに対して、そもそも遠藤は拳銃を持っていない。どだい勝負にならないのだ。こんなことをしていたのでは、いずれはやられることになるのにちがいない。

パトカーのサイレンが近づいてくるにつれ何人もの男たちがバラバラと逃げ出すのがわかった。

が、残っている者もいた。その残っているうちの一人が遠藤を殺そうとしているのだった。

砂ぼこりのなかにうっすらと人影が浮かびあがった。右手に大きい拳銃を持っているのがわかった。その大きさからして四十五口径であるだろう。それに撃たれれば弾の射出口は握り拳ぐらいの穴が空いてしまう。とうてい助からない。その人影がゆっくり近づいてきた。

遠藤はズボンのポケットから紙マッチを取りだした。マッチを一本擦《す》って、紙マッチの蓋を閉じ、そこに燃えるマッチの軸木をさしこんだ。火が消えないように紙マッチをふわりと放り投げた。そして、瓦礫のなかからコンクリートのかたまりを取って、それをしっかりかまえた。

砂ぼこりのなかにヌッと男の顔が浮かびあがった。馬のように長い顔だ。遠藤がそこにうずくまっているのを見て馬のように歯を剥いて笑った。右手をのばし、その手首に左手を添えて、拳銃をかまえた。やはり四十五口径だ。その黒々と巨大な銃口がまるで死神の目ででもあるかのようだ。

「死ねや」と男はいった。

「糞ったれ」と遠藤がいった。

そのときのことだ。紙マッチが白い炎を発して燃えあがった。なにしろ紙マッチに挟まれてあったマッチがすべて一斉に燃えあがったのだ。その音と光はちょっとした銃声のようだった。

「………」

男が反射的に後ろを向いてしまったのも、当然のことだったろう。その後頭部があらわに遠藤の視野にさらけ出された。コンクリートのかたまりを叩きつけた。男は、ウッ、とうめいて、ガクリと膝を折り、その場にうずくまった。男の手から拳銃が落ちた。

遠藤は腰をかがめてその拳銃を拾おうとした。が、拾うことはできなかった。その鼻先にウジ短機関銃が突きつけられた。

そこに牛乳パックの男が立っていた。その血まみれの顔にニヤリと笑いを浮かべ、そうはいかないよ、といった。「おまえだけは生かしちゃおかねえ」

「………」

遠藤はほとんど何も考えていなかった。とっさに体だけが動いていた。いや、体を動かすというより、それはたんにチック症のような癖にすぎず、自分が何をした、という明確な自覚さえ欠いていた。要するにいつものように相手の向こう脛《ずね》を蹴っていたのだ。

もちろん牛乳パックの男はプロのヒットマンである。どんなときにも油断を怠らない。が、なまじプロであるだけに、まさか短機関銃を突きつけられている男が、これほど無造作に自分を蹴りつけてこようなどと思ってもいなかった。プロの常識からはありえないことだったのだ。

激痛が向こう脛を走った。悲鳴をあげてその場にひざまずいた。一瞬、短機関銃の銃口が相手から逸れたのは不覚としかいいようがない。もちろん、すぐに短機関銃をかまえようとしたのだが、そのときにはもう相手は拳銃を拾いあげて、それを男のひたいに突きつけていた。
「動くんじゃない」と相手はいった。
「こんなのありかよ」と牛乳パックの男はぼやいた。
そのときパトカーのサイレンが署のまえに轟いてとまった。

エピローグ

午前五時半——

渡辺《わたなべ》は疲れ切った体に鞭《むち》打って一台のワゴン車を走らせていた。

あの盗まれた宅配便のワゴン車である。証拠物件として押収されることになり、検察庁に搬送されることになったのだ。

なにしろ綾瀬署では、警察署そのものが襲われるという前代未聞の椿事《ちんじ》に、全員がパニック状態におちいっていて、手の空いている人間といえば、とりあえず「喪失課」の新米刑事である渡辺ぐらいしかいなかったのである。

どんなときであろうと、またどんなに活躍したところで、「喪失課」が冷遇されるという事情に変わりはない。そのことが渡辺を腐らせていた。

「冗談じゃないよ」

渡辺は憮然《ぶぜん》となっていた。

午前六時……

東京拘置所の養豚舎にうっすらと朝日が射している。

そこに二人の男が立っている。

一人は囚人のようだが、もう一人はそうではない。一人は〝彼〟――一〇〇五番。もう一人は「喪失課」の磯貝《いそがい》なのだった。

「あんたは以前、その必要もないのに無銭飲食をして、わざと伊勢原《いせはら》に捕まった。そして、無銭飲食の常習者という触れ込みで、ここに入った。もちろん、そのときにも、あんたが偽名を使って別人になりすましたことはいうまでもない。あんたとしては、東京拘置所の様子を見るために、試しにちょっと入ってみたかったのだろう。そして、すっかり東京拘置所の様子を調べたうえで、今度の『綾瀬署』地上げ作戦を計画し、あらためて拘置所に入ったというわけだ。

あんたの計画が狂ったのは、伊勢原が、自分が捕まえた無銭飲食の男の正体を疑って、あれこれと単独調査を始めたことだった。あんたとしては伊勢原を殺害しないわけにはいかなかったのだろうが……マズかったな。あんたは、多少、『喪失課』を甘く見過ぎたようだ」

一〇〇五番――いや、サクラはしばらく沈黙していたが、やがて低い声で、おれをどうするつもりなんだ、とそう訊《き》いた。

「どうするもなにも」磯貝は楽しげに言葉をつづけ、「あんたはもう東京拘置所に入っている。手間要らずさ。これから新たな罪状で起訴されることになる。何しろ、あんたはいろんなことをやりすぎたよ。裁判は長引くことになるかもしれないぜ」

サクラは首を傾《かし》げて、磯貝の言葉に聞き入っていたが、そうはならないだろう、と低い声でいい、長谷《はせ》というもと刑事、自殺か他殺かはわからないが、睡眠薬の瓶をバスタブの縁に置いたのはマズかったんじゃないか」

「…………」磯貝の顔がこわばった。

「長谷は睡眠薬を飲んで、もうろうとした状態で首をくくって死んだ。状況としては完全に自殺だ。しかし、あんたが死体を発見したときには、浴室には、睡眠薬の瓶は残されていなかったんじゃないか。睡眠薬の瓶はどこにあった？　ベッドのサイドテーブルにでもあったのか。まあ、そんなところだろう。

長谷が自殺をはかったのだとしたら手近な場所に睡眠薬の瓶が残っていないのはおかしい。それを見て、あんたは、これは長谷の奥さん——麗子《れいこ》さん、といったかな——が偽装した自殺ではないか、と疑った。当然のことだろう。それで、あんたはバスタブの縁に睡眠薬の空き瓶を置いたというわけだ。だが、バスタブの縁にしたのはマズかった。二十錠の睡眠薬を瓶からそっくり外に出す。そのとき、それがバスタブの濡れた縁だというのは、いかにも不自然なんじゃないか。そんなはずはない。だって大切な薬が濡れてしまうものな。あんたの部下の遠藤という男はそのことに気がついてるよ——」

「どうして」と磯貝はうめき声をあげたが、その声はいかにも弱々しかった。「そんなことを知っているんだ」

「なぜなら」と男はからかうような口調でいい、「おれがサクラだからさ」

磯貝は呆然《ぼうぜん》と立ちすくんでいる。敗北感にうちのめされていた。

今日も暑くなりそうだ。昨日にも増して暑くなりそうだった。

その暑さに磯貝はあえいだ。

日射しはしだいに烈《はげ》しくなっていって、豚舎に白い陽炎《かげろう》がたちのぼり、サクラの姿を蜃気楼《しんきろう》のように、ちぎれちぎれにかき消して――

磯貝はわれに返って、

「待て」

と叫んだ。そしてサクラのあとを追おうとした。

が、そのとき、ふいに養豚舎のブタたちが騒ぎだしたのだ。ブタたちが何に興奮したのかはわからない。一斉に悲鳴のような鳴き声をあげ養豚舎のなかで暴れだした。あろうことか暴走したのだ。養豚舎の囲いを突き破ってドッと外にあふれ出した。

ブタたちが磯貝の前方をさえぎって、どうにも動きがとれない。サクラが逃げるのがみすみすわかっていて、そのあとを追うことさえできないのだ。

ブタたちが暴れまわり、もうもうと砂ぼこりがたちのぼる。その砂ぼこりのなかに磯貝は呆然と立ちつくしている。その顔に敗北感があらわだった。

まさにその時刻、渡辺はワゴン車を運転しながら、東京拘置所の塀の外にさしかかっていた。

塀の外に一台の黒塗りの車がとまっているのが見えた。戦車のように頑丈な装備のメルセデスだった。メルセデスのエンジンはかかっていた。

そのときのことだ。信じられないことが起こった。渡辺はフロントグラスにそれを見て目を見張った。

こともあろうに一人の男が拘置所のなかから塀のうえに登ってひらり、と外に飛び下りたのだ。塀の高さは優に六メートルはあるだろう。じつに何というか人間離れした身の軽さだった。

メルセデスが男に向かってスルスルと前進していった。どうやら塀から飛び下りた男を拾おうとしているらしい。

——脱走だ！

そう思った瞬間、渡辺は自分でもそれまで思ってもいなかったことをした。とっさにメルセデスに向かって大きくハンドルを切っていたのだ。ワゴン車はメルセデスに向かって突っ込んでいった。

ワゴン車は一直線にメルセデスの横腹に突っ込んだ。

凄まじい衝撃にみまわれた。

その衝撃を予想し、体を固くしていた渡辺は、それほどのことはなかったが、メルセデスのなかの男たちはさぞかし後になって鞭打ち症に悩まされることだろう。

メルセデスのボディが窪《くぼ》んだ。もちろん、もう塀から飛び下りた男を拾うことはできないだろう。拘置所から脱走した男を乗せて逃げるにはあまりに目立ち過ぎるからだ。

そもそも、そのメルセデスが走ることができるかどうかさえ疑問だった。——どちらにしろ塀から飛び下りた男の姿はどこかに消え失せていた……

「…………」

渡辺はワゴン車から降りて、エンジンブロックから蒸気を噴き上げているメルセデスをぼんやりと眺めた。

そしてその視線をワゴン車のほうに戻す。ワゴン車のボディにはその宅配便会社のロゴであるネコのマークが描かれていた。

それを見つめているうちに渡辺はクスクスと笑いだしたのだった。

——何だ、ここにネコバスはあったのか。何のことはない。いざというときに駆けつけてくるネコバスは、おれが運転していたんじゃないか。

いつまでも、いつまでも渡辺は笑いつづけた。

あとがき

もう四十年近くも昔のことになる。「虎《とら》の子作戦」という三十分枠のテレビドラマがあった。テレビ史にも残っていない、まことにマイナーなドラマで、いまとなってはもう誰も覚えていない。

五人の内偵刑事が悪と戦う設定で、どちらかというとアクション・コメディと呼んだほうがいいだろう。日活の「危《ヤバ》いことなら銭になる」、あの路線である。ぼくの記憶にあるかぎりでは、天知茂とか高松英郎とかが出演していたはずだ。

小粒でもキラリと光っていた、といいたいところだが、残念ながら、全然、そんなことはない。テレビ史から消えてしまうのも不思議はない、まことにいい加減なドラマであった。

そのいい加減なドラマが、どうしていまもぼくの記憶に残っているか、一にかかって、そのナレーションのカッコよさにある。

この物語は虚構《きょこう》である。

平たくいえばデタラメである。

この潔《いさぎよ》さ、カッコいいではありませんか。この二行の文章は、絶対に間違っていない、と信じているのだが、つづく二行の文章にはいささかあやふやなところがある。

が、この物語の男たちがその手に握っている「虎の子」は虚構ではない。

その「虎の子」の名を「正義」という。


だからタイトルが「虎の子作戦」——とこういうわけです。

一時、この「六方面喪失課」の総タイトルは「虎の子作戦」にしたほうがいいのではないか、と考えた。オマージュというわけではない。大体、「虎の子作戦」のストーリーを何一つ覚えていない。オマージュにしようがないのだ。結局、最初の予定どおり、「SAKURA」というタイトルに決まったのだが——そうであっても、この「虎の子作戦」のナレーションにあふれている粋のよさ、その啖呵《たんか》の颯爽《さっそう》としていることだけは信じてもいいように思う。

ぼくの「六方面喪失課」にも、この「虎の子作戦」のナレーションに見られるB級の潔さ、というか、その心意気が欲しかった。考え抜かれたプロット、スピーディな展開、浮き出たキャラクター、とくれば、B級作品の理想で、その実現はたやすいことではないが、ぼくとしては、できるかぎりその理想に近づきたかった。

「SAKURA　六方面喪失課」――楽しんでいただきたいと思う。楽しんでいただけるものと思う。作者としてはそのことだけを願っている。

山田正紀

解　説

貴志祐介

99パーセントの小説家は、自分の作品は世間から過小評価されていると感じている。一方で、同業者の多く、特に売れている作家は過大評価されていると思っており、俺の作品はまったく売れないというのに、なぜあんなものがベストセラーになるんだと、夜ごとグラスを片手に、悲憤慷慨《ひふんこうがい》したり泣き崩れたり狂乱したりあえて平静を装ったりする日々を送っている。

しかし、そうした嫉妬《しっと》の感情を割り引いた上でも、山田正紀ほど過小評価されてきた作家はいないと断言していいだろう。

誤解しないでいただきたいのだが、山田正紀への同業者や書評子、読者の評価が低いということではけっしてない。

最初に山田正紀の名が轟《とどろ》いたのは、ＳＦの世界においてだった。私自身、中学高校生の頃に、『宝石泥棒』や『氷河民族』（後に、連載時のタイトルである『流氷民族』と改題）、『神狩り』、『地球・精神分析記録 エルド・アナリュシス』などといった傑作の洗礼を受けて、日本にもこんな作家がいるんだと衝撃を受けた記憶がある。当時、私の周囲にいたSFファンらからも山田作品は熱狂的に迎えられ、日本SFの第二世代のエースとしての地位を不動のものにしていた。そして、山田作品から受けたインパクトは、私もまたSF作家を目指そうという決意を後押ししてくれた。

後年、私が日本SF大賞の選考委員をしたときに、山田正紀の『イリュミナシオン〜君よ、非情の河を下れ』が候補作となり、真っ先に読ませてもらったが、筆致は丸くなるどころか、若いとき以上に尖《とが》りに尖っており、思わず胸が熱くなったものである。

コンスタントに傑作を生み出し続けてきた山田正紀が、あくまでその実績に比べてであるが、世間や文壇から充分に認められてこなかったのは、やはり、SFに対する根強い偏見が根底にあったように思う。

だが、山田正紀は、ヒト科ヒト属SF亜属に属する生き物でありながら、SFという住み慣れたジャンルに安住することなく、ミステリーにも進出した。まるで、『宝石泥棒』において魚が天空へと住処《すみか》を変えたように。

SF作家が、ミステリーへと執筆領域を広げるのは、けっして珍しいことではない。例えが古くて恐縮だが、フレデリック・ブラウンは、SFにおいては奇想の天才作家の名をほしいままにしたが、ミステリーでは職人技のエンターテイナーとして活躍した。この二つのジャンルは作者の頭の中で画然と分けられており、ブラウンのミステリーを読んでいるときSFの名残を感じたことは、一度もない。

　ところが、山田正紀の場合には、ミステリーを書いていても何かが違うのだ。設定は確実に現実に存在するもので、トリックも実現可能なものなのに、まるで宇宙人が我々とはまったく異質な視点で書いたような違和感が残る。『阿弥陀（パズル）』を読んだときがまさにそうで、本格ミステリであるにもかかわらず、映画の『キューブ』を見た直後のような読後感にしばし陶然としたものである。

　さて、本書『ＳＡＫＵＲＡ　六方面喪失課』だが、これもまた、一筋縄ではいかない構成を持つ小説である。タイトルを一目見ても、何のことだかわからないと思う読者が大半だろう。「ＳＡＫＵＲＡ」は都市伝説のような犯罪コンサルタントのコードネームであり、「喪失課」というのは、これも架空の「失踪課」という警察の部署名を揶揄《やゆ》したあだ名なので、何となく面白そうとは感じるが、わかりやすさとは対極にある。かろうじて「六方面」は、警察組織に詳しい方ならピンと来るかもしれないが、タイトルがちょっとくらい意味不明でも、読んでくれさえすれば絶対に後悔はさせないという作者の絶大な自信を感じられる（私には、とうてい真似できず、常に編集者の圧力に負け、わかりやすいタイトルを付けてしまう）。

　冒頭には、「正義」について大上段に語るエピグラフが置かれ、これはいったい何だと思わせる。あとがきを読むと、『虎の子作戦』なるテレビドラマから取られたものだとわかるが、その内容がピンとくるのは、おそらく読了間近になってからだろう。

さて、いざ読み始めると、一章ごとに視点キャラクターが交代するリレーのような形式に、戸惑う読者もいるかもしれない。前の章で登場したキャラクターが、次の章では主人公となり活躍するのだが、こうした形式を取った理由はすぐにわかる。「喪失課」こと「失踪課」は、使い物にならない警察官をリストラするための、いわば追い出し部屋だが、そこへ追いやられてきたのは、いずれ劣らぬ変人ばかり、同僚の目から見ても付ける薬がないという面々である。そのダメっぷりは、他者の視点を通してこそ、明確になる。誰もが、自分のことは棚に上げて仲間の姿に驚き呆れ冷笑している様は、たいへん愉快である（それを読み笑っている私も、読者から見ると、彼らと同じようなものかもしれないが）。

しかし、当然ながら、物語は、変人が集っているだけでは終わらない。冷や飯を食っているはぐれ者集団が突如覚醒《かくせい》して大活躍するという物語は、マイナスがプラスに転換する快感からエンタメの定石の一つではあるが、本書のように度しがたい臍曲《へそま》がりや、救いがたい怠け者が正義を体現するのは、やはり読んでいて心地よい。さらに、執拗《しつよう》なまでの伏線回収によって、ゴミ箱への蹴り癖まで生かされていたのは、登場人物に対する作者の愛情からだろう。

それにしても、この犯人グループのやろうとしたことは、異常というより無茶苦茶であり、発想がＳＦであると言えないこともない。また、冒頭で披露《ひろう》されて期待を高める、町が消えるという大トリックは、対照的にきわめて現実的であり、おそらく作者の土地鑑のたまものなのだろう。私自身は、足立区綾瀬という場所にはまったく馴《な》染《じ》みがなく、正直に告白するなら、ここで起きた事件のせいで、やや偏ったイメージを抱いていた。その事件については作中でも何度か言及されるが、読了後、偏見がかなり払拭《ふっしょく》されたことを付言しておきたい。

この作品には、もう一つ言っておかなければならないことがある。それは「語り」である。

近年の小説は、ますます描写が少なくなる方向へと向かっている。ともすれば読者から退屈がられやすい風景描写や、下手にやると炎上しかねない風貌の説明などは、ほぼ絶滅しかけている感がある。新人賞の選考をしていても、定まった視点のない作品が増殖の一途をたどっており、プロの仕事でも、今や、台詞とト書きで構成された脚本のような小説が珍しくないし、これからは映画のようなカメラアイが小説作法の主流になるのかもしれない。

しかし、本来、物語とは、語られるものであり、語り口を楽しむものではないだろうか。

『ＳＡＫＵＲＡ　六方面喪失課』を読んでいるとき、なぜこんなに懐かしい気分になるのか不思議に思った。それは、やはり、昔から慣れ親しんだ、語りの小説であるからに違いない。ときに軽快に、ときにシニカルに、ときには感傷を込めて語られる作者の肉声は、どことなく作者も敬愛している山田風太郎作品を思い起こさせるようだ。

新たに文庫化されたことによって、より多くの読者が山田作品に触れて、物語本来の魅力に目覚めることを祈念したい。

二〇二三年一月

本書は2000年1月にトクマ・ノベルズから刊行されたものに加筆・修正をいたしました。なお本作品はフィクションであり実在の個人・団体などとは一切関係がありません。

徳間文庫

山田正紀・超絶ミステリコレクション#6

SAKURA《さくら》

六方面喪失課

2023年2月15日 初刷

著者 山《や》田《だ》正《まさ》紀《き》

発行者 小宮英行

発行所 株式会社徳間書店

東京都品川区上大崎三―一―一 〒141―8202

目黒セントラルスクエア

電話 編集〇三(五四〇三)四三四九

販売〇四九(二九三)五五二一

振替 〇〇一四〇―〇―四四三九二

印刷 製本 大日本印刷株式会社

ISBN978-4-19-894827-6 (乱丁、落丁本はお取りかえいたします)

トクマの特選！　好評既刊

山田正紀

山田正紀・超絶ミステリコレクション#1

妖鳥《ハルピュイア》

　きっと、読後あなたは呟く。「狂っているのは世界か？　それとも私か？」と。明日をもしれない瀕死患者が密室で自殺した——この特異な事件を皮切りに、空を翔ぶ死体、人間発火現象、不可視の部屋……黒い妖鳥の伝説を宿す郊外の病院〈聖バード病院〉に次々と不吉な現象が舞い降りる。謎が嵐のごとく押し寄せる、山田奇想ミステリの極北！　20年ぶりの復刊。

トクマの特選！ 好評既刊

山田正紀

山田正紀・超絶ミステリコレクション#5

囮捜査官 北見志穂4

芝公園連続放火

芝公園周辺で頻発《ひんぱつ》する高級外車の放火事件。深夜の邀撃《ようげき》捜査の現場、停電の6分間の闇を突いて、剃毛《ていもう》され日焼け止めクリームを全身に塗られた女性の全裸死体、そして被害者のミニチュアのように添えられたユカちゃん人形が発見された。大胆不敵な殺人死体遺棄事件。人形連続殺人に隠されていたのは過ぎし日々——高度経済成長社会が生んだ哀しい歪《いびつ》な構図だった。昭和への哀切な鎮魂曲《レクイエム》。